KB093470

이게 마지막 기회일지도 몰라

히치하이커와 동물학자의 멸종위기 동물 추적 프로젝트

이게 마지막 기회일지도 몰라

더글러스 애덤스 · 마크 카워다인 지음
강수정 옮김

H

알랭 르 가르스뫼르에게

편집과 자료조사, 그리고 곁에 있어 준 것만으로도 고마운
수 프리스톤과 리사 글래스에게 감사의 말을 전하며

추천의 말

많은 분들이 이 책의 유머에 빠져드셨으면 좋겠습니다.

이다혜 기자

할 수만 있다면 책 속으로 들어가고 싶다. 이 유머 감각을 사랑한다.

『이게 마지막 기회일지도 몰라』가 멸종위기 동물과 그 서식지를 찾아가는 여정을 담았다는 점을 떠올리면, 이 유머는 필연적으로 슬픔을 동반한다. 웃고 또 웃으면서, 슬퍼하고 또 슬퍼하면서 나는 책 속으로 긴 여행을 떠난다. 책 속으로의 여행인 편이 실제 여행보다 더 좋다. 독서를 통한 멸종위기 동물 탐사는 그들을 방해하지도 해치지도 않으니까 말이다. 마다가스카르섬에 서식하는 아이아이 여우원숭이, 독을 가진 동물이 한가득인 코모도의 왕도마뱀, 심장 고동을 닮은 묵직한 소리로 짝을 찾는 뉴질랜드밤앵무 카카포와의 만남이 이어진다. 더이상 세상에 존재하지 않는 양쯔강돌고래 대목에 이르면 더없이 애통한 마음이 든다.

"그들이 없다면 이 세상은 더 가난하고 더 암울하고 더 쓸쓸한 곳이 될 것"이라는 마지막 문장은 책을 덮고도 오랫동안 머릿속을 떠나지 않는다. 이 탐험을 통해 인간이라는 종을 비판적으로 돌아보게 된다.

우리는 왜 그들의 멸종을 막으려 할까?

김정호 청주동물원 수의사

저자 더글러스 애덤스는 악취나는 코모도 도마뱀을 꺼림칙해하는 솔직함과 먹이로 데려가는 닭들의 기분을 위트있게 이야기하며 심각한 내용을 유쾌하게 만드는 탁월한 재주를 보여준다.

때론 코뿔소단검을 지니고 싶어하는 아랍 젊은이들을 남성적 상징이 필요한 애송이라 꾸짖고 단순히 잡는 재미로 멸종된 도도새에 탄식하지만, 결국 그들의 멸종을 통해 인간이 조금은 더 현명해질 거라 믿는 낙천주의자다.

우리는 왜 그들의 멸종을 막으려 할까? 동·식물이 약과 음식을 제공하고, 식량의 수분을 돕고, 산업의 중요한 원료로 쓰여서? 생태계의 모든 것은 연결되어 있어서 그들이 사라지면 인간도 살 수 없으므로?

집 근처 강가에 서서 겨울철새를 보고 있으면 공저자 마크 카워다인의 마지막 말이 와 닿는다.

"그들이 없으면 이 세상은 더 가난하고 암울하고 더 쓸쓸한 곳이 될 것이다."

차례

서문

리처드 도킨스

내가 공식 석상에서 더글러스 애덤스를 볼 수 있었던 마지막 기회는 1998년 9월에 케임브리지에서 열린 디지털 바이오타 컨퍼런스였으니, 벌써 10년도 더 지난 일이다. 그런데 공교롭게도 어젯밤에 비슷한 상황의 꿈을 꿨다. 같은 생각을 가진 사람들, 그러니까 더글러스처럼 동물학과 컴퓨터 기술 사이를 오가는 '디지털 엘리트들'의 황량한 불모지. 더글러스가 가장 좋아하는 그 서식지의 거주민들이 소규모로 모인 자리였다. 그는 당연히 거기 있었고, 이런 말을 한다면 예의 그 겸손하면서도 재치 넘치는 말로 한껏 비웃었을 테지만, 내가 보기엔 사람들의 알현을 받는 모양새였다. 꿈속에서 나는 그가 이미 세상을 떠났다는 사실을 알고 있는 것 같았는데, 그러면서도 그가 우리와 어울려 과학을 논하고 특유의 과학적인 위트로 좌중의 폭소를 이끌어내는 모습이 조금도 이상하지 않았다. 그는 점심을 먹으며 물고기의 놀라운 적응력에 대해 열변을 토했고, 송어가 진화하는 데 단 스물일곱 번의 변이밖에 필요하지 않을 거라고 말했다. 그 놀라운 능력이 무엇이었는지 기억할 수 있으면 좋으련만. 틀림없이 더글러스가 즐겨 읽었을 그런 내용, 시시콜콜 늘어놓기 좋아했을 그런 이야기였을 텐데.

꿈꾸는 몽상가에게 케임브리지와 코모도의 거리(디지털 엘리트와 용의 전설을 낳은 동물의 거리)는 그리 멀지 않으며, 아마도 더글러스가 언급했던 물고기는 코모도왕도마뱀 탐험을 마무리하면서 먼 조상을 되짚어보게 만들었던 말뚝망둥어였을 것 같다. 염소의 불운을 보면서도 잠자코 있던 양심의 가책을 덜기 위해 말뚝망둥어와 그들(그리고 우리)의 3억 5천만 년 전 조상을 들먹이는 솜씨에서는 그의 탁월한 문학성이 돋보인다. 불쌍한 닭마저도 메타포로 등장하는데, 안쓰럽게 울어댄 염소라는 메인 요리에 앞서 희비극적 역할의 변주를 위한 심란한 애피타이저가 되어 준다.

어떻게 달래 줄 길 없는 깊고 두려운 의심의 눈으로 자신을 바라보는 닭 네 마리와 함께 작은 배를 타고 먼 길을 가는 건 불편한 경험이다.

P.G. 오드하우스 이후로 이렇게 맛깔스러운 유머 감각을 발

휘한 사람은 없었다. 이 부분은 또 어떤가?

무엇인가를 사과하는 교구 목사 분위기를 풍기는 상냥한 남자였다.

풀을 뜯는 코뿔소에 대한 부분도 탁월하다.

그건 마치 얌전히 잡초를 뽑는 굴착기를 보는 것 같았다. ······ 녀석은 어깨까지의 높이가 1.8미터 정도였고, 거기서부터 울룩불룩한 근육질의 엉덩이와 뒷다리까지 완만한 경사를 그렸다. 부위마다 풍기는 순수한 거대함은 마음을 잡아끄는 무시무시한 마력을 발휘했다. 코뿔소가 다리를 그저 살짝 움직였을 뿐인데도, 두꺼운 거죽 밑의 커다란 근육이 마치 주차를 하는 폭스바겐처럼 유연하게 움직였다. ······ 코뿔소는 즉시 경계 태세에 들어갔고, 뒤로 돌더니 민첩한 신형 탱크처럼 평원을 질주했다.

마지막 문장은 오드하우스의 문체 그대로지만 더글러스는 유머에 과학적 지평을 더하는 능력까지 겸비했기 때문에 오드하우스라도 이런 경지는 성취할 수 없었을 것이다.

코뿔소가 끌어당기는 중력으로 둥글게 흔들리며 삼체문제를 몸소 체험하는 느낌이었다.

원숭이를 잡아먹는 필리핀독수리에 대한 이런 문장도.

나무 위의 둥지보다는 항공모함에 내려앉아야 더 어울릴 것 같은 형언할 수 없이 놀라운 비행체다.

1장 '작대기 테크놀로지'에 나오는 몽상 부분은 과학자의 진지한 고찰을 자극할 만큼 독창적이고, 시각이 아닌 후각에 좌우되는 코뿔소의 세계를 다룬 부분도 마찬가지다. 더글러스는 단순히 과학에 대해 많이 아는 데 그치지 않았다. 과학을 농담거리로만 사용하는 데 그치지 않았다. 그는 과학자의 마음가짐을 지녔고, 과학을 깊이 탐구해서 문학적이면서도 또한 과학적이며, 그 누구도 흉내 낼 수 없는 자신만의 독특한 유머와 품격 있는 위트로 그걸 그려 냈다.

이 책을 다시 읽으면서 단 한 부분도 소리 내어 웃지 않고 넘어간 곳이 없는 것 같다. 그의 소설을 읽을 때보다 오히려 더 많이 웃었다. 위트 넘치는 표현을 넘어 한 편의 소극笑劇이라고 해도 손색이 없을 정도로 뛰어난 부분들이 많은데, 상하이에서 콘돔을 사러 뛰어다닌 일화(양쯔강돌고래 소리를 녹음하기 위해 물속에 넣어야 하는 마이크를 감쌀 용도로)는 발군이다. 계기판 밑으로 연신 손을 뻗어 클러치를 조작하던 다리 없는 택시 운전사는 또 어떤가. 독재자 모부토 통치하의 자이르에서 관리들과 블랙 코미디를 연출하는 부분에서는 더글러스와 마크의 순진함이 강조됐고, 그건 곤란한 지경에 빠져 있는 어수룩한 카카포를 떠올리게 한다.

이 녀석은 시대에 뒤떨어진 새다. 아무것도 모른다는 듯이 순진무구한 표정을 짓고 있는 녀석의 커다랗고 둥그런 녹갈색 얼굴을 보고 있으면, 상황이 그렇지 않다는 걸 뻔히 알면서도 녀석을 끌어 안고 모든 게 다 잘 될 거라고 말해주고 싶어진다.

그리고 이 녀석들은 이루 말할 수 없이 뚱뚱하다. 어지간한 크기의 어른 새는 무게가 3킬로그램 안팎이며, 날개는 뭔가에 걸려 넘어질 것 같을 때 좌우로 흔들어 균형을 잡는 데나 쓸 뿐, 그걸로 하늘을 나는 건 이제 불가능하다. 그런데 안타깝게도 카카포는 나는 법을 잊어버렸을 뿐만 아니라, 자신이 나는 법을 잊어버렸다는 사실까지 잊어버린 것처럼 보인다. 어쩌다 근심 걱정이 많은 카카포가 나무 위로 올라가 뛰어내리더라도, 벽돌처럼 날다가 볼썽사납게 쿵 떨어지고 말 것이다.

이 책의 해석에 따르면 카카포는 섬에 사느라 좀 더 치열한 육지의 생태 환경에서 서식하며 진화한 유전자를 갖게 된 포식자나 경쟁자에 맞서 자신을 지켜 낼 능력을 상실한 여러 종 가운데 하나다.

따라서 육지의 종을 섬에 들이면 어떤 일이 벌어질지는 짐작하기 어렵지 않다. 그건 알카포네와 칭기즈칸과 루퍼트 머독을 와이트섬에 이주시키는 것과 같다. 현지인들은 버틸 재간이 없다.

더글러스 애덤스와 마크 카워다인이 만나러 나섰던 멸종위기 동물들 가운데 최소한 하나는 이 책이 처음 나오고 20년 사이에 완전히 자취를 감춘 것처럼 보인다. 우리는 이제 양쯔강돌고래를 볼 마지막 기회를 잃어버렸다. 어쩌면 눈으로 뭔가를 본다는 게 불가능한 환경에서 살았던 민물돌고래이니만큼, 들을 기회가 사라졌다고 하는 게 더 적절한 표현일지도 모르겠다. 돌고래들은 침침한 흙탕물 속에 살면서 뛰어난 음파 탐지 능력을 갖추게 됐지만, 배의 엔진이 일으키는 엄청난 소음공해로 인해 그 능력은 무용지물이 됐다. 민물돌고래를 잃어버린 건 비극이며, 이 책에 등장하는 다른 멋진 동물들도 그리 안전한 상황은 아니다. 이 책의 '마지막 한마디'에서 마크 카워다인은 종, 또는 주요한 동식물의 서식지가 사라지지 않도록 주의를 기울여야 하는 이유를 설명했다. 그는 보편적인 논리부터 거론했다.

세상의 모든 동물과 식물은 각각의 서식 환경에 없어서는 안 되는 한 부분이다. 심지어 코모도왕도마뱀마저도 섬의 섬세한 생태계를 안정적으로 유지하는 데 중요한 역할을 한다. 그들이 사라지면 다른 많은 종도 그럴 수 있다. 그리고 그것들의 보존은 우리의 생존하고도 큰 관련이 있다. 동물과 식물은 우리의 생명을 구해줄 약과 음식을 제공하며, 곡식의 가루받이를 도와주고, 많은 산업에 중요한 원재료가 된다.

아무튼 더글러스는 이렇게 말했고, 충분히 할 만한 이야기였다. 그러나 인간 중심적이고 실용적인 차원에서 자연보전을 정당화해야 한다는 건 안타까운 노릇이다. 내가 다른 맥락에서 사용했던 비유를 빌려오자면, 그건 바이올리니스트의 오른팔 운동에 좋다는 이유로 음악을 정당화하는 것과 비슷하다. 이런 멋진 생명체들을 보호해야 할 진정한 정당성은 마크가 이 책을 마무리하며 거론한 이유에 있고, 마크 역시 그걸 더 선호하는 게 분명하다.

마지막으로 이들에게 관심을 기울여야 하는 이유가 한 가지 더 있는데, 나는 이것 외에 다른 이유는 더 필요하지 않다고 믿는다. 그렇게 많은 사람이 코뿔소와 앵무새와 카카포와 돌고래를 지키는 데 인생을 거는 이유도 이 때문일 것이다. 이유는 아주 단순하다. 그들이 없다면 이 세상은 더 가난하고 더 암울하고 더 쓸쓸한 곳이 될 것이기 때문이다.

그렇다! 그리고 이 세상은 더글러스 애덤스가 없어서 더 가난하고 암울하고 쓸쓸한 곳이 되었다. 그래도 우리에겐 여전히 그의 책이 있고 녹음된 목소리가 남아 있으며, 추억과 재미난 이야기와 즐거운 일화가 있다. 개인적으로 알았거나 알지 못했던 사람들로부터 이렇게 보편적으로 사랑받는 인물이 또 있을까. 더글러스는 특히 과학자들의 사랑을 받았다. 그는 과학자를 이해했으며, 그들의 피를 끓게 하는 게 무엇인지 그들보다 오히려 더 정확하게 설명할 수 있었다. 나는 「과학의 장벽을 허물자」라는 텔레비전 다큐멘터리에서 더글러스 애덤스를 인터뷰하며 그에게 "과학의 어떤 점이 당신의 피를 끓게 하느냐?"고 물어본 적이 있다. 그가 즉석에서 들려준 대답은 액자에 담아 이 나라의 모든 과학교실에 걸어 놓아야 한다.

세상은 대단히 복잡하고 풍요롭고 이상한 곳인데, 그렇기 때문에 더할 나위 없이 경이로운 곳이죠. 이런 복잡성이 단순함에서 초래될 수 있을 뿐만 아니라 심지어 아무것도 없는 무의 상태에서도 일어날 수 있다는 것이야말로 더없이 놀랍고 비범한 개념입니다. 그리고 그런 일이 어떻게 일어날 수 있는지에 대해 조금이라도 알게 된다는 건 대단히 근사한 일입니다. 그리고…… 인생의 칠십 년이나 팔십 년쯤을 그런 세계에서 보낼 기회가 있다면, 내 관점에서는 정말 보람된 시간이라고 말할 수 있을 겁니다.

칠십 년이나 팔십 년? 그러면 오죽 좋았을까. 이 책은 곳곳에 과학과 과학적인 위트, 그리고 '세계적인 상상력'의 무지갯빛 프리즘을 통해 바라본 과학이 반짝인다. 아이아이와 카카포, 북부흰코뿔소, 에코앵무와 코모도왕도마뱀을 바라보는 더글러스와 마크의 시각에는 진부한 감상주의를 조금도 찾아볼 수 없다. 더글러스는 자연선택이라는 맷돌이 얼마나 천천히 움직이는지 잘 알고 있었다. 마운틴고릴라나 모리셔스의 분홍비둘기, 또는 양쯔강돌고래를 만들기까지 무수한 세월이 걸렸다는 것도 잘 알았다. 그리고 그렇게 공들여 만든 진화의 걸작들이 얼마나 순식간에 파괴되고 잊히는지, 자신의 눈으로 직접 확인했다. 그리고 그걸 막기 위해 노력했다. 이제 우리가 그래야 한다. 다시없을 이 괴짜 호모사피엔스를 기리기 위해서라도. 이번만큼은 호모사피엔스라는 종의 명칭이 참 적절하다는 생각이 든다.

1장

작대기 테크놀로지

아이아이 여우원숭이

1,500년 전에 이 섬에도 마침내 원숭이, 엄밀히 말하자면 원숭이의 후손이 발을 들였다. 바로 우리 인간이었다. 작대기 테크놀로지의 눈부신 발전 덕분에 인간은 카누를 타고, 배를 타고, 종국에는 비행기를 타고 이 섬을 찾았다. 또다시 서식지를 놓고 경쟁을 벌이게 됐지만, 이번엔 원숭이들이 불과 칼과 가축만으로도 모자라 아스팔트와 콘크리트로 무장했다는 점이 달랐다. 여우원숭이는 다시 한번 생존을 위한 투쟁을 벌이게 됐다.

마다가스카르

디에고
수아레스

모잠비크 해협

마로안체트라

노지망가베

타나나리브

만고키 강

오닐라이 강

인도양

일이 이렇게까지 커질 줄은 정말 몰랐다. 1985년에 우연히 어느 잡지사의 의뢰로 마크 카워다인과 함께 멸종위기에 처한 '아이아이'라는 여우원숭이를 찾아 마다가스카르에 가게 됐다. 그때까지 우리 셋은 서로 만난 적이 없었다. 나는 마크를 만난 적이 없고, 마크는 나를 만난 적이 없으며, 오랫동안 아이아이를 본 사람이 아무도 없는 건 두말할 나위가 없었다.

　우리 셋을 궁지에 몰아넣겠다는 건 『옵서버 컬러 매거진』의 생각이었다. 당시 세계야생동물기금에서 일하던 마크의 역할은 경험과 학식을 두루 갖춘 동물학자답게 말이 되는 소리를 하는 것이었다. 그런가 하면 내가 맡은 역할은 무슨 일이 벌어질 때마다 까무러치게 놀라는 무지한 문외한이었고, 나는 정말이지 완벽한 캐스팅이었다. 그리고 아이아이가 해야 할 일이라곤 지금까지 수백만 년 동안 해 온 그대로, 그러니까 나무에 앉아 몸을 숨기고 있는 것뿐이었다.

아이아이＊는 야행성 여우원숭이다. 이 동물 저 동물에서 한 부분씩 떼어다가 조합해 놓은 것 같은 생김새는 대단히 특이하다. 얼핏 보면 박쥐의 귀와 비버의 이빨을 가진 큰 고양이처럼 보이는데, 꼬리는 큼지막한 타조의 깃털 같고 가운뎃손가락은 말라 죽은 기다란 나뭇가지를 꽂아놓은 형상이며, 커다란 눈은 내 왼쪽 어깨 바로 뒤에 펼쳐진 또 다른 세계를 응시하는 것만 같다.

마다가스카르에 서식하는 거의 모든 생명체가 그렇지만, 아이아이 역시 이곳을 제외하면 지구상 그 어디에서도 찾아볼 수 없다. 아이아이의 기원은 마다가스카르가 아프리카 대륙의 일부였고 아프리카는 곤드와나 대륙의 일부였던 때로 거슬러 올라가는데, 당시만 해도 마다가스카르 여우원숭이의 조상은 세상에서 가장 우세한 영장류였다. 그러나 인도양으로 떨어져 나온 이후 마다가스카르는 다른 모든 곳에서 벌어진 진화로부터 완전히 고립됐다. 마다가스카르는 다른 시간에서 떠내려온 구명 뗏목이며, 작고 위태로운 별개의 행성인 셈이었다.

마다가스카르를 피해 간 중요한 진화는 '원숭이의 출현'이었다. 조상은 여우원숭이와 같지만, 뇌가 더 큰 이들은 같은 서식

＊ 마다가스카르손가락원숭이라고도 한다.

지를 놓고 싸우는 적대적 경쟁자였다. 하루 종일 유유자적 나무에서 어슬렁거리기나 하는 여우원숭이와 달리, 야심이 크고 온갖 것에 관심을 가졌다. 특히 작대기를 좋아했다. 그걸로 파고 쑤시고 때리고, 그것만 있으면 맨손으로 하지 못했던 많은 걸 할 수 있었다. 원숭이가 그렇게 세상을 장악하는 사이, 같은 조상에서 갈라져 나온 여우원숭이는 자취를 감췄다. 단 한 곳, 수백만 년 동안 원숭이가 들어오지 못한 마다가스카르만 제외하고.

그러다가 1,500년 전에 이 섬에도 마침내 원숭이, 엄밀히 말하자면 원숭이의 후손이 발을 들였다. 바로 우리 인간이었다. 작대기 테크놀로지의 눈부신 발전 덕분에 인간은 카누를 타고, 배를 타고, 종국에는 비행기를 타고 이 섬을 찾았다. 또다시 서식지를 놓고 경쟁을 벌이게 됐지만, 이번엔 원숭이들이 불과 칼과 가축만으로도 모자라 아스팔트와 콘크리트로 무장했다는 점이 달랐다. 여우원숭이는 다시 한번 생존을 위한 투쟁을 벌이게 됐다.

내가 탄 비행기는 원숭이의 후손을 잔뜩 싣고 타나나리브 공항에 내렸다. 거기서 마크를 처음 만났다. 사전 준비를 위해 먼저 와 있었던 마크가 그때까지의 진행 상황을 설명했다.

"제대로 되는 게 하나도 없어요."

그는 큰 키에 가무잡잡했고 과묵한 편이었으며, 안면근육 경련 징후가 엿보였다. 하지만 들어보니 원래는 그냥 키가 크고 가

무잡잡하며 과묵하기만 했었는데, 지난 며칠 동안 마음고생이 심해서 그렇게 됐다고 했다. 아무튼 그렇게 설명하려고 애를 썼다. 그는 요 며칠 너무 소리를 지른 바람에 목까지 잠겨버렸다.

"오지 말라고 텔렉스를 보내야 하나, 심각하게 고민했어요. 악몽도 이런 악몽이 없다니까요. 온 지 닷새가 지났는데 여전히 일이 제대로 풀려 주길 기다리는 신세라니. 브뤼셀 대사는 여기 농무부에서 랜드로버 두 대랑 헬리콥터 한 대를 지원해 줄 수 있을 거라고 장담했거든요. 그런데 와서 보니 발동기 달린 자전거가 고작이고, 그마저도 고장이 났더란 말이죠.

그리고 브뤼셀 대사가 곧장 차를 몰고 위로 올라갈 수 있을 거라고 했는데, 난데없이 그 길로 못 간다는 거예요. 중국 사람들이 길을 다시 깔고 있어서 그런다나. 그걸 우리만 몰랐던 거예요. 난데없이 그게 무슨 소리냐고요. 척 보기에도 한 10년쯤 공사 중인 것 같던데.

그래도 내가 손 놓고 있었던 건 아닌가 봐요. 하지만 서둘러야 해요. 정글로 가는 비행기가 두 시간 있으면 출발하는데, 그걸 꼭 타야 하거든요. 빨리 서두르면 나머지 짐을 호텔에 내려놓고 갈 시간은 될 거예요. 그러니까, 저게 다 나머지 짐들인 거 맞죠?"

그는 내 짐더미를 걱정스런 눈초리로 바라봤고, 나랑 같은 비행기를 타고 온 사진작가 알랭 르 가르스뫼르가 니콘 카메라와 렌즈, 삼각대 등을 미니버스에 부지런히 싣는 모습을 볼 때는 불안한 기색이 역력했다.

"아, 그러고 보니 생각나는 게 있네요." 그가 말했다. "나도 얼마 전에야 알게 된 사실인데, 이 나라에서는 아마 외부로 필름 반출이 안 될 거예요."

미니버스에 오르는데 정신이 몽롱했다. 파리에서부터 열세 시간 동안 비행기를 타고 온 터라 피곤하고 어지러웠다. 샤워랑 면도를 한 다음, 한숨 푹 자고 아침에 느긋하게 일어나 차를 마시며 마다가스카르가 지도 어디쯤에 붙어 있는지 슬슬 확인해 볼 작정이었다. 문득 코믹 SF가 전문인 사람이 여기서 뭐 하는 짓인가 싶었다. 눈부신 열대의 햇살에 눈을 끔벅이며 앉아 있자니, 마크라는 저 사람은 또 나한테 뭘 기대하는 걸까 궁금했다. 그는 짐꾼에게 팁을 주더니 또 다른 짐꾼을 붙들고 우리 짐을 전혀 싣지 않았다는 사실을 침착하게 설명했고, 버스 기사와 한바탕 실랑이를 벌인 끝에 이 혼돈 속에서 서서히 질서를 끌어내고 있었다.

마다가스카르. 아이아이. 멸종 직전에 내몰렸다는 여우원숭이. 두 시간 후면 정글로 출발. 날카롭고 영리한 면모를 보여 줄 한 마디가 필요한 시점이었다.

"어, 그러니까 우리가 진짜 이 동물을 보게 되는 건가요?"

차에 올라 문을 힘차게 닫던 마크가 나를 보며 씩 웃었다.

"글쎄, 브뤼셀 대사 말로는 털끝만큼도 가망이 없다더군요. 그러니까 어쩌면 가능하겠죠."

곳곳에 파인 구멍을 피해 차가 갈지자로 달리기 시작했을 때 그가 말했다.

"마다가스카르에 오신 걸 환영합니다."

타나나리보는 철자만 보면 안타나나리보라고 읽기 쉽다. Antananarivo라고 쓰니까. 그래서 20세기 초에는 한동안 표기를 바꾸기도 했다. 19세기 말에 이 나라를 점령한(멀쩡하게 잘살고 있는 나라에 쳐들어가는 걸 표현하기에 식민지 개척이라는 말은 너무 점잖지만, 프랑스 사람들은 그 말을 좋아한다) 프랑스는 지명의 첫 번째와 마지막 음절을 발음하지 않는 여기 사람들의 희한한 관습이 영 못마땅했다. 그들은 합리성을 자랑한다는 잘난 민족답게 발음을 그렇게 하려면 표기도 그렇게 해야 한다고 결정했다. 그건 이를테면 누군가 영국을 점령하고는 앞으로 레스터의 철자를 Leicester라고 쓰지 말고 Lester라고 써야 하며, 그걸 좋아해야 한다고 말하는 꼴이다. 아마 어쩔 수 없이 그렇게 쓸지는 몰라도 그 변화를 좋아하지는 않을 텐데, 마다가스카르 사람들도 마찬가지였다. 이들은 1960년에 프랑스의 통치에서 벗어나자마자 철자를 원래대로 되돌렸고, 음식과 관료주의만 그대로 고수했다♦.

♦ 현재 마다가스카르 수도의 공식 명칭은 안타나나리보이다.

내 인생에 일어난 야릇한 일들 가운데 하나는 허허벌판과 공중전화 부스에서 잠을 자는 무일푼 히치하이커 이야기를 생각해냈더니 출판사가 거금을 들여 세계 곳곳에서 '저자와의 만남' 행사를 벌이며 문을 몇 개나 열어야 침대가 나오는 호텔 방에 나를 재운다는 것이다. 지금도 그런 행사 때문에 미국을 돌아다니다가 곧장 날아온 길이었고, 거미가 득시글거리는 정글 한복판의 오두막 콘크리트 바닥에서 자야 한다는 걸 알았을 때 처음 든 느낌은, 묘하게도 날아갈 것 같은 안도감이었다. 얼이 쏙 빠질 정도로 정신 없던 미국에서의 몇 주가 샤워 물줄기에 씻겨 나가는 흙먼지처럼 사라졌다. 바닥에 등을 대고 누워 멋지고 고요한, 아니 고약한 불편함을 만끽했다. 마크는 그런 사정을 알 리 없었고, 내가 자야 할 바닥을 보여 주며 어쩔 줄 몰라 했다.

　"어, 괜찮겠어요? 매트리스가 있을 거랬는데…… 음, 콘크리트에 뭐라도 좀 깔아줄까요?"

　그럴 때마다 나는 이런 말을 계속 반복했다.

　"당신은 모르겠지만, 이거면 충분해요. 아주 좋아요. 몇 주 동안 이걸 기대했다니까요."

　하지만 우린 누워 있을 팔자가 아니었다. 아이아이는 야행성이라 낮에는 약속을 잡을 수 없다. 1985년에 파악된 소수의 아이아이는 노지망가베라는 작고 목가적인 열대우림의 섬에서 볼 수 있으며(물론 볼 수 없을 때가 더 많지만), 마다가스카르 북동 해안에 있는 이 섬으로 아이아이를 이주시킨 건 20년 전의 일이었다. 그들에게 이곳은 지구상 마지막 피난처였고 정부의 특별 허가 없이는 아무도 들어갈 수 없는데, 그 허가를 마크가 받아냈다. 우리의 오두막은 이 섬에 있었고, 밤마다 폭우 속에 작고 희미한 전등(애써 가져간 크고 강력한 전등은 '나머지 짐'으로 분류되어 타나나리보 힐튼 호텔에 던져 놓고 왔다)을 든 채 열대우림을 헤매고 다니다가, 마침내 아이아이를 본 것도 이 섬이었다.

　놀라운 일이었다. 우리가 이 생명체를 진짜로 찾아냈다. 60센티미터 위의 나뭇가지에서 천천히 움직이며 이게 다 무슨 영문인지 모르겠다는 무심한 표정으로 우리를 내려다보는 모습을 잠깐 포착했을 뿐이지만, 짧은 순간이나마 아찔한 현기증을 느끼지 않을 수 없었다. 왜 그랬을까? 그 이유를 나중에 곰곰이 생각해 보니, 그건 내가 여우원숭이를 쳐다보는 원숭이였기 때문이었다.

　747기를 타고 뉴욕에서 파리를 거쳐 타나나리보로 간 후, 다시 낡은 헬리콥터로 디에고수아레스에 가서, 그보다 더 낡은 트럭으로 마로안체트라 항구에 갔고, 거기서는 어찌나 낡고 헤졌던지 바다에 떠다니는 표류목과 구분할 수 없을 정도인 배를 타고 노지망가베 섬까지 왔고, 마침내 밤길을 걸어 원시의 열대우림에 도착했다. 작대기 테크놀로지의 발전 단계를 하나씩 거슬러 올라가는 시간여행을 거쳐 처음에 여우원숭이를 내몰았던 상황에 도달한 셈이었다. 그리고 여기에 이제 얼마 남지 않은 그 녀석들 가운데 하나가, 자기는 그런 거 전혀 모른다는 무심한 표정으로 나를 보고 있었다.

다음 날 마크와 오두막 층계에 앉아 아침 햇살을 받으며『옵서버』에 쓸 기행문에 대한 아이디어를 주고받았다. 그는 여우원숭이의 자세한 이력을 들려주었고, 나는 참 아이러니한 노릇이라고 말했다. 아프리카 대륙에서 떨어져 나온 마다가스카르는 원숭이들이 들어오지 못한 여우원숭이들의 피난처였는데, 이제 마다가스카르섬에서 떨어져 나온 노지망가베가 원숭이로부터의 자유로운 피난처였다. 피난처는 점점 작아지는데, 원숭이들은 벌써 그 섬에 들어가 여우원숭이에 대한 글을 쓰고 있었다.

"차이가 있다면 처음에 원숭이가 살지 않은 피난처는 우연히 조성됐다는 점이죠. 두 번째는 사실상 원숭이들이 만들어 준 환경이고." 마크가 말했다.

"그러니까 우리의 지성은 우리에게 더 많은 능력을 갖게 했을 뿐만 아니라 그 능력을 발휘하는 데 따른 결과를 이해할 수 있게 한 거로군요. 환경을 지배할 능력과 더불어 자신을 통제할 능력을 준 거예요."

"뭐, 어느 정도는요. 어느 정도는 그렇죠. 현재 마다가스카르에는 스물한 종의 여우원숭이가 있는데, 그중에서 가장 희귀한 게 아이아이라고 보고 있어요. 낭떠러지 끝에 내몰린 상태라는 얘기죠. 한때는 40종이 넘었지만, 그중에 절반 가까이가 이미 낭떠러지에서 밀려 떨어졌어요. 어디 여우원숭이만 그렇겠어요. 마다가스카르 열대우림에 서식하는 거의 모든 동물이 지구상의 다른 어느 곳에도 살지 않는데, 남은 건 약 10퍼센트뿐이에요. 이것도 마다가스카르의 이야기일 뿐이죠. 아프리카 대륙에 가본 적 있어요?"

"아니요."

"줄줄이 내몰리고 있어요. 모두 대단히 중요한 동물인데. 북부흰코뿔소는 스무 마리도 남지 않은 걸 밀렵꾼들로부터 보호하기 위해 사투를 벌이는 실정이죠. 자이르에 살아요. 마운틴고릴라는 또 어떻고요. 인간의 가까운 친척 중 하나지만, 이번 세기 들어 인간이 거의 다 해치워버렸죠. 하지만 이런 일이 세계 곳곳에서 벌어지고 있어요. 카카포라고 알아요?"

"뭐라고요?"

"카카포요. 세상에서 제일 크고, 제일 뚱뚱하고, 제일 날지 못하는 앵무새예요. 뉴질랜드에 서식하죠. 내가 아는 제일 이상한 새인데, 만약 멸종한다면 도도새만큼 유명해질 거예요."

"몇 마리나 남았는데요?"

"마흔에서 카운트다운 중이죠. 양쯔강돌고래에 대해서는 들어본 적 있어요?"

"아니요."

"코모도 도마뱀은? 로드리게스큰박쥐는?"

"잠깐만, 잠깐만요."

나는 얼른 오두막 안으로 들어가 개미들 틈에서 원숭이의 가장 뛰어난 성취를 끄집어냈다. 그건 수많은 나무 작대기를 짓이겨서 펄프로 만들고 그걸 다시 평평하고 얇게 만든 다음, 소의 등을 덮고 있던 것으로 엮은 물건이었다. 나는 밖으로 나와 나무들 사이로 비치는 햇살을 받으며 수첩을 펼쳤다. 등 뒤의 나무에서는 목도리여우원숭이들이 서로를 불러대고 있었다.

"어디 보자." 나는 다시 층계에 앉으며 말했다.

"써야 할 소설이 두 권 있으니까, 음, 1988년에 뭐할 거예요?"

2장

여기 닭이 있다!

코모도왕도마뱀

닭 네 마리는 뱃머리에 앉아 그런 우리를 바라봤다. 오지 여행에서 가장 심란한 일은 먹을 걸 상하지 않은 상태로 가져가야 한다는 점이다. 슈퍼마켓에서 비닐랩에 싼 닭고기를 구입하는 데 익숙한 서구인에게, 어떻게 달래 줄 길 없는 깊고 두려운 의심의 눈으로 자신을 바라보는 닭 네 마리와 함께 작은 배를 타고 먼 길을 가는 건 불편한 경험이다. …… 서구인의 심리에는 서로 낯을 익힌 대상을 잡아먹는다는 데 대한 깊은 거부감이 자리잡고 있기 때문일 것이다.

코모도섬

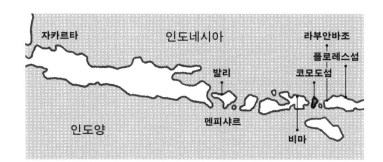

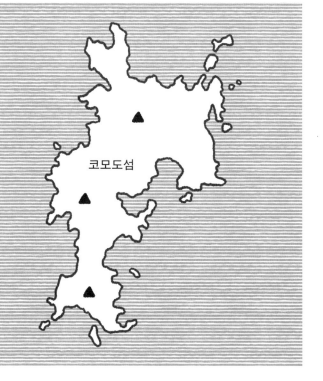

3년 후에 우리가 가장 먼저 보러 간 동물은 코모도왕도마뱀이었다. 우리가 찾아간 대부분의 동물처럼 이 녀석에 대해서도 나는 거의 아는 바가 없었다. 그리고 그나마 알고 있는 것들은 여간해선 기꺼워하기 힘든 내용이었다.

　일단 이 동물은 사람을 잡아먹는다. 그것만 가지고는 꼬투리를 잡을 수 없다. 사자나 호랑이도 사람을 잡아먹고, 그렇기 때문에 극히 조심하고 겁을 내지만, 그럼에도 불구하고 본능적으로 경탄하는 마음을 갖는다. 그 동물들에게 실제로 잡아먹히고 싶지는 않아도, 그 가능성 자체를 놓고 분개하지는 않는다. 그 이유는 아마도 우리가 포유류고 그 동물들도 그렇기 때문일 것이다. 종에 대한 구태의연한 편견이 작용하는 셈이다. 사자는 우리 종인데 도마뱀은 아니다. 그건 물고기도 마찬가지여서 우리가 상어에 대해 그토록 지독한 공포심을 갖는 건 그 때문이다.

코모도의 도마뱀은 게다가 크다. 아주 크다. 현재 코모도에는 길이가 3.6미터에 높이가 1미터인 것도 한 마리 있는데, 도마뱀이라는 이름에 어울리지 않는 덩치라는 느낌을 지울 수 없다. 심지어 식인 도마뱀인데다 섬으로 그걸 만나러 가려니 그런 느낌이 더 강렬했다.

이 도마뱀들이 사람을 잡아먹기는 하지만 그런 일이 잦지는 않고, 대개는 염소나 돼지나 사슴 같은 것들을 먹으며 그것도 이미 죽어 있는 걸 찾을 수 없을 때만 잡아먹는데, 그 이유는 이 녀석들이 천성적으로 썩은 고기를 먹어 치우는 청소부이기 때문이다. 이 녀석들은 악취가 나는 상한 고기를 좋아한다. 우린 그런 고기를 좋아하지 않고, 그런 걸 좋아하는 것들을 꺼리는 경향이 있다. 아무튼 나는 이 도마뱀들이 말할 수 없이 꺼림칙했다.

마크는 지난 3년 동안 앞으로 우리가 할 여행을 계획하고 준비하는 데 적잖은 시간을 투자했다. 편지를 쓰고 전화를 걸고 오지의 현장에서 일하는 사람들에게 텔렉스를 보내서 일정을 조율하고, 소개장을 작성하고 동선을 짰다. 비자를 받고, 항공편과 배편과 숙소까지 준비했지만, 내가 제때 소설을 마무리 짓지 못하는 바람에 처음부터 다시 시작해야 했다.

마침내 소설을 탈고했다. 3주면 충분하다고 호언장담하는 건축업자에게 집을 맡기고, 남아 있던 마지막 일을 처리하러 떠났다. 그 일이란 호주 작가 투어였다. 텔레비전과 라디오의 토크쇼마다 온통 최신작을 홍보하러 나오는 작가들뿐이라고 불평하는 얘기를 들으면 늘 미안하다. 그래도 그 덕분에 우리는 바깥출입을 하고, 우리의 최신작 얘기를 듣다가 귀에 딱지가 앉은 가족들도 한숨 돌린다. 아무튼 그 일까지 끝이 나자 마침내 이 거대한 도마뱀을 만나러 떠날 수 있게 됐다.

우리는 멜버른의 한 호텔에서 만나 장비를 점검했다. 여기서 '우리'란 마크와 나, 그리고 이 여행을 기록하기 위해 동행한 BBC 라디오의 게이너 슈트 PD였다. 탐험을 위한 장비는 여러 대의 카메라와 녹음기, 텐트, 배낭, 의약품, 모기향, 캔버스 천과 나일론에 쇠를 박아서 구멍을 내고 플라스틱 고리를 달아 놓은 정체 모를 물건, 방한용 후드 파카, 장화, 주머니칼, 손전등, 그리고 크리켓 방망이 하나였다.

우리 중엔 크리켓 방망이를 가져왔다는 사람이 없었다. 그게 왜 거기 있는지 아는 사람도 없었다. 룸서비스에 전화를 걸어 맥주를 시키면서 크리켓 방망이를 치워달라고 했지만, 그쪽에서도 원치 않았다. 맥주를 가져온 직원은 사람 잡아먹는 도마뱀을 진짜로 보러 갈 작정이라면 크리켓 방망이가 유용할 거라고 했다.

"도마뱀이 이빨을 딱딱거리며 시속 48킬로미터로 달려들면 이걸로 막을 수 있을 거예요." 직원은 이렇게 말하고는 맥주를 내려놓고 방에서 나갔다.

방망이를 침대 밑으로 치우고 맥주를 마시며 우리가 발을 들여놓고 있는 상황에 대해 마크의 설명을 들었다.

"중국에서는 몇 백 년 전부터 몸에 비늘이 덮여 있고 입으로 불을 내뿜는 식인 괴물 이야기가 전해져 내려왔지만, 그건 다만 전설이고 상상일 뿐이라고 여겼었죠. 옛날 뱃사람들 사이에서도 비슷한 얘기가 돌았고, 그들은 왠지 꺼림칙해 보이는 섬이 나타나면 지도에 '용이 사는 곳'이라고 표시하곤 했어요.

그러다 이번 세기 초에, 인도네시아 군도를 가로질러 호주로 향하던 네덜란드의 어느 비행기 조종사가 엔진 고장으로 코모도라는 작은 섬에 불시착했어요. 다행히 목숨은 건졌지만 비행기는 박살이 났죠.

물을 찾으러 돌아다니던 그는 해변에 펑퍼짐하니 이상한 발자국이 찍혀 있는 걸 발견했어요. 그 발자국을 따라가다가 문득 뭔가와 마주쳤는데 생김새가 섬뜩하기 이를 데 없었죠. 족히 3미터는 될 것 같은 길이에 온몸이 비늘로 덮인 거대한 식인 괴물처럼 보였거든요. 우리가 지금 그걸 보러 가는 거예요. 코모도왕도마뱀."

"그 사람은 살았나요?" 나는 단도직입적으로 물었다.

"네. 하지만 평판은 그렇지 못했어요. 석 달을 섬에서 연명한 끝에 구조되어 고국에 돌아갔지만 다들 그가 미쳤다고 생각했거든요. 아무도 그의 말을 믿지 않았어요."

"그러면 코모도의 도마뱀이 중국 전설에 나오는 용의 기원인가요?"

"글쎄요, 그걸 누가 알겠어요. 아무튼 나는 몰라요. 그래도 확실히 그럴 가능성은 있는 것 같아요. 비늘이 덮인 커다란 동물이고, 사람을 잡아먹고, 실제로 불을 뿜지는 않지만 지구상에 산다고 알려진 그 어떤 동물보다 입냄새가 고약하거든요. 그런데 이 섬에 대해 알아야 할 게 한 가지 더 있어요."

"뭔데요?"

"일단 맥주부터 한 잔씩 더 합시다."

그래서 그 말대로 했다.

"코모도에는 지구상에서 제곱미터당 독사가 가장 많아요."

그리고 멜버른에는 지구상에서 독에 대해 가장 많이 아는 사람이 산다. 스트루언 서덜랜드 박사는 평생을 독 연구에 매진했다.

"그래서 그 얘기가 이젠 지겨워요."

다음 날 아침에 녹음기와 수첩을 들고 찾아갔더니 서덜랜드 박사가 말했다.

"독을 가진 모든 동물, 뱀이며 곤충, 물고기 같은 것들이 지긋지긋해. 빌어먹을 것들. 사람이나 물고 말이지. 사람들이 나를 찾아와서 어떻게 해야 하는지 알려 달라고 하면 나는 이렇게 대답해요. 애초에 물리질 말라고. 그게 정답이에요. 그 얘기는 지금까지 할 만큼 했어. 이젠 수경재배, 이게 재미있어요. 수경재배에 관한 이야기라면 얼마든지 해 줄 수 있지. 흥미로워요. 물에서 인공적으로 식물을 기르다니, 아주 흥미로운 기술이잖아요. 화성 같은 곳에 가게 된다면 이걸 잘 알아야 할 거예요. 당신들은 어딜 간다고 했죠?"

"코모도요."

"아, 물리지 말아요. 내가 해줄 수 있는 말은 그것뿐이에요. 그리고 물리더라도 나한테 달려오지 말고. 늦기 전에 도착할 수도 없을뿐더러, 그것 말고도 난 할 일이 많거든. 이 연구실 좀 봐요. 독을 가진 것들 천지야. 저기 저 탱크 보여요? 불개미가 우글거리지. 독을 내뿜는 이것들을 어떻게 해야 할까요. 그나저나 배가 고프면 케이크가 조금 있는데 케이크 좀 드실래요? 어디에 넣어두었더라. 차도 있지만, 맛이 별로야. 그러지 말고 일단 좀 앉아요.

그러니까 코모도에 간다 이 말이죠. 왜 그런 짓을 하는지 나야 모르겠지만, 그럴 만한 이유가 있을 테지. 코모도에는 열다섯 종류의 뱀이 있고 그중 절반이 독사예요. 치명적인 건 러셀살모사, 대나무살모사, 그리고 인도코브라뿐이지만.

인도코브라는 세계에서 열다섯 번째로 가장 치명적인 독사고 나머지 열네 종류는 여기 호주에 서식하죠. 이러니 내가 수경재배에 전념할 시간이 있나. 이런 뱀들이 사방에 널렸으니.

그리고 거미도 있죠. 가장 강력한 독을 지닌 건 시드니깔때기그물거미예요. 거미에게 물리는 사람은 1년에 500명쯤 되는데, 예전엔 꽤 많이 죽었기 때문에 사람들이 시도 때도 없이 나를 찾아와 귀찮게 굴지 않도록 해독제를 개발해야 했지. 몇 년이 걸렸어요. 그런 다음에는 어떤 뱀한테 물렸는지 알 수 있는 판독 장치를 만들었어요. 언제 뱀에 물렸는지 아는 데는 소용없지만, 그건 다들 대충 아니까. 이건 어떤 종류의 뱀에게 물렸는지를 알아내서 적절한 치료를 할 수 있게 해줘요.

판독장치를 보고 싶어요? 여기 독을 보관하는 냉장고에 두어 개 넣어 뒀는데. 어디 봅시다. 아니, 여기 케이크도 있잖아. 어서 아직 신선할 때 좀 들어요. 내가 직접 구운 컵케이크예요."

그는 독사 판독장치와 직접 구웠다는 컵케이크를 건네주고는 책상 앞에 앉아 곱실거리는 수염과 나비넥타이 너머에서 뭐가 그리 즐거운지 환하게 웃었다. 우리는 작은 병들과 피펫, 주사기, 그리고 복잡한 사용설명서까지 깔끔하게 정리되어있는 작고 효율적인 상자를 보며 감탄했지만, 사용설명서를 읽고 싶은 마음은 들지 않았다. 겁에 질린 나머지 사용설명서를 읽고 싶지 않은 건 내 평생 처음이었다. 우리는 그에게 뱀에는 얼마나 물려봤냐고 물었다.

"전혀. 내 전공은 다른 사람들에게 위험한 동물을 다루게 하는 것이지 그걸 내가 직접 하지는 않아요. 물리고 싶지 않거든. 내가 쓴 책의 표지에 뭐라고 적혀 있는지 알아요? '취미: 원예─장갑을 끼고, 낚시─장화를 신고, 여행─조심조심'. 그게 정답이야. 다른 게 뭐가 있어? 그러니까 장화 말고도 두껍고 헐렁한 바지를 입고 여섯 명쯤 앞세워서 최대한 시끄럽게 굴면 좋아요. 뱀이 진동을 감지하고 길을 비켜줄 테니까. 데스애더라는 녀석은 예외인데, 귀머거리 독사인 놈이라 그냥 버티고 있거든. 사람들이 바로 옆을 지나가고 위를 넘어가도 아무 일 없어. 열두 명이 이 독사를 넘어갔는데, 열두 번째 사람이 재수 없게 이 뱀을 밟았다가 물렸다는 얘기를 들었어요. 보통은 일렬로 서서 열두 번째로 따라가면 상당히 안전한데 말이지. 케이크를 안 드시네. 그러지 말고 좀 들어요. 독 냉장고에 아직도 많아요."

우리는 걱정스러운 표정으로 민간요법이나 사람들이 말하는 해독제가 정말 효과가 있냐고 물었다.

"글쎄, 열에 아홉은 효과가 있을 거예요. 그 이유는 다른 게 아니라 뱀에 물리는 사람 열에 아홉은 아무 탈이 없기 때문이에요. 문제가 되는 건 남은 10퍼센트이고. 진실을 알려면 뱀에 대한 무수한 편견부터 해결해야 해요. 정확한 정보가 필요하거든. 뱀에 물렸을 때 사람들의 즉각적인 반응은 으레 과민반응이고, 그래서 불쌍한 뱀을 때려죽이거든요. 그러면 뱀의 종류를 확인하는 데 도움이 안 돼요. 구체적으로 어떤 뱀인지 모르면 제대로 치료할 수가 없잖아."

"그렇다면 저희가 이 판독장치를 코모도에 가져가도 될까요?" 내가 물었다.

"물론이죠. 가져가도 돼요. 원한다면 얼마든지 가져가요. 하지만 아무짝에도 도움이 안 될 텐데. 그건 호주에 서식하는 뱀한테만 해당되거든."

"그렇다면 치명적인 종류에 물리면 어떻게 되나요?"

그는 뭐 이런 바보가 다 있냐는 표정으로 나를 보며 눈을 끔벅였다.

"어떻게 될 것 같아요? 당연히 죽지. 치명적이라는 말의 뜻이 그런 거잖아요."

"하지만 물린 데를 칼로 째서 독을 빨아내면요?" 내가 물었다.

"나라면 안 그럴 거예요. 독을 입에 머금고 싶어요? 하지만 그런다고 나쁠 건 없어요. 뱀의 독은 분자량이 높기 때문에 알코올이나 다른 약물처럼 입속 혈관으로 침투하지 않고, 위산에 의해 독이 파괴되니까. 하지만 그렇다고 그게 꼭 큰 도움이 된다는 건 또 아니야. 독을 많이 빨아낼 가능성이 없는 데다가 괜히 상처만 덧나게 만들 수 있거든. 그리고 코모도 같은 곳에서는 독이 퍼진 다리도 다리이지만 상처 부위가 금세 감염될 테니까. 패혈증, 괴저, 어디 한두 가진가. 그것 때문에 죽는 거지."

"지혈대를 쓰면요?"

"나중에 다리를 절단해도 괜찮다면 써도 돼요. 다리에 혈액 공급을 차단하면 그 부위가 완전히 죽어버리니까 그럴 수밖에 없어요. 그리고 인도네시아의 그 지역에서 다리 절단 수술을 믿고 맡길 사람을 찾아낸다면, 당신이 나보다 용감하다는 걸 인정하리다. 그러니까 분명히 얘기하는데, 상처에 압박붕대를 대고 다리 전체를 단단하게 감되 너무 꽁꽁 싸매면 안 돼요. 피가 천천히 흐르게 해야지 완전히 차단했다간 다리를 잘라내야 할 테니까. 다리를 물렸든 어디를 물렸든 물린 자리를 심장과 머리보다 낮게 해야 해요. 아주, 아주 느리게 조용히 숨을 쉬고 즉시 의사를 찾아가요. 코모도에서라면 이틀은 걸릴 테고, 그때쯤이면 한참 전에 죽었을 테지만.

유일한 정답은, 이건 진짜 진지하게 하는 말인데, 물리지 말아요. 물릴 이유가 없어요. 그곳에 사는 뱀들은 당신들이 알아차리기 전에 일찌감치 길에서 비켜날 테니까. 조심만 하면 뱀은 사실상 걱정할 게 없어요. 당신들이 정말 걱정해야 할 건 해양생물들이지."

"어떤 것들인데요?"

"붉은쏨뱅이, 통쏠치, 바다뱀. 육지 동물들보다 독이 훨씬 강력해요. 통쏠치에 쏘이면 통증만으로도 죽을 수 있어요. 그 고통에서 벗어나려고 물에 몸을 던진다니까."

"그런 것들이 어디에 사나요?"

"바다에 살지. 수도 없어요. 나라면 바다 근처엔 가지 않겠어요. 독을 지닌 것들이 우글거리니까. 정말 질색이야."

"박사님께서 좋아하는 건 뭔가요?"

"수경재배." 그가 말했다.

"그게 아니라, 독을 지닌 것 중에 좋아하는 게 있냐고요."

"있었지. 하지만 그녀는 날 떠났어요."

우리는 발리로 날아갔다. 데이비드 애튼버러◆는 발리가 세상에서 가장 아름다운 곳이라고 했지만, 그는 우리보다 훨씬 더 오래 머물며 다른 면면들을 본 게 틀림없는데, 이틀 동안 여행을 준비하며 우리가 본 풍경은 대부분 끔찍했기 때문이다. 그곳은 그냥 관광지였다. 그러니까 발리를 보러 먼 거리를 마다하지 않고 찾아간 사람들을 위한답시고, 세상의 다른 곳들과 전혀 구분되지 않도록 천편일률적인 모습을 조성해 놓은 그런 곳이었다.

쿠타의 좁은 진창길에는 선물가게와 햄버거집이 즐비하고, 술에 취해 소리를 지르는 관광객과 조심성이라곤 찾아볼 수 없는 오토바이들, 가짜 시계를 파는 노점상과 작은 개들이 넘쳐났

◆ 세계적인 동물학자이자, 자연 다큐멘터리의 거장

다. 오토바이족은 관광객과 작은 개들을 칠 기세로 덤비고, 우리가 짐을 싣고 빈방을 찾아 호텔을 전전하느라 저녁 시간의 대부분을 보낸 미니버스는 비디오게임의 속도로 오토바이족과 가짜 시계를 파는 장사치들 틈바구니를 향해 돌진했다. 거기서 멀지 않은 어딘가, 섬의 중심부에는 지상낙원이 있었을지 몰라도, 낙원의 입구에 판을 벌인 건 확실히 지옥 같은 풍경이었다.

맥주 캔을 손에 들고 '꺼져'라고 적힌 티셔츠를 입은 관광객들은 스페인이나 그리스에서 영국 관광객을 본 적이 있는 사람에겐 유난히 낯익은 모습이겠지만, 민망해서 몸을 숨기려다가 문득 이번만큼은 그럴 필요가 없다는 걸 깨달았다. 그들은 영국 사람이 아니었다. 호주 사람이었다.

그래도 다른 면에서는 거의 동일한 모습을 보려니 수렴진화를 생각하지 않을 수 없었고, 왜 그런 생각을 하게 됐는지 이야기하기 전에 수렴진화가 무엇인지부터 설명하는 게 좋을 것 같다.

세상에는 계통상 전혀 관련이 없는데도 비슷한 환경과 서식지에 반응해 놀랄 만큼 비슷한 양상을 보이게 된 생명체들이 있다. 일례로, 마크와 내가 맨 처음 마다가스카르로 보러 간 여우원숭이 아이아이에겐 아주 독특한 특징 한 가지가 있다. 세 번째 손가락이 유난히 길고 나뭇가지를 꽂아놓은 것처럼 뼈만 앙상하다는 점이다. 그리고 녀석은 이 손가락으로 나무껍질 밑에서 굼벵이를 잡아먹는다.

그런데 이와 똑같은 행동을 하는 동물이 있다. 뉴기니에 서식하는 긴손가락주머니쥐라는 녀석이다. 이 녀석의 경우에는 네 번째 손가락이 길고 가늘지만, 용도는 완벽하게 일치한다. 이 동물들의 가계家系는 전혀 연관이 없고, 둘 사이의 유일한 공통점이라면 서식지에 딱따구리가 살지 않는다는 것뿐이다.

마다가스카르에는 딱따구리가 살지 않고 파푸아뉴기니에도 딱따구리가 없다. 그렇다면 먹이(나무껍질 밑의 굼벵이)는 무궁무진하다는 뜻이고, 이 두 포유류는 그걸 먹을 메커니즘을 개발했다. 그리고 그들의 메커니즘은 동일했다. 손가락은 달랐지만 본질적인 생각은 같았다. 이런 유사함을 낳은 건 순수하게 진화의 선택적인 과정인데, 왜냐하면 이들은 계통분류학적으로 아무 관련이 없기 때문이다.

그리고 정반대 편 세상에서도 완벽하게 동일한 행동 양상이 완벽하게 독립적으로 등장했다. 스페인이나 그리스, 또는 하와이의 기념품점이라는 서식지에서 현지인은 조롱과 모욕의 대상이 되어 자신을 기꺼이 제공하는 대가로 돈을 받고, 돈 많은 포식자를 더 많이 끌어들이기 위해 제 서식지를 망치는 데 그 돈을 쓴다.

테이블 위에 가짜 꽃이 놓여 있고 천편일률적인 노래를 틀며 음료수에 종이우산 장식을 꽂아서 내놓는 관광지 특유의 식당에서 저녁을 먹을 때 마크가 말했다. "내가 생각을 해봤는데 염소를 한 마리 구해야겠어요."

"여기서요?"

"아니, 라부안바조에서. 플로레스섬에 있는 라부안바조는 코모도와 가장 가까운 항구예요. 아시아에서 가장 험한 바다를 35 킬로미터쯤 건너가야 하죠. 동중국해와 인도양이 합류하는 지점이라 역류와 역조*와 소용돌이가 장난이 아니에요. 대단히 위험하고, 가는 데 스무 시간이 걸릴 수 있다고 하더군요."

"염소를 가져간다고요?"

"죽은 염소."

나는 음식을 뒤적였다.

"죽은 지 한 사흘쯤 되는 거면 딱인데. 냄새를 적당히 풍길 테니까. 그래야 도마뱀을 유인할 가능성이 높거든요."

"그 얘기는 배를 타고 스무 시간을 가야 하는데……."

"소형 배." 마크가 바로잡아 줬다.

"심하게 출렁이는 그 바닷길에……."

"아마 그렇겠죠."

"죽은 지 사흘 된 염소를 가지고 가자는 말인가요?"

"네."

"뭐라고 말해야 할지 모르겠네요."

"얘기할 게 한 가지 더 있는데, 정말 그럴지는 나도 모르겠어요. 도무지 앞뒤가 맞지 않는 이야기라서, 어쩌면 그냥 옛날엔

◆ 바람의 방향과 반대로 흐르는 조류

그랬다는 얘기일 수도 있고, 어쩌면 완전히 날조된 얘기일 수도 있어요. 내일 라부안바조에 가면 상황을 더 잘 알 수 있겠죠. 내일은 비행기를 타고 비마를 경유해서 갈 건데, 덴파사르 공항에 일찍 나가야 해요. 이 비행기랑 환승 티켓을 구하는 건 악몽이었고, 이 비행기는 절대 놓치면 안 돼요."

그런데 그렇게 됐다. 덴파사르 공항에서는 막 터져 나온 것 같은 지옥의 풍경이 우리를 기다리고 있었는데, 그 인파와 소란스러움이란 정말이지 발밑에서 불길이 맹렬하게 끓어오르기 시작하는 느낌이었다. 탑승 수속 카운터의 남자는 비마에서 라부안바조로 가는 비행기의 예약 확인을 하지 않았기 때문에 좌석이 없다고 말했다. 그는 어깨를 들썩이고는 우리에게 티켓을 돌려주었다.

인도네시아에서는 어떤 상황에서도 침착하게 대처하는 게 최선이라는 주의를 들었던 터라, 그렇게 해 보기로 했다. 우리는 침착하게 비행기 티켓에 적힌 '예약 확인'이라는 글자를 가리키려고 노력했지만, 남자는 '예약 확인'이라는 그 글자가 실제로 예약을 확인했다는 뜻이 아니라 사람들이 와서 귀찮게 구니까 얼른 보내 버리려고 비행기 티켓에 적어 넣은 것에 불과하다고 설명했다. 그러고는 가버렸다.

우리는 그 자리에 서서 허공에 대고 침착하게 비행기 티켓을 흔들어댔다. 탑승 수속 카운터 뒤에는 창문이 있었는데, 그 뒤에서 가느다란 체구에 가느다란 콧수염을 기르고 흰 셔츠에 가느다란 넥타이와 가느다란 견장을 단 항공사 직원이, 담배를 피우며 가느다란 담배 연기 너머로 우리를 무표정하게 바라봤다. 우리는 그 남자를 향해 비행기 티켓을 흔들었지만, 그는 머리를 살짝, 그것도 아주 살짝 저을 뿐이었다.

침착하게 매표소로 걸어갔지만, 자기들과는 상관없는 일이라며 여행사에 문의하라고 했다. 걸 때마다 침착함의 수위가 뚝뚝 떨어지는 여러 통의 전화 끝에 발리의 여행사로부터 자기들은 틀림없이 예약 확인을 했으며, 더 따지고 할 게 없다는 말을 들었다. 그런데 매표소에서도 틀림없이 그렇지 않다며, 더 따지고 할 게 없다고 말했다.

"다음 비행기는 있나요?"

어쩌면? 그들은 어쩌면 일이 주 후에 있을 거라고 말했다.

"일이 주 후라고요?" 우리는 소리를 질렀다.

"잠깐만요." 웬 남자가 우리의 티켓을 받아 들고 어딘가로 갔다. 10분쯤 있다가 돌아온 남자는 티켓을 또 다른 남자에게 넘겨주었고, 두 번째 남자도 "잠깐만요"라고 말하더니 그걸 들고 사라졌다. 그는 15분 후에 돌아와 우리에게 말했다. "네? 뭐가 궁금하신 거죠?" 그래서 자초지종을 처음부터 다시 읊었더니 남자가 고개를 끄덕이고는 "잠깐만요"라며 또 사라졌다. 한참 후에 여기 있던 남자는 어디 갔느냐고 물었더니 자카르타로 어머니를 뵈러 갔다고 했다. 3년이나 못 뵈었다나.

그가 우리 티켓을 가져갔나요?

아니요, 여기 어딘가에 있을 거예요. 필요해요?

네. 우리는 설명했다. 우리는 라부안바조에 가려고 하거든요.

이 말에 다들 화들짝 놀란 눈치였지만 10분쯤 지나자 사무실에 있던 사람들은 전부 점심을 먹으러 나갔다.

비행기는 우리를 태우지 않은 채 떠날 모양이었다. 일단 중간 기착지인 비마까지 간 다음에 거기서 어떻게 해보는 방법도 있었지만, 그냥 발리에 남아서 여행사를 닦달해 보기로 했다. 침착함 따위는 개나 물어가라고 했다.

미니버스를 타고 여행사로 간 우리는 가방을 이고 지고서 결의에 찬 걸음으로 천천히 계단을 올라갔고, 자리에 앉아 커피나 마시고 전화가 올 때마다 울리는 「그린슬리브스」의 멜로디를 들으며 기다리길 단호히 거부했다. 누구 하나 죽기라도 한 것처럼 조용한 전율이 감돌았지만, 실은 한 시간 가까이 우리에게 관심을 기울이는 사람은 아무도 없었다. 결국 다시 분통을 터뜨렸더니 그제야 간부의 사무실로 서둘러 데려갔는데, 간부는 우리를 자리에 앉혀놓고서 인도네시아 사람들은 자부심이 강한 민족이며 모든 건 항공사의 잘못이라고 말했다. 그러고는 미사여구로 우리를 달래려 들었다. 자기가 발리에서 굉장히 유력한 인사라는 말도 했고, 화를 내봐야 문제의 해결에는 도움이 되지 않는다고 설득하기도 했다.

나는 원래 잘 웃고 웬만하면 고개를 끄덕이며, 어지간해서는 화가 나고 짜증나는 일이 있더라도 인상이나 조금 찌푸리다가 자러 가는 사람이라 평소 같으면 동의할 만한 관점이었다. 하지만 아무리 속없이 웃으며 고개를 끄덕이고 사람들이 실실 비웃더라도 같이 실실 웃어줘 봐야 일이 해결되기는커녕 "잠깐만요, 잠깐만요"하다가 자카르타로 내빼거나 담배 연기 너머에서 무표정하게 쳐다볼 뿐이라는 생각을 지울 수 없었다. 그러다 화를 내며 발 좀 굴렀더니 금방 여행사 간부의 사무실에 들어오게 됐는데, 이 사람은 화를 내봐야 소용없다고 하면서도 우리를 위해 라부안바조로 가는 특별편을 알아봐 주겠다고 했다.

그는 지도까지 보여 주며 발을 굴러봐야 소용없다는 자신의 주장을 입증하려 했다. "여기서는 그 방법이 통해요." 그는 벽에 걸린 지도에서 아시아의 반쪽을 가리켰다. "여기 이 선을 기준으로 동쪽으로도 어림도 없죠."

그는 인도네시아를 여행할 땐 아무리 다급한 일이어도 4~5일은 여유를 둬야 한다고 설명했다. 우리가 비행기 자리를 놓친 것에 대해서도 그런 일은 다반사라고 했다. 고위 공무원이나 한가락 하는 사람이 자리를 원하면 누군가는 빼앗기는 게 당연지사라는 것이었다. 우리가 그런 경우냐고 물었다. 그는 그런 건 아니라면서도 이런 종류의 문제를 생각할 때는 그런 사정을 염두에 둬야 한다고 말했다.

우리는 이쯤에서 커피를 마시겠냐는 제안을 수락했다. 그는 그날 묵을 호텔 방을 마련해주고 오후에는 미니버스 관광을 알선해 주었다.

발리에서는 동물을 가리키는 것만으로도 번듯하게 살 수 있을 것 같았다. 동물을 하나 찾아내서 그걸 가리키기만 하면 된다. 자리만 잘 잡는다면 동물을 가리키는 사람을 가리키는 것만으로도 먹고 살 수 있다. 우리는 이 사업의 좋은 사례를 타나롯이라는 유명한 사원 근처의 해변에서 목격했는데, 오랫동안 번창해 온 사업인 게 틀림없었다. 해변에는 입구가 굉장히 낮고 널찍한 동굴이 있었고, 노란 뱀 두 마리가 동굴 안쪽 벽의 좁은 틈바구니에 둥지를 틀었다. 바깥 해변에서는 남자 한 명이 상자를 가져다 놓고 앉아 돈을 받으며 동굴 안의 남자를 가리켰다. 돈을 내면 동굴 안으로 기어들어 갈 수 있고, 그러면 동굴 안의 남자가 뱀을 가리켰다.

이 하이라이트를 제외하면 오후 관광은 무척 우울했다. 가이드에게 관광지에는 가고 싶지 않다고 했더니, 그는 관광지에 가고 싶어 하지 않는 관광객들을 데려가는 곳으로 우리를 데려갔다. 그래서 그곳에도 관광객이 득실거렸다. 그렇다고 우리가 모든 면에서 다른 관광객들과 다르다는 이야기는 아니지만, 이는 우리가 보러 간 무엇인가가 그걸 보러 간 우리의 행위로 말미암아 변화한다는 아이러니를 새삼 강조해 주었으며, 그건 물리학자들이 이번 세기 내내 씨름해 온 문제였다. 발리가 원래 있었던 것들을 조잡하게 모사模寫하며 점점 망가지는 발리 놀이공원으로 변질되고 있다고 성토할 마음은 없는데, 그러기엔 이미 너무 흔한 현상이기 때문이다. 그저 좌절감에 휩싸인 나머지 칭얼대기라도 하고 싶을 뿐이다. 지상에서 가장 아름답다는 이 낙원을 얼른 벗어나고 싶었다.

다음 날 아침에 마침내 덴파사르 공항에서 비마행 비행기를 탈 수 있었다. 전날 피운 난동 덕분에 우리를 모르는 사람이 없었고, 가느다란 담배 연기 너머로 물끄러미 쳐다보기만 했던 가느다란 체구의 남자도 이날은 미소를 머금고 더없이 친절하게 굴었다.

그런데 마음이 누그러진 것도 잠시. 비마에 갔더니 라부안바조행 비행기는 다음 날 아침에나 있다는 것이었다. "그때 다시 오세요." 이 말을 듣자마자 우리는 울화통을 터뜨리기 시작했고, 그러자 누군가 인파를 뚫고 라부안바조로 출발하기 위해 활주로에서 짐을 싣고 있는 작고 허름한 비행기로 우리를 냉큼 데려갔다.

가면서 보니 활주로 한복판에 내팽개쳐져 있는 우리의 꿋꿋한 짐꾸러미 카트가 영 마음에 걸렸다. 일단 비행기에 오르기는 했지만, 자리에 앉아서도 과연 저 사람들이 우리 짐을 실을 것인지를 두고 초조하게 의견을 주고받았다. 결국 더 이상 참고 있을 수가 없던 나는 비행기에서 뛰어 내려가 활주로를 질주하기 시작했다. 항공사 직원들이 황급히 제지하며 대체 무슨 짓이냐며 다그쳤다. 나는 '짐'이라는 말을 수없이 반복하며 그쪽을 가리켰다. 그들은 모든 게 순조로우며 아무 문제 없이 다 제대로 처리되고 있다고 주장했다. 그런 그들을 간신히 설득해 활주로 한복판에 내버려진 카트로 데려갔다. 짐을 전부 실었다고 장담하던 그들은 눈 한번 깜빡이지 않고 나와 함께 그 짐을 비행기에 싣기 시작했다. 그런 후에야 비로소 짐에 대한 걱정을 털어내고 본격적으로 비행기 상태를 걱정하기 시작했다. 그건 이만저만 끔찍한 게 아니었다. 가는 내내 조종실 출입문이 열려 있었는데, 보아하니 아예 떨어져 나간 것 같았다. 마크는 메르파티 항공이 우간다 항공이 쓰던 중고 비행기를 구입한다고 말했지만, 설마 농담이었을 것이다.

나는 이런 종류의 비행기 여행을 무모할 정도로 즐거워한다. 조금도 불안하지 않다. 내가 특별히 용감해서 그런 건 아닌데, 자동차를 타면 특히 내가 직접 운전을 할 때는 몸이 뻣뻣해질 정도로 겁에 질릴 때가 많기 때문이다. 하지만 일단 비행기에 탄 다음에는 내가 할 수 있는 일이란 없으므로 난기류에 휩쓸린 고물 비행기에서 우지끈뚝딱 부서지는 소리가 나더라도 그저 마음 편히 앉아 미친 듯이 웃을 수밖에 없다. 내가 어떻게 할 수 있는 일이란 없으니까. 마크는 조종실의 기기들을 호기심 어린 눈으로 유심히 살펴보더니, 한참 만에 그중 절반은 작동하지 않는다고 말했다. 나는 큰소리로, 그리고 조금 신경질적으로 웃으면서, 아마 그편이 나을 거라고 말했다. 장비가 작동하면 오히려 조종사들의 정신을 산만하게 만들고 속이나 썩일 테니 차라리 저대로 버텨주는 게 좋을 거라고 했다. 마크는 그다지 유쾌한 의견이 아니라고 말했고 그건 여부가 없는 말이었지만, 그런데도 나는 또 한 번 소리 내어 웃었다. 실은 조금 과하다 싶게 웃었고, 비행기가 착륙할 때까지 거의 대부분의 시간을 미친 듯이 웃어댔다. 마크는 뒤에 앉은 사람들에게 이 항공사의 비행기가 추락한 적이 있냐고 물었다. 아유, 물론이죠. 그들은 대답했다. 하지만 걱정 말아요. 벌써 몇 달째 심각한 사고는 없었으니까.

라부안바조에 착륙할 때도 재미있었다. 조종사들이 보조 날개를 내리지 못했기 때문이다. 활주로 끝의 나무가 점점 다가오는 가운데 조종사 두 명이 온 힘을 다해 천장에 달린 조종간을 잡아당기는 동안, 과연 여기 이 사람들이 살지 죽을지를 점치는 흥미진진한 시간이 이어졌다. 조종간은 막판에야 말을 들었고, 우리는 삶을 성찰하는 차분한 마음으로 활주로를 힘껏 들이박았다. 우리는 항공사 직원을 한참 설득한 끝에 짐을 가지고 나올 수 있었는데, 아무래도 우리가 직접 챙기는 편이 나을 것 같아서였다.

말이 좋아 공항 터미널인 오두막에서 두 사람이 우리를 맞았다. 그들의 이름은 키리와 무스였고, 지금껏 만난 대부분의 인도네시아 사람들처럼 작고 가냘프면서도 다부져 보였다. 문제는 우리가 그 사람들을 전혀 모른다는 데 있었다. 키리는 각진 얼굴에 검은 곱슬머리, 입술 위에 초코바처럼 얹은 검고 무성한 콧수염이 매력적인 남자였다. 목소리는 굉장히 저음이면서도 힘이 전혀 실리지 않고 대단히 가늘어서 어쩐지 겨울잠을 자는 개구리의 울음소리 같았다. 그는 말을 할 때마다 느긋하다 못해 나른하고 약삭빠른 미소를 곁들였고, 목구멍 뒤쪽을 쥐어짜는 것처럼 갸르릉 거리는 소리를 냈다. 그리고 늘 딴생각을 하는 것처럼 보였다. 이를테면 나를 보고 미소를 짓지만 그 미소가 나에게까지 도달하지 못하고 중간 어디쯤에서 멈춰버리거나, 심지어 그냥 혼자 웃는 것 같기도 했다. 그에 비하면 무스는 훨씬 단순명료했지만, 알고 보니 무스는 큰사슴을 의미하는 그 무스moose가 아니라 히에로니무스를 줄인 무스라고 했다. 그걸 큰사슴이라고 생각했다니, 참 바보 같다는 생각이 들었다. 인도네시아 섬에 사는 사람의 이름이 캐나다 사슴을 뜻할 리가 없었다. 하지만 그렇게 치면, 히에로니무스에서 '히에로니'를 묵음 처리한 이름을 갖고 있을 가능성도 희박하긴 마찬가지였다.

공항에서 만나야 했던 사람은 가이드를 맡기로 한 촌도 씨였다. 지금까지 만난 수많은 인도네시아 사람 중에 왜 이 사람한테만 '씨'라는 존칭이 붙는지는 우리도 의아했다. 그래서인지 그에게는 어딘가 신비롭고 매력적인 분위기가 감돌았지만, 그걸 해소해 줄 장본인은 나타나지 않았다. 보아하니 다이빙을 하러 간 모양이었다. 키리와 무스는 그가 곧 우리와 합류할 거라며, 그 얘기를 전하러 자신들이 나왔다고 설명했다.

우리는 고맙다고 인사를 한 뒤 픽업트럭 뒤에 짐을 전부 신고, 그 위에 앉아 덜컹거리며 터미널 오두막을 떠나 라부안바조 시내로 향했다. 비행기에서 듣기로는 플로레스섬을 통틀어 트럭이 단 세 대뿐이라더니, 시내로 들어가는 길에만 그중 여섯 대를 지나쳤다. 인도네시아에서 들은 이야기들은 거의 대부분이 이렇게 거짓으로 드러났고, 듣고 돌아서자마자 즉시 거짓임이 밝혀질 때도 있었다. 유일한 예외는 뭔가가 곧 일어날 거라는 이야기였는데, 이건 한참이 지나서야 거짓말이었다는 걸 알게 됐다.

전날의 경험을 떠올린 우리는 가는 길에 메르파티 항공사에 들러 돌아갈 비행기 예약 확인부터 해놓기로 했다. 사무실에는 슬리퍼를 신고 무전기를 든 남자가 있었는데, 그는 그걸로 모든 업무를 처리했다. 볼펜조차 없어서 최대한 암기에 의존해야 했다. 그는 우리에게 왕복 말고 편도 티켓을 사지 그랬냐며, 그랬으면 자기한테서 돌아가는 비행기 티켓을 살 수 있었을 거라고 아쉬워했다. 도무지 자기한테서 비행기 티켓을 구입하는 사람이 없으니 돈 구경을 못한다고 했다.

돌아가는 비행기에는 승객이 몇 명이나 되냐고 물었다. 그는 명단을 보더니 여덟 명이라고 대답했다. 어깨너머로 슬쩍 본 명단에는 우리 셋을 제외하면 아직까진 단 한 명뿐이었는데, 대체 어디서 여덟 명이라는 숫자가 나왔냐고 물었다. 그는 간단하다고 대답했다. 비행기에는 늘 여덟 명이 탄다는 것이다.

며칠 뒤에 우리는 그의 말이 정확했다는 걸 확인했다. 거기에는 뭔가 교묘한 법칙이 도사리고 있는 모양이었고, 브리티시 항공이나 TWA, 루프트한자 같은 곳에서 그 법칙을 밝혀내기만 한다면 엄청난 수익을 올릴 수 있을지도 모른다.

시내로 들어가는 길엔 먼지가 풀풀 날렸다. 공기는 발리보다 더 뜨겁고 습했으며, 크고 작은 나무들이 내뿜는 어찔어찔한 향기가 묵직하게 감돌았다. 이게 무슨 나무냐고 마크에게 물었더니, 그는 모른다면서 자기는 동물학자라고 대답했다. 대기 중에서 큰유황앵무 냄새는 감지할 수 있었지만, 그의 관심은 거기까지였다.

스쳐가는 이런 냄새들은 머지않아 라부안바조의 고약한 하수구 냄새에 자리를 내주었다. 덜컹덜컹 시내로 들어가자 꼬마들이 환하게 웃으며 달려와 우리를 에워쌌다. 녀석들은 환호성을 지르며 새로 찾아낸 장난감을 우리에게 보여 주고 싶어 안달이었는데, 새로운 장난감이란 다리가 하나뿐인 닭이었다. 길게 이어지는 중심가에서도 플로레스에 단 세 대뿐인 트럭이 몇 대 더 지나갔고, 아이들이 떠드는 소리와 함석으로 지은 모스크 위에 아슬아슬하게 서 있는 첨탑에서 울리는 기도 시간을 알리는 늘어진 테이프 소리가 뒤엉켜 소란스러웠다. 도랑에는 정체를 짐작할 수 없는 대단히 밝은 녹색의 점액질이 가득했다.

인도네시아에서는 게스트하우스나 소규모 호텔을 로스멘이라고 하는데, 우리는 시내의 한 로스멘에 들어가 촌도 씨가 나타나길 기다렸다. 체크인을 하지는 않았다. 오후에 곧바로 코모도로 떠날 예정이기도 했고 로스멘도 한산해서 급할 게 없어 보였다. 차양을 씌워 식당으로 꾸민 안뜰에 앉아 맥주를 마시고, 가끔 들어오는 손님들과 잡담을 나누며 시간을 보냈다. 오후가 지나도록 촌도 씨는 오지 않았고, 그날 중으로 코모도에 갈 수 없으리라는 사실을 깨달았을 땐 로스멘에 사람이 가득했으며, 문득 잠잘 곳을 구하는 문제가 시급해졌다.

그때 남자아이가 다가오더니 원한다면 방을 보여주겠다며 우리를 데리고 금방이라도 주저앉을 것 같은 계단을 올라갔다. 방으로 이어지는 복도라고 생각했던 곳은 알고 보니 방이었다. 침대가 하나도 없어서 그렇게 착각할 수밖에 없었지만, 그래도 괜찮다고 대답한 다음 다시 안뜰로 나왔더니 마침내 촌도 씨가 나타났다. 작으면서도 카리스마 넘치는 이 남자는 모든 준비가 완료됐다면서 아침 일곱 시에 배가 떠날 거라고 말했다.

"염소는요?" 우리가 걱정스레 물었다.

"무슨 염소요?" 그가 어깨를 들썩이며 물었다.

"염소가 필요하지 않나요?"

"코모도에도 염소는 많아요." 그가 우리를 안심시켰다.

"가는 길에 한 마리 가져가고 싶어서 그런 건 아니죠?"

우리가 꼭 그런 건 아니라고 하자, 그는 그게 아니어도 챙겨가고 싶어 하는 게 많은 것 같아서 한 말이라고 했다. 우리가 그의 말을 주변에 널린 엄청난 짐에 대한 풍자로 이해하고 예의상 웃었더니, 촌도 씨는 자리에서 일어나며 푹 자라고 말했다.

그러나 라부안바조에서 잠을 잔다는 건 인내심을 시험하는 일이었다. 새벽에 수탉이 우는 소리에 잠이 깨는 것 자체는 문제 될 게 없다. 문제는 수탉들한테 새벽이 언제인가에 대한 감각이 없을 때 발생한다. 이놈들은 밤 한 시쯤에 갑자기 꽥꽥거리며 목청을 올리기 시작한다. 삼십 분쯤 그러다가 자신들의 실수를 깨닫고 입을 다물지만, 그때는 그날의 빅이벤트인 투견이 한창일 무렵이다. 이건 으레 혈기왕성한 어린 개들의 신경전으로 시작해서 이윽고 헤비급들의 장중한 코러스가 곁들여지는데, 그걸 듣고 있노라면 런던심포니오케스트라의 연주가 울려 퍼지는 가운데 지옥의 불구덩이로 떨어지는 게 꼭 이럴 것 같다는 생각이 든다.

고양이 두 마리가 싸우면 개 마흔 마리만큼 시끄러울 수 있다는 걸 알게 된 것도 큰 수확이다. 그걸 하필이면 새벽 두 시 반에 알아야 했다는 게 안타깝기는 하지만, 라부안바조에서는 고양이들도 불평할 게 많다. 녀석들은 태어나자마자 전부 꼬리가 잘리는데, 행운의 상징이라서 그런다지만 그 행운을 고양이가 누리는 건 아닌 모양이다.

고양이들이 이 문제에 대한 성찰을 마치기 무섭게, 수탉들이 다시 한번 새벽이 왔다며 냅다 울기 시작한다. 그러나 물론 새벽이 온 것은 아니다. 날이 밝으려면 아직 두 시간은 더 있어야 하지만, 어느새 배달 차량들이 누가 누가 경적을 크게 울리나 시합을 벌이고 옆방에서는 난데없이 본격적인 이혼 절차를 밟기 시작한다.

마침내 모든 게 잠잠해져서 고마운 마음으로 눈을 붙이고 날이 밝기 전까지 꿀맛 같은 단잠을 자려 하면 5분이나 지났으려나, 수탉들이 그제야 제대로 새벽을 알린다.

그리고 한두 시간 후, 우리는 바짝 곤두선 신경에 퀭한 눈으로 원정용 짐을 부둣가에 쌓아놓고 아시아에서 가장 험하고 풍랑이 거세다는 바다를 최대한 씩씩한 표정으로 바라보았다. 두 개의 드넓은 바다가 만나 30여 킬로미터에 걸쳐 소용돌이와 역조가 어지럽게 넘실댄다는 그 거칠고 위험한 접점을.

그곳은 거울처럼 잔잔했다. 저 멀리 낚싯배가 일으키는 파문이 넓은 바다를 가로질러 해안까지 밀려왔다. 새벽빛이 반짝이는 바다는 흡사 종잇장처럼 매끈했다. 마크는 머리 위에서 조용히 맴을 그리는 것들이 작은 군함새와 배가 하얀 참수리라고 설명해 주었다. 내가 보기엔 그냥 까만 점 같았다.

그런데 촌도 씨가 보이지 않았다. 한 시간쯤 있으려니 키리가 와서 으레 하는 일, 그러니까 촌도 씨는 오지 않으며 그 대신 자기가 갈 것이고 기타도 챙겨 왔노라고 설명했다. 알고 보니 선장도 진짜 선장이 아니라 선장의 아버지였고 우리가 탈 배도 다른 배였다. 반가운 소식은 아무튼 우리가 가는 곳이 틀림없는 코모도이며, 네 시간밖에 걸리지 않는다는 것이었다.

배는 '라오다'라는 이름을 가진 꽤 근사한 7미터짜리 고기잡이배였고, 배에는 우리 셋과 키리, 선장의 아버지, 실제로 배를 조종하는 열두 살가량의 남자아이 둘과 닭 네 마리가 전부였다.

잔잔하고 화창한 날이었다. 아이들은 고양이처럼 배 안을 뛰어다니며 바람이 불라치면 잽싸게 밧줄을 풀어 돛을 올리고, 바람이 잦아들면 다시 내린 다음 엔진을 켜놓고 잠을 잤다. 오랜만에 우리가 할 일은 하나도 없고 할 수 있는 일도 없어서, 갑판이나 어슬렁거리며 옆으로 스쳐가는 바다와 머리 위로 날아가는 제비갈매기와 참수리, 가끔씩 배 주변으로 떼 지어 지나가는 날치를 바라봤다.

닭 네 마리는 뱃머리에 앉아 그런 우리를 바라봤다. 오지 여행에서 가장 심란한 일은 먹을 걸 상하지 않는 상태로 가져가야 한다는 점이다. 슈퍼마켓에서 비닐 랩에 싼 닭고기를 구입하는 데 익숙한 서구인에게, 어떻게 달래 줄 길 없는 깊고 두려운 의심의 눈으로 자신을 바라보는 닭 네 마리와 함께 작은 배를 타고 먼 길을 가는 건 불편한 경험이다.

인도네시아 섬의 닭들이 아무래도 영국 양계장에서 사육하는 닭보다는 훨씬 자연스럽고 즐거운 삶을 영위한다는 사실에도 불구하고 두 번 생각할 것도 없이 오븐에 바로 넣을 수 있는 상태의 닭을 구입하는 사람이라면 배에 함께 탄 닭으로 인해 신경이 더 곤두설 텐데, 서구인의 심리에는 서로 낯을 익힌 대상을 잡아먹는 데 대한 깊은 거부감이 자리잡고 있기 때문일 것이다.

무슨 조화인지는 모르겠지만 우리는 결국 그 네 마리를 먹지 못했다. 힌두교의 수많은 신 가운데 닭의 운명을 좌우하는 하찮은 소임을 맡은 신이 누군지는 몰라도, 아무튼 그날은 장난기가 발동해서 조그만 일을 하나 꾸민 것 같았다.

마침내 저 멀리 수평선에 코모도섬이 모습을 드러내더니 우리를 향해 서서히 다가왔다. 몇 시간 동안 칠흑처럼 짙었던 주변의 바다 색이 한결 밝고 투명해졌지만, 섬 자체는 분위기에 쉽게 휩쓸리는 우리의 눈에는 아무튼 어둡고 음산해 보였다.

거리가 좁혀지면서 음침하던 형태는 톱니 모양의 바위덩어리로 드러났고, 그 뒤로 크게 굽이치는 언덕이 보였다. 더 가까워지자 초목의 세세한 부분까지 알아볼 수 있었다. 야자수가 있었지만 많지는 않았다. 기슭에 드문드문 꽂힌 나무들은 섬에 가시가 돋았거나, 아니면 누군가 그 언덕에 대고 다트라도 던진 것 같은 형상이었다. 소인국 사람들이 걸리버를 땅에 묶고 창으로 찔러대던 『걸리버 여행기』의 한 장면이 떠올랐다.

그 섬이 사람들의 상상력을 자극해서 만들어 낸 이미지를 무시하기란 힘들었다. 드러난 바위덩이들은 거대한 어금니 같았고, 칙칙한 회갈색 언덕은 도마뱀의 굵은 주름처럼 굽이쳤다. 미지의 바다를 지나던 뱃사람이었다면 나도 이쯤에서 지도를 펼쳐놓고 '용이 사는 곳'이라고 적었을 것 같았다.

뱃머리를 틀어 오른쪽으로 지나는 섬을 뚫어져라 쳐다볼수록, 그리고 그곳이 자아내는 상상을 떨쳐내려 노력할수록, 그 이미지들은 더 악착같이 내 머릿속에 달라붙었다. 크게 휘어지는 부분에 어지럽게 주름을 잡으며 바다로 내려오는 능선은 도마뱀의 다리 같았다. 물론 실제로 그런 형태라는 건 아니지만, 그런 모습에 거친 질감까지 더해지자 자연스럽게 도마뱀의 다리가 연상됐다.

그런 인상을 받은 건 여기가 처음이었지만, 그 후로 여러 곳을 다니는 동안 비슷한 느낌이 슬금슬금 일어났다. 생소한 곳에 찾아가 새로운 지형을 접하면 그곳만의 특유한 색상과 질감, 형태와 윤곽의 팔레트가 있어서, 그 팔레트로 그 지형에서 사는 동물의 형상을 그려내는 것 같았다. 물론 이런 현상을 설명하는 확실한 메커니즘을 우리는 알고 있다. 많은 동물에게 위장은 생존을 위한 장치이고, 진화는 제 입맛에 맞는 개체를 선택한다. 하지만 상상력이 절반쯤 버무려진 이런 직관의 규모는 그보다 훨씬 크고 일반적인 것 같다.

우리는 최근에야 자연의 형상이 만들어지는 방식에 대해 여러 가지 새로운 개념을 배우기 시작했고 프랙탈 기하학, 혼돈 이론의 핵심인 '기이한 끌개' 이론, 퇴적과 침식의 상호작용 등에 대해 더 많이 알수록 형태와 질감에 울려 퍼지는 서식지의 메아리가 단지 상상이나 우연의 산물이 아님을 깨달을 거라고 짐작하는 건 불가능하지 않을 것이다. 아마도.

이런 맥락의 생각을 마크에게 피력했더니 그는 되지도 않는 소리라고 일축했다. 그도 나와 똑같은 풍경을 보고 있었기 때문에 나는 그 모든 게 뜨거운 인도네시아 햇볕에 설익은 내 상상에 불과하다고 인정해야 했다.

우리는 넓고 하얀 백사장 한가운데 삐죽 튀어나온, 금방이라도 주저앉을 것 같은 기다란 나무 방파제에 배를 댔다. 뭍으로 이어지는 방파제 끝엔 아치가 서 있고 그 꼭대기엔 코모도에 온 걸 환영한다고 적힌 판자가 걸려 있어서, 왠지 우리를 조금 의기소침하게 만들었다.

아치 밑을 통과하는 순간, 강렬한 냄새가 코를 찔렀다. 그 냄새가 어떤 건지 알려면 아치 밑을 지나가야 한다. 거길 지나야 코모도에 도착한 것이고, 비로소 코모도의 강렬하고 진하고 퀴퀴한 냄새를 맡게 된다. 그 뒤를 이어 우리를 의기소침하게 만든 건 말끔하게 닦인 길이었다. 그 길은 방파제 끝에서 시작해서 해변으로 이어졌고, 그다음으로 의기소침에 강타를 날린 여행자 마을로 이어졌다.

여행자 마을은 다 쓰러져가는 나무집이 모여 있는 곳이었다. 야생보호구역인 섬을 관할하는 관리사무소, 간이 식당, 작은 박물관 같은 것들이 있고, 그 뒤로 반원을 그리는 가파른 비탈 안쪽에 대여섯 채의 여행자용 오두막이 기둥 위에 올라앉아 있었다.

마침 점심 무렵이어서 간이 식당에는 열두어 명 정도가 국수에 곁들여 세븐업을 마시고 있었다. 미국인인지 네덜란드 사람인지는 알 길이 없었다. 저 사람들은 어디서 왔을까? 무얼 타고 왔을까? 무엇 때문에 왔을까? 사무소 밖의 표지판에는 주의사항이 빼곡했다. "관리사무소에 등록하십시오.", "여행자 센터

이외의 지역을 여행할 때는 경비원을 대동하십시오.", "바지와 신발을 착용하십시오." 그리고 "뱀을 조심하십시오."

표지판 밑에는 자그마한 도마뱀 박제가 놓여 있었다. 자그맣다고 한 건 길이가 1미터 남짓에 불과했기 때문이다. 발을 완전히 쫙 벌린 형태였고, 앞다리를 쭉 뻗어 몸을 바닥에 밀착했으며 뒷다리는 점점 가늘어지는 긴 꼬리와 나란히 늘어놓았다. 처음엔 조금 놀랐지만 자세히 들여다보려고 가까이 다가갔다. 그런데 녀석이 눈을 뜨고 나를 쳐다봤다. 화들짝 놀라 소리를 지르며 뒤로 물러났더니 테라스에서 웃음이 터져 나왔다.

"그냥 도마뱀인데 뭘 그러세요." 미국 여자가 소리쳤다. 그쪽으로 갔다.

"다들 여기 온 지는 한참 됐나요?"

"몇 시간쯤이요." 여자가 말했다. "라부안바조에서 페리를 타고 왔어요. 도마뱀 구경은 할 만큼 했어요. 이젠 지겹네요. 음식도 형편없고."

"페리라고요?"

"거의 매일 다니잖아요."

"아! 아, 그렇군요. 라부안바조에서요?"

"관리사무소에 가서 여행자 명부에 이름을 적어야 해요." 그녀가 그곳을 가리키며 말했다.

나는 조금 어리둥절한 기분으로 마크와 게이너가 있는 곳으로 갔다.

"생각했던 것과는 딴판이네." 마크는 산처럼 당당하게 쌓인 우리의 짐 한가운데서 닭 네 마리를 들고 서 있었다. "이걸 꼭 가져와야 했나요?" 그가 키리에게 물었다.

키리는 먹기 위한 닭을 가져가는 건 늘 좋은 생각이라고 했다. 그렇지 않으면 물고기랑 국수만 먹어야 하니까.

"나는 물고기가 더 좋은데." 게이너가 말했다.

키리는 말도 안 된다면서 물고기보다는 닭고기가 낫다고 했다. 서양 사람들은 닭고기를 더 좋아하죠. 그건 온 세상이 다 아는 사실이잖아요. 물고기는 촌사람들이나 먹는 싸구려 음식이고. 아무래도 우리는 서양 사람들이 더 좋아한다는 그 섹시한 닭을 먹게 될 모양이었다.

키리는 닭을 줄줄이 묶은 끈을 받아서 짐 옆에 내려놓고는 우리를 공원 사무소로 데려갔다. 직원이 우리에게 연필과 양식을 나눠 주었다. 여권번호와 날짜, 국적, 출생지 등등의 빈칸을 채우려는데 갑자기 밖이 소란스러워졌다. 처음엔 어머니의 결혼 전 성이 뭐였는지, 가장 가까운 가족으로는 누구를 적어야 하는지 고민하느라 신경 쓰지 않았는데, 소리가 점점 요란해졌다. 그제야 그게 죽겠다고 몸부림치는 닭들의 소리라는 걸 깨달았다. 우리 닭!

얼른 밖으로 뛰어나갔다. 박제인 줄 알았던 아까 그 도마뱀이 우리 닭을 덮치는 중이었다. 한 마리를 입에 물고 마구 흔들다가 사람들이 자기를 포위해 오는 걸 보고는 잽싸게 건물 모퉁이를 돌아 흙먼지 바람을 일으키며 뒤쪽의 공터를 가로질렀는데, 같은 끈에 묶인 다른 닭들이 흙바닥에 질질 끌려가며 비명을 질러 댔다.

30미터쯤 거리를 벌인 도마뱀은 잠시 멈추더니 머리를 사납게 흔들며 끈을 물어뜯었고, 풀려난 닭들은 비명을 지르며 걸음아 날 살려라 숲속으로 달아났지만 뒤쫓아온 경비원들의 포위망을 벗어나지 못했다. 남아도는 닭을 떼어 낸 도마뱀은 무성한 덤불 사이로 성큼성큼 사라졌다.

먼저 가세요. 나중에 갈게요. 서로 한참 옥신각신 실랑이를 하던 우리는 녀석이 사라진 곳으로 조심스레 다가가서 가쁜 숨을 쉬며 긴장된 시선으로 덤불 속을 들여다봤다. 덤불은 넓은 둑을 뒤덮었고, 도마뱀은 둑에 올라가 걸음을 멈췄다. 나무가 빽빽해서 1미터 이상은 가까이 갈 수 없었지만, 굳이 더 가까이 가보려고 애를 쓰지도 않았다.

녀석은 거기 가만히 엎드려 있었다. 주둥이 밖으로 삐죽 솟은 앙상한 닭다리가 힘없이 허공을 허우적거렸다. 왕도마뱀은 한쪽 눈을 우리 쪽으로 돌리고는 무심하게 우리를 쳐다봤다. 진갈색의 둥근 눈동자였다.

나를 응시하는 눈동자를 바라보는 건 왠지 마음을 불편하게 만들지만, 그 눈이 거의 내 눈만 하고 그 눈의 주인이 도마뱀일 때는 더 말할 나위가 없다. 도마뱀은 눈을 끔뻑이는 모습도 심란하다. 도마뱀에게 어울릴 법한 빠른 반사작용과는 거리가 멀고,

뭔가에 골몰한 듯 천천히 눈을 감았다 떠는 그 모습은 자신의 행동에 대해 생각하는 것 같은 인상을 준다.

닭의 꽁무니는 잠시 무력하게 저항했지만, 도마뱀은 턱을 조금 움직이는가 싶더니 몸부림치는 닭을 목 안으로 깊숙이 밀어넣었다. 한쪽 발만 우스꽝스럽게 밖으로 삐져나와 있을 때까지 같은 동작을 두어 차례 반복했다. 그 동작 말고는 조금도 움직이지 않고 그냥 우리를 쳐다봤다. 결국 뭐라 설명할 길 없는 서늘한 공포에 진저리를 치며 꽁무니를 뺀 건 우리였다.

왜 그랬을까? 우리는 간이식당 테라스에 앉아 세븐업으로 마음을 진정시키며 곰곰이 따져봤다. 우리 셋은 끔찍하고 엽기적인 살인사건을 목격하기라도 한 것처럼 창백한 얼굴로 앉아 있었다. 그러나 살인을 목격했더라도, 살인자가 살인을 하며 무심한 눈동자로 우리를 바라보지는 않았을 것이다. 우리를 그토록 불편하게 만든 건 조금도 위축되지 않는 녀석의 냉혈한 거만함이었을지도 모른다. 그러나 도마뱀에게 아무리 사악한 감정을 덮어씌운들, 그게 도마뱀이 아닌 우리 자신의 감정이라는 걸 우리는 잘 알고 있었다. 도마뱀은 그저 단순하고 명백하게 도마뱀다운 방식으로 도마뱀이 해야 할 일을 했을 뿐이다. 동물 중에서 유일하게 죄를 짓고 부끄러운 행동을 하는 인간이 뒤집어씌우는 공포니 죄책감이니 수치, 추악함 따위를 녀석은 알지 못했다. 그래서 그런 것들은 흔들림 없이 무심한 녀석의 한쪽 눈에 반사되어 우리에게 고스란히 되돌아왔다. 거울에 비친 우리 자신의 모습을 보고 경악했다는 생각에 울적해진 우리는 잠자코 앉아 점심을 기다렸다.

점심. 지금까지 벌어진 일들을 돌이켜보니, 불현듯 점심이 말할 수 없이 복잡한 문제가 되었다. 하지만 우리가 받아든 점심은 닭고기가 아니었다. 그게 닭고기가 아닌 건 도마뱀이 그걸 먹었기 때문이었다. 도마뱀이 먹지 않았으면 그게 우리의 점심이 됐으리란 걸 주방에서 어떻게 알았는지는 분명치 않았지만, 우리가 평범한 국수를 먹게 된 이유가 그 때문인 건 틀림없었고, 우리는 그저 감사할 따름이었다.

우리는 동물을 제멋대로 의인화해서 얼토당토않게 인간의 감정과 생각을 투사하는 실수를 저지르기가 얼마나 쉬운지에 대해 이야기했다. 우리는 거대한 도마뱀으로 사는 게 어떤 건지 전혀 모르고, 그렇게 따지면 도마뱀도 그걸 모르긴 마찬가지였는데, 녀석은 거대한 도마뱀으로 산다는 자의식을 가지고 사는 게 아니라 그저 살기 위해 필요한 행동을 할 뿐이기 때문이다. 녀석의 행동에 혐오감을 느끼는 건 인간 세상에나 어울리는 잣대를 적용하는 우를 범하는 짓이다. 우리는 각자의 방식으로 세상에 자리를 잡고, 서로 다른 방식으로 생존하는 법을 배운다. 우리에게 성공적인 것이 도마뱀에게는 그렇지 않고, 그 반대 역시 마찬가지다.

"예를 들어 우리는 출출할 때 마침 자식이 옆에 있다고 해서 잡아먹지는 않죠." 마크가 말했다.

"뭐라고요?" 게이너가 포크를 내려놓으며 물었다.

"다 자란 도마뱀에게 새끼란 그저 먹을 것에 불과하거든요." 마크가 말을 이었다.

"엉금엉금 돌아다니는 조그만 고깃덩어리인 거죠. 물론 그걸 다 먹어치운다면 종의 씨가 마를 테니까 썩 바람직한 방법은 아니죠. 대부분의 동물이 생존하는 이유는 다 자란 성체에게 새끼를 잡아먹지 않는 본능이 있기 때문이에요. 도마뱀이 생존하는 건 새끼들에게 나무에 올라가는 본능이 있기 때문이고요. 어른 도마뱀은 너무 커서 나무에 오르지 못하기 때문에 새끼들은 자신을 스스로 보호할 수 있을 때까지 나무 위에서 버텨요. 물론 그래도 몇몇은 잡아먹히지만 그 정도는 괜찮아요. 녀석들도 지금까지 살아오는 동안 먹을 게 부족할 때는 개체 수를 적당히 조절하는 게 도움이 된다는 사실을 간파했으니까요. 가끔은 그런 것에 상관없이 잡아먹지만."

"몇 마리나 남아 있죠?" 내가 조용히 물었다.

"한 오천 마리쯤."

"예전엔 몇 마리였는데요?"

"한 오천 마리쯤. 우리가 알기로는 늘 그 수준이었어요."

"그러니까 특별히 위태로운 상황은 아니로군요?"

"그게 꼭 그렇지가 않은데, 그중에서 350마리만이 알을 낳을 수 있는 암컷이거든요. 이게 전형적인지 아닌지는 모르겠지만 상당히 적은 숫자 같아요. 게다가 어떤 동물이건 적은 수가 지극히 제한된 지역, 이 도마뱀처럼 몇 개의 작은 섬에서만 사는 경우 서식지의 환경 변화에 특히 취약한데, 사람이 올 때마다 서식지가 상당히 급격하게 변하거든요."

"그렇다면 사람은 여기에 오지 말아야 하겠군요."

"거기엔 또 논쟁의 여지가 있어요. 아무도 관심을 기울이지 않고 방치하면 뭔가 잘못될 가능성이 상당히 높아요. 산불이 나거나 사슴들 사이에 전염병이라도 돌면 도마뱀이 전멸할 수도 있거든요. 그런가 하면 섬의 인구가 증가할 경우 저것들이 없어야 안전하다는 인식이 팽배해질 수 있다는 것도 문제입니다. 어쨌거나 대단히 위험한 동물인 건 사실이니까요. 게다가 잡아먹히는 것만 위험한 게 아니에요. 그냥 물리기만 해도 심각한 상태가 되거든요. 도마뱀이 말이나 물소에게 덤빌 때는 꼭 그 자리에서 죽이겠다는 의도가 아니에요. 괜히 싸움을 벌였다간 자기도 부상을 당할 수 있고 그러면 좋을 게 없으니까, 가끔은 그냥 한번 물고 가버리기도 해요. 하지만 도마뱀 침 속의 박테리아는 독성이 너무 강해서 상처가 아물지 않고, 며칠이 지나면 대개 패혈증으로 죽게 되는데, 그러면 그때 도마뱀이 와서 느긋하게 먹는 거예요. 아니면 우연히 그걸 먼저 발견한 다른 도마뱀이 먹을 수도 있고. 그걸 두고 다투지는 않아요. 심각한 부상을 입어서 죽어가는 동물이 꾸준히 발생하는 건 전체 종을 위해 좋은 거니까요.

도마뱀에게 물렸다가 파리로 돌아가서 결국 2년 후에 목숨을 잃은 프랑스 사람 얘기는 유명하죠. 상처는 곪아들어 가는데 도저히 치료할 방법이 없었어요. 안타깝게도 파리에는 그걸 먹어 치울 도마뱀이 없었으니 이들의 전략이 유효하진 않았지만, 일반적으로는 효과가 좋아요. 요점은 문밖에만 나가면 이 고약한 녀석들이 버티고 있으니 지금까지는 코모도와 린카섬 주민들이 상당히 잘 참아왔더라도 사건과 사망의 역사가 유구하고, 인구가 늘어나게 되면 갈등도 그만큼 커지면서 지나가는 도마뱀한테 다리를 물리거나 내장을 뜯기지 않고 마음 편히 달리기를 할 수 없는 현실을 참아 내기가 점점 힘들어질 거라는 사실입니다.

그래서 우리가 봤듯이 코모도는 현재 국립공원으로 보호되고 있어요. 희귀종을 보호하려면 적극적이고 신중한 개입이 필요하다는 걸 알게 됐고, 그러려면 대부분의 경우 대중의 관심이 뒷받침되어야 합니다. 그리고 대중의 관심을 유지하려면 그들의 접근을 허락해야 하죠. 만약 신중하게 관리하고 혼란을 최소화한다면 소기의 성과를 이룰 수 있고 별문제가 없을 겁니다. 그럴 거예요. 그렇다고 전혀 불편하지 않은 것처럼 가장할 생각은 없어요."

"난 이곳 자체가 너무 불편해요." 게이너가 진저리를 치며 말했다. "뭔가 사악한 기운이 스멀스멀 돌아다니는 것 같아요."

"그건 당신의 상상일 뿐이에요. 자연보호론자들에게 여긴 천국인 걸요." 마크가 말했다.

그때 갑자기 테라스 지붕에서 뭔가 주르륵 미끄러지는 소리가 나더니 커다란 뱀이 우리가 앉은 곳 바로 옆에 떨어졌다. 공원 경비원 두 명이 재빨리 달려와서 뱀을 덤불 속으로 쫓아버렸다.

"저건 내 상상이 아니라고요." 게이너가 말했다.

"그러게요." 마크는 신이 난 듯했다.

"정말 멋지네요."

오후에는 키리와 경비원을 대동하고 탐험에 나섰다. 도마뱀은 보지 못했어도 덤불을 사정없이 헤치고 다니는 동안 새를 한 마리 만났는데, 나에게는 그 새가 그렇게 친근할 수 없었다.

나는 주변에서 기계광이라는 평판이 자자하고, 그냥 하면 10초에 끝낼 일인데도 굳이 자동실행 프로그램을 짜느라 하루 종일 씨름하며 행복해한다. 10초는 시간이 아니던가. 어찌됐건 시간은 소중한 것이고 10초의 소중함은 그걸 절약할 방법을 고안해 내기 위해 하루를 투자할 만한 가치가 있다고 혼자 중얼거리곤 한다.

우리가 본 새는 무덤새였고 인생관이 나와 대단히 비슷했다. 생김새는 날렵하고 활기찬 닭처럼 보이지만 조금 둔하기는 해도 닭과는 달리 날 수 있고, 그렇기 때문에 동화 속에서 그리고 코모도에 머무는 동안 하루도 빠짐없이 내 잠을 괴롭힌 악몽 속에서밖에 날지 못하는 도마뱀을 피해 도망치기가 수월하다.

중요한 건 무덤새가 노동을 절약해주는 멋진 장치를 개발했다는 사실이다. 녀석이 피하고 싶어 하는 노동이란 다른 일을 보러 밖에 나가지도 못한 채 하루 종일 둥지에 앉아 알을 부화시키는 지루한 일이다.

이 시점에서 비록 덤불 사이로 후다닥 지나가는 모습을 봤다고 생각하긴 했지만, 그 새와 직접 마주친 건 아니라는 사실을 밝혀야 할 것 같다. 그래도 녀석의 노동 절약용 장치는 똑똑히 봤는데, 사실상 그건 무심코 지나치기가 더 어렵다. 그건 썩어가는 풀과 흙을 높이 1.8미터에 바닥 지름 1.8미터 크기로 빼곡하게 쌓아 올린 원뿔형 더미다. 사실은 눈에 보이는 것보다 훨씬 더 높은데 바닥에 90센티미터 깊이의 구덩이를 파서 쌓아 올린 것이기 때문이다.

나는 조금 전까지 그 부화용 둥지의 부피를 순식간에 계산해주는 컴퓨터 프로그램을 짜며 한 시간 가까이 즐거운 시간을 보냈다. 온갖 팝업 메뉴를 갖춘 아주 근사하고 섹시한 이 프로그램의 장점은 무덤새 둥지의 부피를 알아야 할 때 기본 측정치만 입력하면 눈 깜짝할 사이에 계산이 끝나서 시간을 엄청나게 절약해 준다는 것이다. 단점이라면 살면서 과연 무덤새 둥지의 부피를 알아야 할 일이 있을지 의구심이 든다는 것이지만, 어쨌거나 이번에 본 둥지의 부피는 6.8세제곱미터가 조금 넘는다.

그 둥지는 자동부화기라고 할 수 있다. 풀이 썩으면서 일으키는 화학반응이 열을 발생시켜서 깊숙한 곳에 박아둔 알을 따뜻하게 유지해 주지만, 무작정 따뜻하게만 하는 건 아니다. 재료를 적당히 더하고 빼면 알의 부화를 위해 가장 적절한 온도를 맞출 수 있다.

무덤새가 알을 부화하기 위해 해야 하는 일은 2.3세제곱미터의 구덩이를 파고 거기에 2.3세제곱미터의 풀을 채워 넣은 다음, 다시 4.5세제곱미터의 풀을 모아다가 쌓아 올리고 거기서 발생하는 열을 세밀하게 관찰하며 재료를 더하거나 덜어내는 것뿐이다. 그렇게 해서 녀석은 종일 알 위에 앉아 있어야 하는 수고를 덜었다.

이 사실은 나를 무척 기쁘게 했고, 그렇게 고양된 기분은 여행자 마을로 돌아와서 배정받은 오두막에 들어갈 때까지 내내 이어졌다. 방은 꽤 넓었고 앞서 말한 것처럼 기둥 위에 올라앉아 있었는데, 이유야 두말할 필요가 없었다. 그러나 나무는 반쯤 썩어들어간 상태였고 작은 침실의 매트리스는 축축하고 악취를 풍겼으며, 구석구석 소름이 돋을 정도로 커다란 거미집이 걸려 있고, 바닥엔 죽은 쥐가 나뒹굴었으며, 물이 내려가지 않는 화장실 냄새도 고약했다. 그래도 꿋꿋하게 잠을 청해 봤지만, 지붕에서 쥐와 뱀이 싸우는 소리를 견딜 수 없어서 결국 배낭을 들고 나가 갑판에서 잤다.

이슬에 젖어서 추위에 떨며 일찍 잠이 깨긴 했어도 안전한 느낌이었다. 침낭을 말아 들고 삐걱거리는 방파제를 걸어와 아치 밑을 지났다. 아치를 지나는 순간 다시 한번 섬의 냄새가 우리를 때려눕힐 기세로 달려들었고, 우리는 또다시 코모도라는 사악한 별천지에 들어섰다.

이날 아침에는 틀림없이 도마뱀을 볼 수 있을 거라는 말을 들었다. 큰놈으로. 구체적으로 어떤 상황이 펼쳐질지는 알 수 없었지만, 애초에 예상했던 것과 다른 건 확실했다. 죽은 염소를 말뚝에 묶어놓고 온종일 나무 위에서 몸을 숨긴 채 기다리지는 않을 모양이었다.

그날은 스무 명 남짓한 미국 관광객이 전세 낸 배를 타고 도착한 걸 시작으로 온통 예상치 못한 일들의 연속이었다. 관광객들은 대부분 일찌감치 은퇴한 초로의 남녀였고, 합성섬유 재질의 캐주얼 양복 차림에 금테 안경을 썼으며 카메라를 목에 걸고 중서부 억양을 구사했다. 그 사람들도 온종일 나무 위에 올라가 있을 것처럼 보이지는 않았다. 그 사람들이 도착하면서 우리는 완전히 뒷전으로 밀려났고, 애써 움켜쥐고 있던 마지막 한 줌의 용기마저 스르르 빠져나가는 느낌이었다.

경비원을 찾아가 무슨 일이냐고 물었다. 그는 왁자지껄한 무리에 휩쓸리고 싶지 않으면 지금 당장 출발하는 게 좋다고 했고, 그래서 그와 함께 즉시 길을 떠났다. 많은 왕래로 잘 다져진 듯한 평평한 길을 따라 숲 속을 5~6킬로미터쯤 걸어갔다. 날은 뜨겁고 먼지가 일었으며, 오늘은 또 어떤 하루가 될지 불안한 마음에 속이 울렁거렸다. 얼마쯤 지나자 앞쪽에서 종소리가 희미하게 들려왔고, 그게 뭔지 궁금해서 걸음을 재촉했다. 그리고 모퉁이를 돌자 기어이 속을 뒤집어 놓는 풍경을 보고야 말았다.

지금도 그 날의 일을 생각하면 도무지 현실 같지가 않다. 아치 밑을 지나 섬의 퀴퀴한 냄새를 맡는 순간 용이니 뱀, 염소 같은 말들이 현실 세계와 전혀 상관없는 환상의 의미를 획득해서 현실에 아무 영향을 미치지 못하는, 그야말로 환상의 세계로 접어든 것 같았다. 그런데 꿈인 줄 알았던 것은 악몽으로 빠져드는 미끄럼틀이었고, 심지어 깨어보니 진짜로 침대를 적셨으며 누군가 진짜로 나를 흔들며 소리를 지르는데, 매캐한 연기는 진짜로 집에 불이 났기 때문이라는 걸 발견하게 되는, 그런 악몽이었던 기분이 든다.

앞에서 걸어가는 건 어린 염소였다. 목에 종을 달고 밧줄에 묶여 경비원에게 끌려가는 중이었다. 우리는 망연자실 그 뒤를 따라갔다. 녀석은 마지못해 몇 걸음 옮기다가 불현듯 공포에 사로잡힌 것처럼 밧줄의 힘에 맞서 머리를 숙이고 앞발로 완강하게 버티며 메에메에 울어댔다. 경비원이 우악스레 밧줄을 잡아당기고 잎사귀가 무성한 생 나뭇가지로 엉덩이를 휘갈기면, 염소는 어쩔 수 없이 고꾸라질 듯 앞으로 떠밀리면서 겁에 질린 채 허둥허둥 몇 걸음을 더 떼어놓았다. 염소가 그렇게 두려워할 만한 대상은 보이지 않았고, 우리 귀에는 그럴 만한 소리도 들리지 않았다. 하지만 우리가 향하고 있는 곳에서 풍기는 냄새를 염소가 맡을 수 있었는지는 모를 일이었다.

한없이 가라앉은 우리의 기분은 얼마 지나지 않아 전혀 예상치 못한 방향에서 날아온 강편치를 얻어맞았다. 공터 한복판에 둥근 콘크리트 바닥이 조성되어 있었다. 원의 지름은 6미터 정도였는데, 그 위에 검은 선 두 개를 나란히 긋고 가운데를 다시 검은 선으로 이어놓았다. 그게 무슨 상징이고 뭘 의미하는지 깨닫는 데는 한참이 걸렸다. 그러나 마침내 알아냈다. 그건 H자였고, 그 원은 헬리콥터 착륙장이었다. 염소에게 무슨 일이 벌어질지는 몰라도 그건 사람들이 헬기까지 타고 와서 구경할 만한 볼거리였다. 우리는 머리가 빙빙 도는 멍한 상태에서 잰걸음을 놀렸고 아무 의미 없이 미친 듯이 웃어댔는데, 왠지 우리 자신이 파괴될 거라는 사실을 알면서도 무모하게 그 길을 걸어가고 있는 기분이었다.

헬기 착륙장에서는 다시 잘 닦인 길이 이어졌다. 폭은 2미터쯤 됐고 양쪽으로는 60센티미터 높이로 튼튼한 나무 울타리를 쳐놓았다. 그 길을 따라 200미터쯤 가자 깊이가 3미터쯤 되어 보이는 널찍한 골짜기가 나왔는데, 거기에 볼거리가 많았다. 우리 왼쪽으로는 일종의 야외음악당 같은 건물이 하나 있었다. 벤치 몇 개가 줄지어 있고, 그 위에는 햇살과 비를 막아 줄 나무 지붕을 비스듬히 달아 놓았다. 앞쪽 난간에 묶은 파란색 나일론 밧줄 두 개는 굽은 나뭇가지에 걸린 도르래를 통과해서 골짜기까지 길게 늘어졌다. 끝에는 작은 쇠갈고리가 달려 있었다. 그 나무 근처에서 뜨겁지만 구름이 두텁게 덮힌 흐린 날의 햇볕을 쬐며 썩은 냄새를 풍기고 있는 건, 짙은 회색의 커다란 왕도마뱀 여섯 마리였다.

제일 큰 녀석은 길이가 3미터쯤 되어 보였다. 처음엔 크기를 가늠하기가 쉽지 않았다. 그 정도로 거리가 가깝지도 않은 데다 육안으로 모습을 파악하기엔 날이 흐리고 우중충했으며, 그 정도 크기의 도마뱀을 보는데 익숙하지 않았기 때문이다.

입을 벌린 채 그 녀석들을 한참 쳐다보는데 마크가 내 팔을 톡톡 건드렸다. 고개를 돌렸더니 낮은 울타리 저편에서 커다란 도마뱀이 우리를 향해 다가오고 있었다. 덤불 속에 있다가 인간이 어슬렁거리는 걸 보니 밥때라는 걸 알고 나온 게 틀림없었다. 우리는 나중에야 그 골짜기의 도마뱀들이 이제 좀처럼 먼 걸음을 하지 않고, 누워서 빈둥거리며 먹을 걸 기다린다는 얘기를 들었다.

왕도마뱀은 왼쪽 앞발과 오른쪽 뒷발을 함께 내딛었다가 나머지 두 발을 또 함께 내딛으며 어기적어기적 다가왔는데, 육중한 몸을 가뿐하고 날렵하게 움직이는 모습이 일부러 껄렁대는 동네 불량배 같았다. 녀석은 길고 가늘고 끝이 갈라진 하얀 혀를 날름거리며 공기 중에 떠도는 시체의 냄새를 확인했다.

울타리까지 다가온 녀석은 무대에 오를 신호라도 기다리는 건지, 묵직한 꼬리를 흔들어 흙바닥을 쓸어대며 신경질적으로 오락가락 걸어 다니기 시작했다. 비늘로 뒤덮인 거친 살갗은 헐거운 사슬갑옷처럼 살짝 늘어졌고, 죽음의 사신 같은 얼굴에 뒷덜미는 두건처럼 주름이 잡혔다. 굵은 다리는 근육질이었고, 끝이 안으로 구부러진 발톱은 놋쇠로 만든 탁자 다리의 밑받침 같은 모양이었다. 녀석은 평범한 모니터도마뱀*이었지만 비현실적일 정도로 거대했다. 울타리 위로 고개를 쳐들고 두리번거릴 때는 대체 무슨 수로 저럴 수 있는지 의아한 기분이었다.

바로 그때 미국 관광단이 무리 지어 다가오기 시작했는데, 분위기에 압도된 기색 없이 유쾌한 목소리로 무슨 일인지, 뭐 재미있는 일이라도 있는지 궁금해 했다. 저것 좀 봐, 여기도 그 도마뱀이 한 마리 있네. 와, 정말 크다. 녀석 못되게 생겼는걸. 그리고 바야흐로 최악의 사태가 벌어지기 일보 직전이었다.

음악당 뒤에서는 염소를 도살하는 중이었다. 공원 경비원 두 명이 버둥거리며 울어대는 염소의 목을 통나무로 찍어 눌러 바닥에 고정하고는 벌채용 칼로 목을 따고, 잎사귀가 달린 잔가지들로 솟구치는 피를 틀어막았다. 염소가 죽기까지는 몇 분이 걸렸다.

숨이 끊어진 염소의 뒷다리를 잘라 울타리 뒤에 있는 도마뱀에게 던져주고, 나머지는 파란색 나일론 밧줄 끝의 갈고리에 걸었다. 염소의 몸뚱이가 바람에 흔들흔들 흔들리며 골짜기에 누

✦ 악어의 출현을 경고해 준다고 해서 왕도마뱀을 이렇게도 부른다

운 도마뱀들을 향해 내려갔다.

도마뱀들은 한동안 이렇다 할 관심을 보이지 않았다. 이미 두둑하게 배를 채워 나른한 상태였다. 그러다 마침내 한 녀석이 몸을 일으키더니 밧줄에 걸린 시체의 연한 배 부분을 가볍게 물어뜯었다. 뒤엉킨 내장이 도마뱀의 머리로 와르르 쏟아졌다. 내장은 김을 모락모락 풍기며 한참 동안 녀석의 머리 위에 놓여 있었다. 도마뱀은 더 이상 흥미가 동하지 않는 듯했다.

그때 또 다른 녀석이 육중한 몸을 일으켜 그쪽으로 다가갔다. 쿵쿵 냄새를 맡고 혀를 날름거리던 녀석은 첫 번째 도마뱀의 머리에 얹힌 염소의 내장을 먹으려 했지만, 이때 첫 번째 도마뱀이 반격을 가하며 소유권을 주장하기 시작했다. 둘둘 말려 번들거리는 회색 내장은 한입 물어 뜯기자마자 걸쭉한 녹색 액체를 콸콸 쏟아냈고, 식사가 진행되는 동안 도마뱀 두 마리는 돌아가며 그 녹색 액체를 뒤집어썼다.

"와, 이거 엄청 크게 보이는데, 폴린." 내 옆에 있던 남자가 쌍안경을 들여다보며 말했다.

"실제보다 더 커 보여. 와, 실제 그럴 거라고 생각했던 그 크기 그대로야." 남자가 아내에게 쌍안경을 건넸다.

"정말 크게 보인다!" 여자가 말했다.

"진짜 끝내주는 쌍안경이지, 폴린. 게다가 무겁지도 않잖아." 다른 사람들이 주변에 모여들었다.

"나도 한번 봐도 돼요? 이거 누구 거예요?"

"이런 세상에, 하워드가 껌뻑 넘어가겠는데!"

"존? 존, 이리 와서 이 쌍안경을 좀 봐요. 그럼 그게 얼마나 무거운지 알 거야."

쌍안경을 놓고 호들갑을 떠는 이유가 저 구덩이에서 펼쳐지는 지옥의 풍경을 외면하기 위해서라고 혼자 속 편한 짐작을 하려는데, 쌍안경을 받아든 여자가 갑자기 환호성을 질렀다.

"꿀꺽, 꿀꺽, 꿀꺽! 다 삼켜 버렸어! 위장 한번 대단하네! 이제 우리 냄새를 맡고 있나 봐!"

"좀 신선한 고기를 먹고 싶은가 보네." 여자의 남편이 거들먹거렸다.

"살아 있는 싱싱한 것으로 말이야!"

실제로 염소가 전부 사라지기까지는 한 시간이 넘게 걸렸고, 단체 관광객들은 있는 대로 수다를 떨며 마을로 돌아간 후였다. 사람들이 전부 돌아갔는데도 웬 영국 여자가 혼자 남아서 자기는 도마뱀한테 별 관심이 없다고 털어놓았다.

"난 그냥 풍경이 좋아요." 어쩐지 잘난 척하는 태도였다.

"도마뱀이야 그냥 그 풍경 속에 놓여 있을 뿐이죠. 게다가 이런 끈이며 염소며 관광객들은, 이를테면 순전히 코미디예요. 혼자 걷다가 마주친다면 모를까, 이건 일종의 인형극 같은 거잖아요."

그 여자까지 돌아가자 공원 경비원은 골짜기에 내려가서 도마뱀을 보고 싶으면 그래도 된다고 했고, 우리는 현기증을 느끼며 아래로 내려갔다. 경비원 두 명이 끝이 Y자로 갈라진 긴 막대기를 들고 함께 내려갔다. 녀석들이 너무 가까이 다가오거나 난폭한 모습을 보이면 목을 밀어내기 위한 용도였다.

우리는 뭐가 어떻게 되는지도 모르고, 그런 것에 신경도 쓰지 못할 만큼 겁에 질린 채 더듬거리고 미끄러지며 비탈을 내려갔는데, 어쩌다 보니 내가 제일 큰 도마뱀과 60센티미터 남짓한 거리에 서 있었다. 녀석은 이제 배도 찼겠다, 나에게 큰 관심을 보이지 않았다. 벌어진 턱에는 액체가 뚝뚝 떨어지는 긴 내장이 걸려 있었고, 얼굴은 피칠갑에 침으로 번득였다. 입 안은 연분홍색이었는데, 골짜기의 덥고 역겨운 공기와 뒤섞인 그 고약한 입냄새란 눈이 따끔거리고 눈물이 질금거릴 정도로 강력해서 속이 메슥거리다 못해 정신이 혼미해질 지경이었다.

우리 앞에서 버둥거리며 메에메에 울던 염소에게서 남은 거라곤, 파란색 나일론 밧줄 끝의 갈고리에 걸린 피범벅이 된 다리한 짝뿐이었다. 한 마리만이 여전히 관심을 보이며 뚱한 표정으로 허벅지 살을 뜯어 먹었다. 녀석은 다리를 덥석 물고는 갈고리에서 떼어 내기 위해 머리를 좌우로 사납게 흔들었지만, 갈고리에 발목이 꿰인 다리는 요지부동이었다. 그러자 놀랍게도 녀석은 다리를 통째로 삼키기 시작했다. 당기고 끌며 온갖 방법으로 다리를 점점 더 목구멍 깊숙이 집어넣었고, 이제 주둥이 밖으로 삐져나온 건 발굽과 갈고리뿐이었다. 얼마쯤 지나자 도마뱀은 그것과 씨름하길 포기한 채 그대로 주저앉더니 10분이 넘도록 미동도 없이 버티기에 들어갔고, 결국 보다 못한 경비원이 칼로 갈고리를 떼어주었다. 염소의 마지막 조각은, 뼈와 발굽과 뿔이 이미 강력한 소화 효소의 힘으로 분해되고 있을 코모도왕도마뱀의 위장 속으로 사라졌다. 우리는 그만 가봐야겠다며 그곳을 떠났다.

남은 세 마리의 닭 가운데 첫 번째가 점심상에 올라왔지만 도저히 먹을 기분이 아니었다. 우리는 고기 조각들을 접시 한쪽으로 밀어냈고, 좀처럼 할 말을 찾을 수 없었다.

오후에는 배를 타고 코모도 마을에 가서 도마뱀의 공격을 받고도 살아남았다는 유일한 생존자를 만났다. 그녀는 밭에 나갔다가 거대한 도마뱀의 습격을 받았고, 비명 소리를 들은 이웃 사람들과 개들이 달려와 도마뱀을 쫓아버렸을 땐 다리가 만신창이였다. 발리에서 대수술을 받은 끝에 절단은 면할 수 있었고 기적적으로 감염도 치료되어 목숨을 구했지만, 다리에는 그때 짓이겨진 흉터가 남아 있었다. 옆의 린카섬에서는 집 앞 계단에서 놀던 네 살짜리 남자아이를 도마뱀이 채간 적도 있다고 한다. 살아 있는 사람들은 기둥 위에 집을 짓지만, 이 섬에서는 심지어 죽은 후에도 마음을 놓을 수 없어서 무덤 위에 끝이 뾰족한 돌무더기를 쌓아놓는다.

서구의 합리적인 지성과 교육으로 무장한 나지만, 그 순간만큼은 사악하고 변덕스런 신의 지배를 받는 원시생활의 기운에 압도되었고, 그 느낌은 오후 내내 눈에 들어오는 모든 걸 채색했는데 심지어 코코넛도 예외가 아니었다. 마을사람들에게서 코코넛을 조금 샀더니 위를 따주었다. 코코넛은 거의 완벽하게 설계된 작품이었다. 처음엔 구멍을 조금 내서 즙을 마시고, 그다음에 칼로 쪼개서 껍질을 한 조각 썰어내면 그걸로 과육을 퍼먹을 수 있다. 하지만 신의 성격을 의심하게 되는 건, 이렇게 완벽한 작품을 만들어 놓곤 왜 그 작품을 가지도 없는 나무의 6미터 꼭대기에 매달아 놨느냐는 것이다.

이거 재미있겠는 걸. 인간들이 어떻게 하는지 좀 볼까? 어럽쇼. 나무 타는 법을 알아냈네? 저걸 할 수 있을 줄은 미처 몰랐는데. 그렇단 말이지. 그럼 뚜껑도 딸 수 있는지 한번 볼까? 흠. 쇠를 단련하는 법까지 알아냈단 말이야? 좋아, 마냥 잘해주는 건 이제 끝났어. 다음에 나무 위에 올라갔을 땐 밑에 도마뱀이 버티고 있게 해야지.

내가 생각할 수 있는 이유라곤 선악과 때문에 이 양반이 우리가 생각하는 것보다 더 화가 난 모양이라는 것뿐이었다.

해변에 나가 홍수림 옆에 앉아 잔잔한 바다를 내다봤다. 물고기 몇 마리가 해변을 뛰어올라 나무로 올라갔다. 물고기가 하는 짓치고는 묘하다는 생각이 들었지만, 편견을 갖지 않으려고 노력했다. 인간이라는 종에 대해서도 도무지 알 수 없다는 생각이 드는 마당에 다른 종에게 미심쩍은 눈초리를 보낼 마음이 들지 않았다. 물고기도 나무에서 노는 게 즐겁다면, 그게 사악한 신의 농간이라고 떠들거나 스스로를 합리화하지 않는 이상 얼마든지 그럴 수 있어야 했다.

우리의 종에 대해 도무지 알 수 없다고 생각한 건 우리가 선이라고 부르는 것과 악이라고 부르는 것을 구분하려 하기 때문이다. 우리는 악한 것의 이미지를 우리 밖에서, 선이니 악이니 하는 것에 대해서 아무것도 모르는 동물들에게서 찾아내곤 역겨워하고, 그런 반면 자기 자신은 선하게 여긴다. 그 동물들이 적당히 역겹게 굴지 않으면 염소를 던져준다. 그 동물들은 염소를 원치도 않고, 그게 필요하지도 않다. 만약 그걸 원했다면 스스로 구했을 것이다. 염소에게 일어난 유일하고도 철저하게 역겨운 일은, 사실상 우리가 저지른 짓이다.

그렇다면 왜 우리는 아무 말도 하지 않은 걸까? 이를테면 "염소를 죽이지 말라!"거나. 뭐, 거기에는 몇 가지 그럴 듯한 이유가 있다.

- 우리 때문에 염소를 죽이지 않았더라도 다른 누군가, 예를 들면 미국인 관광객들 때문에 죽였을 것이다.
- 우리는 사실상 무슨 일이 벌어지는지 몰랐고, 알았을 땐 손을 쓰기에 이미 늦었다.
- 어차피 염소는 별로 행복하지 않았다. 특히 오늘은.
- 다른 도마뱀이 아마 나중에 잡아먹었을 것이다.
- 염소가 아니라면 도마뱀은 다른 것, 사슴이나 뭐 그런 걸

먹었을 것이다.

- 우리는 책과 BBC 방송을 위한 자료가 필요하다. 사람들에게 자세한 내용을 전달하려면 우리가 제대로 경험해야 한다. 그건 염소 한 마리를 희생할 만한 가치가 있는 일이다.
- "우리 때문에 염소를 죽이지 말아요." 이렇게 말하기에 우리는 너무 점잖다.
- 우리는 합리화나 일삼는 비겁한 똥덩어리들이다. 선과 악을 구분하는 유일한 종이어서 좋은 점은 게임의 규칙을 우리가 정할 수 있다는 것이다.

물고기들은 여전히 순진무구하게 깡충깡충 나무를 오르내리고 있었다. 길이는 7~8센티미터쯤이었고 갈색과 검은색이 섞였으며, 까딱거리는 작은 눈을 머리 꼭대기에 달고 있었다. 녀석들은 지느러미를 목발 삼아 뛰어다녔다.

"말뚝망둥어예요." 마침 가까이 있던 마크가 말했다. 그는 물고기를 보기 위해 쪼그리고 앉았다.

"나무 위에서 뭘 하는 거죠?" 내가 물었다.

"실험 중이라고 할 수 있죠. 물보다 뭍에서 사는 게 더 낫다고 판단되면, 오랜 세월의 진화를 거쳐 뭍에서 살게 될지도 몰라요. 지금도 어느 정도는 피부 호흡을 하지만, 아가미로 물을 통과시켜야 하기 때문에 한 번씩 바다로 달려가야 하죠. 하지만 그건 변할 수 있어요. 이미 그런 일이 있었잖아요."

"무슨 소리예요?"

"그러니까, 이 지구상의 생명은 바다에서 시작됐고 해양의 생명체가 새로운 서식지를 찾아 땅으로 올라왔다고들 하잖아요. 3억 5천만 년 전에 말뚝망둥어와 대단히 흡사한 물고기가 살았어요. 그것도 지느러미를 목발처럼 이용해서 땅으로 올라왔죠. 그게 육지에 사는 모든 척추동물의 조상일 가능성이 있습니다."

"정말이요? 이름이 뭔데요?"

"그때 무슨 이름이 있었겠어요."

"그러니까 우리가 3억 5천만 년 전엔 이 물고기 같았을 거라는 얘기예요?"

"가능성이 농후하죠."

"그러면 앞으로 3억 5천만 년 후에는 이 녀석의 후손 하나가 카메라를 목에 걸고 여기 이 해변에 앉아 또 다른 물고기가 바다에서 튀어나오는 걸 보고 있을 수도 있겠네요?"

"그야 모르죠. 그건 SF 작가님이 생각해 볼 문제겠죠. 동물학자는 지금까지 일어났다고 여겨지는 일에 대해서만 이야기할 수 있어요."

대책 없이 순진하고 낙천적인 말뚝망둥어가 깡충깡충 뛰는 모습을 보고 있자니, 문득 내가 끔찍하게 늙은 기분이었다. 녀석이 가야 할 길은 한없이 끔찍하게 멀었다. 그래도 만약 녀석의 후손들이 3억 5천만 년 후에 목에 카메라를 걸고 이 해변에 앉아 있게 된다면, 그 여정이 보람 있었다고 느꼈으면 좋겠다. 그들은 세상과의 관계 속에서 스스로를 보다 뚜렷하게 이해했으면 좋겠다. 다른 생명체의 생존을 보장한다는 미명하에 그 생명체를 혐오스러운 서커스로 내모는 일이 없었으면 좋겠다. 누군가 옆에서 그저 짜릿한 오락을 위해 염소의 먼 후손을 도마뱀의 먼 후손에게 먹이려고 한다면, 그게 옳지 않다고 느꼈으면 좋겠다. 그런 말도 하지 못하는 겁쟁이 닭대가리가 아니었으면 좋겠다.

3장

표범가죽 납작모자

실버백마운틴고릴라, 북부흰코뿔소

자이르 국민여러분, 손님들을 도와줍시다.

이 카드를 지닌 우리의 친구는 이 나라를 방문한 사람입니다. 우리의 손님입니다. 사진을 찍고 싶어하면 공손하고 다정하게 대해 주세요. 그가 이 나라에서 즐거운 시간을 보내고, 친구들과 함께 다시 찾을 수 있도록 최선을 다합시다. 그를 돕는 것이 나라를 돕는 겁니다. 관광 수입이 새로운 일자리를 창출하고, 학교와 병원과 공장을 세운다는 사실을 명심하세요. 손님들의 환대에 우리나라 관광산업의 미래가 달려 있습니다.

자이르

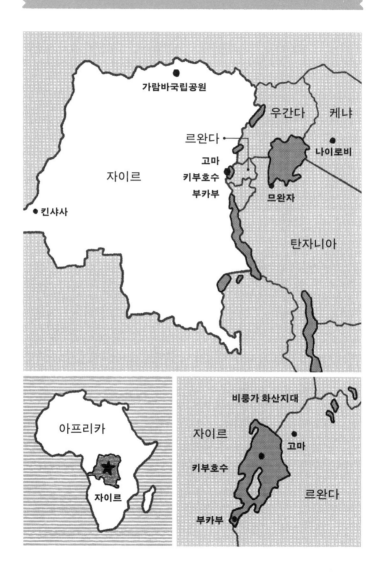

가람바국립공원

우간다　케냐

르완다

나이로비

고마
키부호수
부카부

므완자

자이르

킨샤사

탄자니아

아프리카

자이르

비룽가 화산지대

자이르

고마

키부호수

르완다

부카부

내가 선교용 비행기를 타고 자이르에 가게 될 줄이야. 원래는 그럴 의도가 아니었다. 자이르와 이곳을 식민통치했던 벨기에 사이에 격한 외교마찰이 벌어지면서 킨샤사*를 오가는 정기 항공편의 운항이 전부 중단됐고, 그나마 나이로비를 경유해서 뒷구멍으로라도 이 나라로 들어갈 수 있었던 건 마크가 고달밍** 에서 밤새 텔렉스를 보내며 기민하게 대처한 덕분이었다.

여기 온 건 코뿔소를 보기 위해서였다. 북부흰코뿔소는 자이르에 약 스물두 마리가 남아 있고, 체코에 여덟 마리가 있다. 체코에 있는 것들은 물론 야생이 아니고, 이번 세기 초에 북부흰코뿔소를 열심히 사 모은 체코 수집가 때문에 거기 있게 됐을 뿐이

◆ 자이르는 콩고민주공화국의 옛 이름이며, 킨샤사는 이 나라의 수도다
◆◆ 런던 인근의 작은 도시

다. 캘리포니아의 샌디에이고 동물원에도 몇 마리가 있다. 우리는 간 김에 다른 것들도 살펴볼 요량으로 먼 길을 돌아서라도 코뿔소의 나라를 찾아가기로 했다.

비행기는 16인승이었는데 우리 세 명(마크와 BBC의 음향기사인 크리스 뮈어, 그리고 나) 말고는 열세 명의 선교사가 나머지 자리를 꽉 채웠다. 뭐 열세 명이 전부 선교사는 아니었지만, 아무튼 선교사와 선교학교 교사, 그리고 선교에 관심이 지대하다는 미국인 노부부 등이었다. 이 부부는 마이애미에서 산 밀짚모자를 쓰고 목에는 카메라를 걸었으며, 상대방이야 원하든 말든 모두에게 두루두루 사람 좋은 공허한 표정을 지어 보였다.

우리는 나이로비 윌슨 공항 한구석의 허물어지는 입국수속 사무실을 슬금슬금 잠식해 들어오는 뜨거운 햇살 속에서, 과연 어떤 비행기를 어떤 사람들과 타게 될지를 점치며 두 시간을 보냈다. 선교사를 한눈에 알아보는 원칙이 있는 건 아니지만 그들에겐 확실히 남다른 구석이 있는데, 거기서 앉을 데라곤 차양이 햇볕을 가려주는 자그마한 3인용 벤치뿐이건만 다들 서로에게 양보하느라 바빠서 결국 벤치는 텅 비워둔 채 빠른 속도로 달아오르는 아침 열기 속에 눈만 끔뻑이며 시들시들 서 있었다. 그렇게 한 시간쯤 지났을 때, 크리스가 스코틀랜드 억양으로 무슨 말인가를 중얼거리더니 장비를 내려놓고 벤치에 누워 탑승 때까지 잠을 잤다. 그걸 내가 먼저 생각했더라면 좋았을 것을.

마크가 지금까지 했던 많은 말로 미루어 보건대, 그는 아프리카와 아시아 현장에서 선교사를 많이 만났고, 선교사라면 학을 떼게 된 모양이었다. 뜨거운 활주로를 지나 작고 비좁은 자리를 찾아 앉는 동안, 그는 유난히 경직되고 과묵해 보였다. 하긴 비행기가 활주로를 달리기 시작했을 땐 나도 몸이 굳었는데, 이륙을 앞둔 조종사가 비행 경로와 안전장치에 대한 안내 방송에 이어 이런 기도를 짧게 덧붙였기 때문이다.

"하나님 아버지, 오늘도 저희에게 축복을 내려 주셔서 감사합니다."

여기까지는 그러려니 했다. 하지만 솔직히 조종간을 잡은 조종사에게 "우리의 생명을 주께 맡긴다"는 말은 듣고 싶지 않았다.

비행기가 굉음을 내며 활주로를 질주할 땐 어찌나 주먹을 꽉 쥐었던지 손가락 마디가 하얗게 질릴 지경이었다. 이륙하는 우리 비행기 옆으로는 악천후로 동아프리카 지구대*를 지나는 데 30년이 넘게 걸리기라도 한 것처럼 심하게 낡은, 크고 퉁퉁한 시거 모양의 다코타항공 비행기가 내려앉고 있었다.

한없이 넓은 케냐의 상공은 그 무엇과도 비교를 거부하며, 우리가 가진 상식 수준의 지리학이나 기하학조차 모조리 무시한다. 그 위로 날아오르면, 저 멀리 지평선까지 아득하게 펼쳐진 광활함이 짜릿한 경외감을 일으키며 사람을 압도한다.

◆ East Africa Rift Valley, 시리아 북부에서 모잠비크 동부에 걸쳐 아프리카 대륙 동쪽을 따라 5천 킬로미터 정도 이어지는 단층 사이에 낀 길고 좁은 지대

그런 반면, 비행기 안의 분위기는 폐소공포증을 일으킬 만큼 찰싹 달라붙어서 침이라도 뱉고 싶을 정도였다. 하나같이 다정하고, 하나같이 미소를 지었으며, 하나같이 꼬리가 스르르 잦아드는 징그럽게 자비로운 소리로 웃어서 이가 갈릴 지경이었고, 기이하게도 하나같이 안경을 썼다. 그것도 그냥 안경이 아니었다. 거의 대부분이 똑같은 안경을 썼는데, 알을 반으로 나눠서 윗부분에만 검은 테를 두른 그 안경은 영국의 교구 목사와 화학 선생, 그리고 선교사들이나 쓰는 그런 안경이었다. 우리는 얌전히 자리에 앉아 있었다.

그런데 나는 얌전히 앉아 있으려면 음정을 무시한 콧노래를 흥얼거리게 되는데, 옆자리에 앉은 선교사가 그게 신경에 거슬렸는지 꼬리가 스르르 잦아드는 그 끔찍한 웃음소리로 자꾸 눈치를 줘서 하마터면 확 물어버릴 뻔했다.

나는 선교라는 개념을 좋아하지 않는다. 좋아하기는커녕 두려움과 경계심이 앞선다. 나는 신을 믿지 않는다. 아무튼 영국 특유의 필요에 따라 영국 사람들이 발명해 낸 그 신을 믿지 않으며, 신도들에게 가발과 텔레비전 방송국, 그리고(이게 제일 중요한데) 수신자부담 전화번호를 안겨 주는 미국의 신은 더더욱 믿지 않는다. 나는 그걸 믿는 사람들이 자기들끼리만 그 믿음을 간직하고, 제발 개발도상국엔 수출하지 않았으면 하는 바람을 가지고 있다. 창문 너머로 아프리카를 굽어보는 마이애미 밀짚모자 부부를 쳐다봤다. 광활한 땅과 광활한 하늘 사이에 앉은 그들은 그 대륙을 보며 알 수 없는 미소를 짓고 있었다. 조셉 콘래드[*]가 배에 대해 비슷한 말을 했던 것 같다.

그들은 케냐의 산을 보며 미소 짓고 킬리만자로가 나타나자 얼굴이 환해졌으며, 동아프리카 지구대가 장엄한 모습을 드러내자 푸근하고 온화한 표정을 지었다. 심지어 탄자니아의 므완자에 잠시 기착할 때에도 끔찍할 정도로 기쁘고 행복해했는데, 그곳은 알고 보니 우리의 상상을 초월하는 곳이었다.

비행기가 멈춘 곳은 버스 대합실처럼 보였지만 거기가 므완자 공항이었고, 우리는 비행기에서 내려서 30분 동안 국제환승라운지에서 기다리라는 얘기를 들었다. 국제환승라운지라는 건물은 어지간한 크기의 공간 두 개를 복도로 연결해 놓은 커다란 콘크리트 창고 수준이었다. 건물은 폭격이라도 맞은 듯했다. 벽의 한쪽 부분이 심하게 부서졌고, 뒤엉켜 녹슨 철근이 그 위에 발라놓은 지 오래된 이탈리아 관광포스터까지 뚫고 나왔다. 30분을 보내기 위해 안으로 들어간 우리는 카메라 장비가 든 가방을 바닥에 내려놓고 찌그러진 플라스틱 의자에 털썩 주저앉았다. 나는 담배를 꺼냈고, 마크는 내가 담배를 피우는 모습을 찍기 위해 니콘 F3와 MD4 모터드라이브를 꺼냈다. 그것 말고는 달리 할 일이 없었다.

1~2분쯤 지났을까, 갈색 링클프리 합성섬유 옷을 입은 남자

---

[*] 영국의 소설가이자 해양문학의 대표적 작가

가 우리를 물끄러미 바라보더니 못마땅한 표정으로 환승객이냐고 물었다. 그렇다고 대답했다. 그는 이런 이야기를 하는 것도 이제 넌덜머리가 난다는 듯이 고개를 저으며 그러면 저쪽 방으로 가야 한다고 말했다. 그걸 모르다니 정신이 없고 어리석어도 이만저만이 아니라는 듯했다. 그는 문기둥에 비스듬히 기대선 채 우리가 주섬주섬 장비를 챙겨서 그걸 질질 끌고 다른 방으로 건너가는 동안 눈썹을 치켜뜨고 복도를 가리켰다. 그러고는 우리가 자기 앞을 지나갈 때는 인류 전체, 그중에서도 특히 어리석고 하찮은 우리가 놀랍고 슬프다는 듯이 고개를 저었고, 우리가 나가자 문을 닫았다.

두 번째 방은 첫 번째와 똑같았다. 한쪽 벽에 칸막이를 치고 창문을 낸 것만 빼면 거의 쌍둥이였다. 무표정한 거구의 여자가 창턱에 팔꿈치를 대고 주먹 쥔 손으로 광대뼈를 괸 채 창밖으로 몸을 반쯤 내밀고 있었다. 그녀는 벽을 기어다니는 파리를 보고 있었는데, 파리가 이례적인 행동을 한 것도 아니었으니 그 모습이 특히 흥미로워서라기보다 그저 그건 최소한 무엇인가를 하고 있었기 때문이었다. 여자의 뒤쪽 선반엔 비스킷과 초코바, 콜라, 커피 주전자 등이 놓여 있었고, 우리는 족제비 떼처럼 곧장 그곳으로 줄지어 갔다. 그런데 그 앞에 거의 도착하려는 찰나, 이번엔 파란색 합성섬유 옷을 입은 남자가 대뜸 우리를 막아서더니 여기서 뭐 하는 거냐고 물었다. 우리는 자이르로 가는 환승객이라고 설명했고, 남자는 정신은 어디에 떼어버리고 왔냐는 표정으로 우리를 쳐다봤다.

"환승객이요? 환승객은 여기 있으면 안 돼요."

그는 매점에서 우리를 훠이훠이 쫓아 문밖으로 내몰았다. 그래서 다시 짐을 다 챙겨들고 첫 번째 방으로 돌아갔더니 숨도 돌리기 전에 갈색 옷의 남자가 우리를 발견했다. 그가 우리를 쳐다봤다. 그의 얼굴에선 도무지 이해할 수 없다는 표정이 서서히 번지더니 슬픔과 분노와 깊은 좌절감, 그리고 어째서 세상 사람들이 자기만 못살게 구는지 모르겠다는 의아함 등이 뒤를 이었다. 그는 벽에 등을 기대고 인상을 잔뜩 구긴 채 눈을 감더니 손가락 두 개로 콧등을 집었다.

"글쎄, 여기가 아니라니깐." 남자는 길게 말하지 않았다.

"환승객이라면서요. 저쪽 방으로 가요."

사람은 이런 상황에 처하면 묘하게 침착해지는데, 간식거리가 관련되어 있을 땐 더 말할 것도 없다. 우리는 도를 깨친 선승처럼 차분하게 고개를 끄덕이고는 장비를 들고 복도를 지나 두 번째 방으로 갔다. 아니나 다를까 파란 옷의 사내가 달려들 태세였지만, 우리는 제발 꺼지라고 차분히 말했다. 우리에겐 초콜릿이 필요했고, 커피가 필요했으며, 심지어 마르고 닳도록 선반을 지켜 왔을 비스킷마저 간절했고, 그걸 먹고야 말겠다는 심정이었다. 우리는 시선으로 남자를 제압한 후, 가방을 바닥에 던지듯 내려놓고는 단호하게 매점으로 걸어갔지만 거기서 전혀 예기치 못했던 최대의 난관에 부딪히고 말았다.

여자가 우리에게 아무것도 팔려고 하지 않았다. 오히려 우리가 그걸 문제 삼는다는 게 놀랍다는 눈치였다. 여자는 여전히 주먹으로 광대뼈를 받친 채 천천히 고개를 저었고, 계속해서 벽의 파리를 바라봤다.

나무를 타고 흘러내리는 찐득한 수액처럼 진행된 대화를 통해 서서히 드러난 이유는 단순했다. 그녀는 오직 탄자니아 화폐만 받았다. 그녀는 물어볼 것도 없이 우리에게 탄자니아 돈이 없다는 걸 알았는데, 왜냐면 그 돈을 가진 사람은 아무도 없었기 때문이다. 명색이 국제환승라운지인데도 공항에는 환전소가 없었고, 그렇기 때문에 여기 오는 사람 중에 탄자니아 돈을 가진 사람은 있을 수 없었으며, 그렇기 때문에 그녀는 물건을 팔 수 없었다.

몇 분 동안 무의미한 언쟁을 벌인 우리는 흠 잡을 데 없이 단순명료한 그녀의 논리를 받아들여야 했고, 쓸모도 없는 달러와 파운드와 프랑, 심지어 케냐 실링으로 주머니를 불룩하게 채우고 앉아 커피와 초코바를 우울하게 바라보며 시간을 때웠다. 여자는 멍하니 파리만 쳐다봤는데, 장사는 꿈도 꾸지 말자고 체념한 듯했다. 시간이 흐르자 우리도 파리를 보는 것에 상당한 흥미를 갖게 되었다.

이윽고 비행기의 이륙 준비가 끝났다는 안내가 나왔고, 우리는 선교사들이 가득한 비행기로 돌아갔다. 그동안 이 사람들은 어디에 있었던 건지 궁금했다. 물어보지는 않았다. 한두 시간 후 우리는 마침내 부카부에 착륙했고, 비행기가 활주로를 선회하는 동안 곳곳에서 행복한 비명이 터져 나왔다.

"이렇게 좋은 일이! 주교님께서 우리를 맞으러 나오신다니!"

과연 주교님이 계셨는데, 보라색 가운을 입고 환하게 웃는 얼굴에 역시 위쪽 절반만 테를 두른 안경을 걸치고 있었다. 선교사와, 선교학교 교사와, 선교활동에 관심이 지대한 미국인 부부가 미소를 지으며 비행기에서 내렸고, 우리는 좌석 밑에서 카메라를 꺼내느라 꾸물거리다가 맨 마지막에 내렸다.

우리는 자이르에 도착했다. 자이르의 고약한 문제를 설명하려면 여행사 직원이 며칠 전에 나눠준 카드의 내용을 그대로 옮겨서 보여주는 게 가장 좋은 방법일 것 같다. 영어로 적어서 관광객의 편의를 도모한 내용은 다음과 같았다.

신사숙녀 여러분

국민혁명단(MPR)의 총재 겸 창립자, 공화국과 정부와 시민의 대통령을 대신하여 자이르 공화국에서의 멋진 여행을 기원합니다.

여러분은 이 나라에서 장엄한 풍경과 다양한 식물, 그리고 희귀한 동물을 만나게 될 것입니다.

친절하고 따뜻한 자이르 국민들은 이 나라의 전통과 풍습을 이해할 수 있게 도와줄 것입니다.

아직 젊은 자이르는 여러분의 고견을 기대하며, 이 나라를

찾게 될 여러분의 친구들을 더 잘 환대할 수 있도록 도와
주시길 기다리고 있습니다.

감사합니다.

환경자원보존관광부 장관

말인즉슨 그럴 듯했다. 우리가 이 나라에서 도대체 어떤 상황
에 처하게 될지 우려의 마음이 들기 시작한 건 반대쪽 내용 때문
이었다. 자이르 사람을 만날 때마다 보여주라는 그 내용은 이랬
다.

자이르 국민 여러분, 손님들을 도와줍시다.

이 카드를 지닌 우리의 친구는 이 나라를 방문한 사람입니
다. 우리의 손님입니다. 사진을 찍고 싶어 하면 공손하고
다정하게 대해 주세요. 그가 이 나라에서 즐거운 시간을
보내고, 친구들과 함께 다시 찾을 수 있도록 최선을 다합
시다.

그를 돕는 것이 나라를 돕는 겁니다. 관광 수입이 새로운
일자리를 창출하고, 학교와 병원과 공장을 세운다는 사실
을 명심하세요.

손님들의 환대에 우리나라 관광산업의 미래가 달려 있습
니다.

이런 식의 호소가 필요하다는 사실도 놀랍지만, 더 걱정스러운 건 그게 영어로만 써 있다는 점이었다. 자이르에서 영어를 쓰는 사람은 한 명도 없었다. 아무튼 거의 없었다.

자이르의 문제, 이 카드가 바로잡으려고 헛되이 노력하는 그 문제란 무척 단순하다. 만나는 공무원마다 돈을 쥐어 줄 때까지 당신을 괴롭히리라는 것. 돈은 미국 돈만 가능하다는 것. 돈을 쥐어 주면 당신을 다음 공무원에게 넘기고, 그때부터 그 사람이 당신을 괴롭히리라는 것. 여행이 끝날 무렵에는 이게 거의 악몽 수준으로 변하고, 자이르에 입국할 때 두 시간 동안 비를 맞고 터미널 오두막에서 고생했던 것쯤은 아무것도 아닌 것처럼 여겨지게 된다.

세관에서 제일 먼저 눈에 띈 사진은 멸종위기에 처한 자이르의 야생동물을 찾아 나선 우리의 탐험이 어떻게 전개될지 짐작하게 해 주는 실마리였다. 그건 표범, 엄밀히 말하자면 표범의 한 부분이 담긴 사진이었다. 문제의 그 부분은 말쑥한 표범가죽 납작모자로 가공되어 자기 수하들이 우리를 상대로 작업을 벌이는 모습을 권위적이고 차분한 표정으로 굽어보는 자이르 공화국의 대통령, '마샬 모부투 세세 세코 꾸꾸 웅그벤드 와자 방가'의 머리를 장식하고 있었다.

그 수하 가운데 한 명은 몸집이 크고 꽤 친절했으며 한 번씩 우리에게 담배를 권했고, 다른 한 명은 계속 우리 담배를 꺼내 피우는 작고 추접한 사내였다. 이건 물론 희생자로 점찍은 상대

를 정신없이 몰아붙여서 감정적으로 지치게 만드는 고전적인
취조 방식이었다. 우리가 불어야 할 내용이란 고작 이름과 여권
번호, 소지한 장비들의 일련번호뿐이었지만, 어디선가 배운 이
기술이 몸에 배어 이젠 그들도 어쩔 수 없는 것 같았다.

거구의 사내는 자신이 그저 맡은 일을 할 뿐이고 우리를 살살
미치게 만들면서도 개인적인 악감정은 없다는 듯이 굴었다. 고
문의 가해자와 피해자 또는 납치범과 포로 사이에 생겨난다는
기묘한 친밀감과 감동적인 관계에 대한 글을 읽었을 때와 비슷
한 기분이 들었다. 우리가 작성해야 하는 서류에는 '벨기에령 콩
고'라는 글자가 찍혀 있었는데, 그 위에 연필로 줄을 긋고 '자이
르'라고 써놓았다. 나라 이름이 바뀌기 전, 그러니까 최소한 18
년 전에 인쇄한 용지라는 뜻이었다. 하지만 정작 우리에게 필요
한 서류는 갖고 있지 않았다. 친구들에게서 자이르에 입국할 때
현금을 신고하지 않으면 나중에 곤욕을 치를 거라는 주의를 들
었기 때문에 현금 신고 서류를 거듭 요청했지만, 다 떨어졌다며
고마 지역에 가면 있으니 걱정 말라고 했다. 그러고는 우리가 국
가 전복을 꾀할 것을 우려해 나의 캠브리지 Z88 노트북 컴퓨터
를 압수하려고 꼼수를 썼지만, 끝내는 작고 추접한 사내가 자동
차를 좋아한다는 이유로 크리스의 자동차 잡지를 압수하는 데
그쳤고, 그것으로 당분간이나마 우리는 자유의 몸이 되었다.

우리는 택시 비슷한 것을 타고 부카부 시내로 들어갔다. 알
고 보니 시내와 공항은 상당히 멀었는데, 택시 기사의 집요한 노

력의 결과였던 것 같다. 질릴 정도로 바퀴 자국이 심하고 자이르 사람들이 전부 나와서 걸어 다니는 것 같은 호숫가 옆길을 달리는 동안, 택시 기사는 계속해서 계기판 밑으로 몸을 숙였다. 놀라서 그 모습을 쳐다보다가 걱정이 극에 달했을 때, 마침내 이유를 알 수 있었다. 그는 손으로 클러치 조작을 하고 있었다. 이 이야기를 다른 사람들에게 할까 말까 고민하다가 괜스레 걱정만 시킬 것 같아 입을 다물었다. 나중에 마크는 하도 오랫동안 방치해서 뒤축이 사라진 트럭 한두 대 말고는 차를 전혀 보지 못했다고 말했다. 내가 그걸 알아차리지 못한 건, 택시 기사가 클러치를 어떻게 조작하는지 본 후로 눈을 질끈 감아버렸기 때문이다.

부카부처럼 허름한 도시에서 의외라는 생각이 들 정도로 상쾌하고 널찍한 호텔에 도착한 우리는 기진맥진하고 얼이 빠져서 서로를 보며 하품을 해댔다. 그건 아직 저녁 6시밖에 안 됐지만, 서로의 모습을 보는 것마저도 조금 신물이 난다는 무언의 신호였다. 우리는 각자의 방으로 들어가 짐을 풀었다.

창가에 앉아 호수 위로 저무는 해를 바라봤다. 지도가 전부 마크에게 있었기 때문에 호수의 이름은 기억나지 않는다. 그런 전망에서 보니 호수에 반도처럼 돌출해 있는 부카부도 상당히 목가적으로 보였다. 키부 호수. 이제야 기억이 났다. 여전히 얼떨떨하고 신경이 곤두선 기분이었고, 호수를 보면 조금이나마 도움이 될 것 같았다.

호수는 은빛으로 잔잔하게 빛났고, 저 멀리 주변의 언덕 그림자가 드리운 곳은 회색으로 물들었다. 과연 도움이 됐다. 호텔에서부터 언덕을 따라 꽃들과 야자수 사이에 가지런히 들어앉은 벨기에 식민지 시절의 낡은 집들이 초저녁 햇살을 받아 그림자를 길게 늘였다. 그것도 좋았다. 조잡하게 새로 지은 건물의 녹색 골판 지붕마저도 저녁 햇살에 누그러져 보였다. 검은 솔개가 물 위를 맴돌았고, 어느 순간 마음이 차분해졌음을 느꼈다. 자리에서 일어나 그날 밤에 필요한 물건들을 꺼내는데 마침내 평화롭고 안정된 느낌이 가슴을 채웠다. 전날 묵었던 호텔에 치약을 놓고 왔다는 사실을 깨달았을 때만 잠시 마음이 동요했다. 그리고 공책도. 그리고 라이터도. 나가서 주변을 좀 돌아봐야 할 시간이었다.

중심가는 음산해 보이는 언덕길이었고, 널찍하고 너저분하며 쓰레기로 어지러웠다. 상점은 대부분 콘크리트로 지어 허름했고, 벨기에 식민지였던 탓에 벨기에나 프랑스처럼 한 집 건너 하나 꼴로 약국이었지만, 치약을 파는 데가 하나도 없다는 것만 달랐고, 그 사실은 나를 어리둥절하게 만들었다.

　나머지 상점들은 정체를 파악하는 것마저 불가능했다. 휴대용 라디오와 양말, 비누, 닭 같은 걸 파는 것처럼 보이는 가게에 들어가 선반 어딘가에 치약이나 노트도 처박아두지 않았냐고 물어보는 게 그렇게 이상한 일은 아닐 텐데도 그들은 나를 정신 나간 사람 보듯 쳐다봤다. 여기가 휴대용 라디오와 양말과 비누와 닭만 파는 곳이라는 걸 보면 모르겠어요? 결국 양쪽으로 800미터를 오르내린 후에야 작은 매점에서 그 두 가지를 살 수 있었는데, 알고 보니 볼펜과 항공우편 봉투와 라이터도 팔고 있었고 아예 나한테 필요한 것들만 골라서 가져다 놓은 것처럼 보여서 『뉴 사이언티스트』잡지는 없냐고 묻고 싶은 유혹을 느꼈다.

그리고 인생에 필요한 대부분의 것은 그 거리에서 구할 수 있다는 걸 알았다. 복사만 하더라도 그랬다. 그 거리에도 가대에 널빤지를 얹어서 만든 테이블에 크고 낡은 복사기를 올려놓은 가게가 있었고, 한두 번쯤 거리의 호객꾼이 나를 부르더니 복사할 게 있거나 자기 여동생이랑 잘 생각이 없냐고 묻기도 했다. 나는 호텔로 돌아와서 희한하게도 종이가 분홍색인 노트에 뭔가를 조금 적은 후에 죽은 듯이 잠을 잤다.

다음날 비행기를 타고 고마라는 도시로 갔다. 그리고 자이르에서는 국내선을 탈 때조차 장황한 세관과 입국 절차를 거쳐야 한다는 걸 알게 됐다. 우리는 무장한 경호원의 감시하에 억류되어 흉악한 인상의 덩치로부터 왜 부카부에서 현금신고서를 작성하지 않았냐는 심문을 받았다. 부카부에 현금 신고 양식이 없었다는 말로는 그의 마음을 누그러뜨릴 수 없었다.

"50달러." 그가 말했다.

사무실은 크고 휑뎅그렁했고, 서랍 안에 종이 두 장이 들어 있는 작은 책상 하나만이 놓여 있었다. 몸을 뒤로 기댄 채 천장을 올려다보는 자세에서 이런 일을 수없이 반복한 티가 역력했다. 그러더니 몸을 다시 앞으로 기울이고는 껍질이라도 벗기는 것처럼 손바닥으로 얼굴을 천천히 쓸어내렸다.

"50달러, 각각."

그는 다시 한번 이렇게 말하고는 책상 모퉁이를 무심히 바라보며 연필을 천천히 돌렸다. 우리는 그가 우리의 엉터리 프랑스어에 질려서 풀어줄 때까지 한 시간이나 그렇게 붙들려 있었다.

눈을 끔뻑이며 공항을 나서다가, 마크의 친구들에게서 소개를 받아 마운틴고릴라가 사는 비룽가 화산까지 우리를 데려다줄 기사를 기적적으로 만날 수 있었다.

고릴라를 보자고 자이르에 온 건 아니었다. 그래도 기껏 자이르까지 와서 고릴라를 보지 않고 갈 수는 없었다. 녀석들이 인간의 가장 가까운 친척이기 때문에 보고 가야 한다고 할 수도 있겠지만, 꼭 그런 건 아니었다. 내 경험상 친척들이 사는 곳에 가면 오히려 그들의 눈에 띄지 않도록 몸을 납작 엎드리는 게 보통이다. 그래도 고릴라의 경우엔 같이 나가서 저녁을 먹으며 수백만 년 밀린 가족사 얘기를 나누는 것도 나쁘지 않을 것 같아 가벼운 마음으로 찾아갈 수 있었다. 그들은 물론 방계傍系일 뿐이다. 몇 번의 곁가지를 거쳐 이어진 친척. 그러나 우리는 모두 같은 조상, 안타깝게도 이제 우리 곁에 없으며 다윈 이후로 어떤 생명체였는지 끝없이 연구 주제가 되어 온 그 조상의 후예다.

우리는 영장류 가문에서도 유인원 집안이다. 성공해서 잘 살게 된 만큼 어느 모로 보나 못사는 친척들을 돌보고 보살펴야 하는 집안. 그러나 우리는 우리를 유인원이라고 부르지 않는다. 엘리스아일랜드를 거쳐 미국에 온 수많은 이민자처럼 우리도 이름을 바꿨다. 우리가 유인원이라고 칭하는 건 고릴라(여기에는 마운틴, 동부로랜드, 서부로랜드, 이렇게 세 아종亞種이 있다)와 두 종류의 침팬지, 그리고 보르네오와 수마트라섬에 사는 오랑우탄 등이다. 우리는 거기에 함께 엮이는 걸 좋아하지 않는다. 실제로 '유인원'이라는 분류는 우리와 그들을 구분 짓기 위해 특별히 고안해 낸 것이다. 지금은 진화의 계통도에서 고릴라와 침팬지가 우리와 갈라진 시점이 다른 유인원에 비해 훨씬 최근이라는 학설이 일반적으로 받아들여진다. 다시 말하자면 고릴라가 오랑우탄보다 우리와 더 가깝다는 뜻이다. 그러므로 고릴라와 오랑우탄을 아우르는 분류라면 우리도 포함되어야 마땅하다. 어쨌거나 우리와 고릴라는 실제로 아주, 대단히 가까운 친척이다. 멸종한 같은 조상에서 갈라져 나온 인도코끼리와 아프리카코끼리만큼이나 가깝다.

마운틴고릴라가 사는 비룽가 화산지대는 자이르와 르완다, 우간다의 국경지대에 걸쳐 있다. 약 280마리의 고릴라 가운데 대략 3분의 2가 자이르에 살며, 나머지 3분의 1은 르완다에 산다. 대략이라고 한 이유는 고릴라가 아직 진화의 차원에서 여권과 현금신고서와 뇌물의 편리함을 이해하는 단계에 이르지 못했고, 원시적인 동물답게 변덕이 동할 때마다 국경을 넘나드는 경향이 있기 때문이다.

배회하는 도중에 가끔 우간다에 모습을 드러내는 녀석들이 있기는 하지만 그곳에 터를 잡은 고릴라는 없는데, 비룽가 화산지대에서 우간다에 속하는 면적은 25제곱킬로미터에 불과하며 보호지역이 아닌 탓에 고릴라들이 가능하면 피하고 싶어 하는 인간들이 우글거리기 때문이다.

고마에서 화산까지는 차로 다섯 시간이 걸리고, 두 시간 반 동안 티켓 판매소와 호텔 지배인, 점심시간과 이 나라에서 제법 크다는 은행을 거치며 거의 미칠 지경이 된 우리는 최대한 서둘러 출발했는데, 그걸 일일이 거론하기는 지루하지만, 그 지루함도 그걸 몸소 겪은 것에 비한다면 절반에도 못 미칠 것이다.

그러다 빵집에서 소매치기까지 당했을 땐 마침내 한계에 도달한 느낌이었다. 나는 소매치기를 당하는 줄도 몰랐는데, 그건 기뻐할 일이었다. 나는 프로들만 상대하고 싶기 때문이다. 하지만 빵집에 있던 사람들은 내가 소매치기를 당하는 걸 전부 알았고, 내가 빵을 고르느라 정신이 없는 사이에 남자는 사람들을 거칠게 밀치며 밖으로 뛰어나갔다. 빵집 주인이 어찌된 상황인지 설명해주려 했지만, 나의 자이르 프랑스어 실력으로는 도저히 알아들을 수 없었고, 그냥 건포도가 들어간 빵을 권하는 모양이라고 짐작하고는 그걸 여섯 개 샀다.

그때 마크가 배 통조림과 고릴라 허가증과 기사를 대동하고 들어왔다. 기사는 단박에 상황을 파악하고 어떻게 된 일인지 설명했다. 그리고 그 건포도 빵은 맛이 없지만 맛이 없기는 나머지도 마찬가지이고, 뭐든 먹기는 해야 할 테니 그냥 사는 게 좋겠다는 말도 했다. 그는 키가 크고 팔다리가 길쭉길쭉하며 미소가 매력적인 무슬림이었고, 이 빌어먹을 곳을 당장 떠나자는 우리의 제안에 매우 긍정적인 반응을 보였다.

흔히 사람들이 '암흑의 아프리카'라고 할 때는 대개 자이르를 염두에 두고 하는 말이다. 이곳에는 정글과 산과 거대한 강과 화산이 있고, 작대기를 흔들어 쫓아 버리는 게 신상에 좋은 수많은 이국적인 야생동물과 서구 문명을 거의 접하지 않은 채 수렵과 채집으로 생활하는 피그미족이 살며, 세계에서 교통체계가 가장 열악한 나라이다. 여기는 스탠리가 리빙스턴 박사를 만나러 갔던 바로 그 아프리카다[*].

19세기까지 검은 대륙을 표시한 유럽 지도에서 아프리카의 이 거대한 영토는 한가운데 놓인 커다란 블랙홀이나 다름없었지만, 리빙스턴이 오지에 들어간 다음부터 그 블랙홀은 바깥 세계에 중력을 발휘하기 시작했다.

맨 처음에 그곳으로 쏟아져 들어간 건 선교사들이었다. 가톨릭 선교사들은 원주민들에게 신교도 선교사가 틀렸다고 가르쳤고, 신교도 선교사들은 가톨릭 선교사가 틀렸다고 가르쳤다. 신교도와 가톨릭 선교사들의 의견이 유일하게 일치한 건 2천 년 동안 원주민의 방식이 틀렸다는 것이었다.

그 뒤를 바짝 쫓은 건 노예와 상아와 구리, 대농장 부지를 차

---

[*] 데이비드 리빙스턴은 스코틀랜드 선교사로 30년간 아프리카 오지를 탐험했고, 그가 어려움에 처했을 때 식량과 의약품을 전해주기 위해 아프리카로 찾아간 헬리 스탠리는 『뉴욕헤럴드』의 기자였다.

지하려는 무역상들이었다. 5년 동안 아프리카 오지 개발권을 손에 넣은 스탠리의 도움으로 벨기에의 레오폴 2세는 1885년에 이 나라의 넓은 지역을 획득할 수 있었고, 그 즉시 잔인하고 무자비한 식민통치를 시작하면서 '틀렸다'는 말의 의미를 현실적이고 설득력 있게 깨우쳐 주었다.

악독한 폭정에 대한 소식이 바깥 세계에 전해지자 레오폴은 '자신의' 땅을 벨기에 정부에 이양하지 않을 수 없었고, 그걸 넘겨받은 벨기에 정부는 사실상 아무런 행동도 취하지 않았다. 하지만 1950년대에 접어들면서 독립운동이 아프리카를 휩쓸었고, 1959년에 수도인 킨샤사에서 폭동이 일어나고 극악무도한 대량학살이 벌어지자 심각한 타격을 입은 식민정부는 이듬해에 독립을 허용했다. 그리고 1971년 이 나라의 국호는 벨기에령 콩고에서 자이르로 바뀌었다. 참고로 말하자면, 자이르의 면적은 벨기에의 약 80배다.

식민통치를 겪은 대부분의 나라처럼 자이르에도 무기력한 관료주의가 도입됐는데, 그것의 유일한 기능은 식민통치자에게 의사결정을 미루는 것이었다. 현지 관리들에겐 뇌물을 받을 때까지 일 처리를 막는 것 외에는 아무런 권한이 없었다. 그렇기 때문에 식민통치자가 사라진 후에도 관료주의는 머리 잘린 닭처럼 제 발에 걸려 넘어지며 좌충우돌하고, 총을 쥐여 주면 그 총으로 제 발등을 쏘면서 난리를 친다. 누군가 뭐든 하려고 하면 그걸 못하도록 막는 게 직업인 사람이 이례적으로 많은 나라는 십중팔구 예전에 식민통치를 받았던 나라이다.

다섯 시간 동안 차에 머리를 부딪치며 졸다 보니 비룽가 산기슭의 부키마라는 마을에 도착했고, 거기서부터는 도로가 끊어져서 도보로 이동해야 했다.

마을 조금 위쪽에는 커다란 광장에 어처구니없을 정도로 웅장한 식민지 시대 건물이 있는데, 뒤쪽에 틀어박힌 어처구니없을 정도로 작은 사무실 외에는 텅텅 비었고 그 사무실에는 군복을 입은 조그만 사내가 생전 처음, 아무튼 한 시간여 만에는 처음 본다는 듯이 뚱한 표정으로 우리가 내민 고릴라 허가증을 들여다봤다. 단파 무전기를 들고 몇 분 동안 부산을 떨기에 우리가 누군지 알고 기다리고 있었으며 나이로비의 세계야생동물기금과 줄이 닿아 있으니 고릴라를 하루 더 볼 수 있게 해 주겠다고 말할 줄 알았더니만, 이게 웬걸. 대체 누구냐면서 왜 아무도 자신에게 우리가 온다는 사실을 알리지 않았냐고 따지는 것이었다.

우리로서는 딱히 뭐라고 대답해 줄 수 있는 질문이 아니어서 남자가 직접 알아보도록 내버려두고는 우리가 밤을 지낼 세 시간 거리의 오두막까지 짐을 옮겨 줄 짐꾼을 알아보러 갔다. 짐꾼을 구하는 건 어렵지 않았다. 우리가 타고 온 밴 주변에는 벌써부터 기대에 찬 사람들이 모여들어 웅성거렸고, 우리 운전사는 짐을 전부 옮기는 데 몇 명이나 필요하냐고 물었다. 그는 '전부'라는 말을 유난히 강조하는 것 같았다.

그 순간 우리는 등골이 오싹해지는 사실을 깨달았다. 고마를 빨리 벗어나는 데 혈안이 된 나머지 한 가지 중요한 계획을 잊고 말았는데, 짐의 상당 부분을 시내의 호텔에 놔두고 오자는 계획이었다. 그걸 잊어버리는 바람에 우리는 실제로 필요한 것보다 훨씬 많은 짐을 지고 고릴라가 있는 곳으로 올라가야 했다. 한참 많이.

고릴라 관찰에 필요한 기본 장비(청바지와 티셔츠, 방수가 되는 옷, 카메라 여러 대와 배 통조림) 외에 엄청난 양의 빨랫감, 파리에서 프랑스 출판관계자를 만나기 위해 챙겨 온 양복과 구두, 열두 권 정도의 컴퓨터 잡지, 동의어 사전, 디킨스 전집의 절반과 나무로 만든 커다란 코모도왕도마뱀 모형이 있었다. 여행은 가볍게 떠나야 한다는 게 내 소신이지만, 하긴 금연을 해야 한다는 것도 소신이고 크리스마스 쇼핑은 일찌감치 하자는 것도 소신이었다.

이루 말할 수 없는 민망함을 애써 감춘 채 이 작은 산더미를 비룽가 화산까지 대신 옮겨 줄 한 무리의 짐꾼을 추렸다. 그들은 짐이 많은 것에 개의치 않았다. 대가를 받기만 한다면 얼마든지 디킨스와 도마뱀을 고릴라에게 가져갔다가 다시 가져올 용의가 있었다. 예전에 자이르에 왔던 백인들은 이보다 훨씬 더한 짓도 했다. 이만큼 멍청하지는 않았어도.

관리인 오두막까지 올라가는 길은 험했고, 우리는 자주 멈춰서 짐꾼들에게 담배와 코카콜라를 나눠주며 쉬어 갔는데, 그럴 때마다 그들은 디킨스와 컴퓨터 잡지가 담긴 짐을 자기들끼리 재분배했고, 짐을 머리에 이고 가는 특이하고도 신기한 방법을 실험했다.

질퍽한 사고야자 밭을 꽤 오래 걸었는데, 그때 문득 바보 같지만 기분 좋은 생각이 떠올랐다. 내 이름의 철자 'Douglas Adams'를 뒤섞어서 나올 수 있는 유일한 조합이 바로 사고 진흙 샐러드라는 뜻의 'Sago Mud Salad'였고, 우리가 바로 그런 길을 지나가고 있었다. 나는 이게 우주적으로 어떤 의미가 있을지 골똘히 따져봤고, 그 멍청한 생각을 간신히 털어냈을 즈음인 해가 넘어갈 무렵에 오두막에 도착했는데, 오두막은 대단히 단순한 목조건물이기는 해도 새것인데다 꽤 튼튼했다.

묵직하게 내려앉은 축축한 안개로 멀리 화산 봉우리가 잘 보이지 않을 정도였다. 저녁은 의외로 추웠고, 우리는 쉭쉭 거리는 석유램프를 켜놓고 배 통조림과 하나 남은 빵을 먹으며 무라라와 세룬도리라는 두 명의 가이드와 엉터리 프랑스어로 이야기를 나눴다.

대단히 화통한 성격인 두 사람은 위장 군복에 검은색 베레모를 쓰고 탁자 위로 몸을 숙인 채 느긋하게 소총을 어루만졌다. 그런 복장을 한 이유는 특공대원이기 때문이라고 했다. 가이드들은 전부 소총을 소지하는데 야생동물의 공격을 막기 위한 이유도 있지만 더 중요한 건 밀렵꾼을 만날 때를 대비하기 위해서라고 했다. 무라라는 밀렵꾼 다섯 명을 쏴 죽였다는 말도 했다.

그러고는 어깨를 으쓱하며 그건 전혀 문제될 게 없다고 설명했다. "파 드 프로블렘므."

재판을 받거나 하는 따위의 귀찮은 일은 벌어지지 않으며, 그냥 죽이고 집에 가면 그뿐이라는 것이었다. 그가 의자에 등을 기대고 앉아 손가락으로 느긋하게 소총을 훑는 동안, 우리는 초조하게 배 통조림을 뒤적였다.

물론 밀렵은 어떤 경우에도 마운틴고릴라의 생존을 심각하게 위협하는 가장 큰 문제지만, 그렇다고 인간 수렵 기간을 선포하는 게 이 문제를 해결할 최선의 방법인지는 따져보지 않을 수 없었다. 인간이야 멸종위기에 처하지는 않았다지만, 그렇다고 보호를 하지 않아도 되는 건 아니었다.

실제로 밀렵은 감소 추세에 있다. 최소한 부분적으로는 그렇다. 현재 전 세계 동물원에서 사육되는 고릴라는 다섯 마리 당네 마리 꼴로 야생에서 포획해온 것이지만, 이제 공공동물원에서는 다른 동물원이 보내는 것 외에는 고릴라를 받지 않는데 출처를 확인하기가 쉽지 않기 때문이다.

그러나 개인 수집가의 수요는 여전하고, 보호되지 않는 우간다 쪽의 비룽가 지역이 취약한 고리 역할을 하고 있다. 1988년 9월에 우간다에서 새끼 한 마리가 포획됐고 한 가족으로 보이는 어른 고릴라 두 마리는 총에 맞아 죽었으며, 새끼는 나중에 수렵 관리인(현재 수감 중이다)이 1만 5천 파운드를 받고 르완다 밀매업자에게 넘겼다. 이건 밀렵의 가장 파괴적인 측면을 보여주는 사례인데, 새끼 한 마리를 잡기 위해 그걸 지키려는 어른 고릴라 여러 마리를 죽이기 때문이다.

고릴라를 사들여서 사설 동물원을 꾸미려는 사람보다 더 고약한 건 고릴라의 신체 일부만을 원하는 사람들이다. 한동안은 두개골과 손의 거래가 활발했는데, 그게 고릴라의 몸에 붙어 있을 때보다 벽난로 선반 위에 놓였을 때 더 멋있어 보인다고 잘못 생각한 관광객과 외국인이 주요 고객이었다. 멍청하고 잔인한 이런 취향이 예전만큼 근사하다고 여겨지지 않게 되면서, 다행히 지금은 이것도 감소되는 추세이다.

아프리카 일부 지역에서는 지금도 고릴라를 잡아먹지만 비룽가 화산지대는 그렇지 않다. 아무튼 일부러 잡아먹지는 않는다. 문제는 부시벅 영양이나 다이커 영양을 잡으려는 덫에 다른 동물들이 매우 빈번하게 걸려들며, 고릴라도 예외가 아니라는 점이다. 예를 들어 1988년 8월에 한 어린 암컷 고릴라는 영양을 잡으려던 올무에 손이 걸렸다가 결국 패혈증으로 죽었다. 따라서 고릴라를 보호하기 위해서는 아직도 밀렵꾼의 감시가 필요하다.

그날 저녁에 숙소에는 우리 말고도 두 사람이 더 있었다. 독일 학생들이었고 이름은 생각나지 않지만, 여행길에 스쳐간 다른 독일 학생들과 별다르지 않았으니 그냥 헬무트와 쿠르트라고 부르겠다.

헬무트와 쿠르트는 금발에 젊고 활력이 넘치며, 거의 모든 점에서 우리보다 월등하고 믿을 수 없을 만큼 훌륭한 장비를 갖췄다. 초저녁엔 그들을 거의 보지 못했다. 두 사람이 저녁 준비에 분주했기 때문이다. 그들의 저녁 준비에는 밖에 벽돌로 임시 화덕을 만들고 끓는 물과 타이머와 주머니칼, 그리고 현지 야생동물의 고기를 가지고 수없이 들락거리는 과정이 포함됐다. 그들은 마침내 우리 앞에 자리를 잡고 앉아 만찬을 즐겼는데, 우리의 배 통조림에는 경멸 어린 시선조차 보내길 거부한 채 자기들끼리 대단히 효율적으로 식사를 마쳤다. 그러고는 잠을 자러 가겠다고 했지만, 가지고 온 텐트가 훨씬 낫기 때문에 잠도 오두막에서 자지 않았다. 물론 독일제 텐트였다. 그들은 고개를 까딱거리는 것으로 무뚝뚝하게 저녁인사를 건네고는 밖으로 나갔다.

그날 밤 침대에 누워 아무 거리낌 없이 사람을 향해 총을 발사하는 무라라와 세룬도리의 성향을 걱정하며 뒤척이다가, 염려의 대상이 헬무트와 쿠르트에게로 옮겨갔다. 그런 식으로 행동할 거면 차라리 독일인이 아닌 게 나을 것 같았다. 그건 너무 쉬웠다. 너무 빤했다. 그건 정말로 멍청한 아일랜드 사람을 만나거나 진짜로 뚱뚱한 장모, 아니면 실제로 중간 이름을 약자로 처리하고 시가를 피우는 미국 사업가를 만나는 것과 같았다. 극장식 카바레에서 마지못해 연기를 하면서도 대본을 고쳐 쓰고 싶어지는 그런 심정이었다. 헬무트와 쿠르트가 브라질이나 중국, 하다못해 라트비아, 아무튼 독일이 아닌 다른 나라 사람이었다면 지금과 똑같은 행동을 하더라도 놀랍고 흥미진진했을 것이며, 글을 써야 하는 내 입장에서도 다루기에 더 적합하고 표현하기도 수월한 소재가 됐을 것이다. 작가는 판에 박힌 내용을 답습하면 안 된다. 나는 이 문제를 고민하다가 내가 마음만 먹으면 그들을 라트비아 사람으로 처리할 수 있다는 결론을 내렸고, 그제야 마음 편하게 부츠 걱정을 하기 시작했다.

자러 들어갈 때 마크는 아침에 일어나면 잊지 말고 부츠부터 거꾸로 뒤집어서 흔들라고 말했다. 내가 그렇게 해야 하는 이유가 뭐냐고 물었다.

"전갈이요." 그가 대답했다.

"잘 자요."

아침 일찍부터 무라라와 세룬도리는 오두막 앞에서 소총과 벌채용 칼을 만지작거리며 우리를 기다렸는데, 의미심장하게 눈빛을 번득이는 모습이 우리로서는 영 마뜩잖았다. 그래도 그들은 좋은 소식을 가져왔다. 고릴라들은 멀리서 방계의 친척이 찾아왔다고 편의를 봐주는 법이 없기 때문에 가끔은 그들을 만나기 위해 관리인의 오두막부터 여덟 시간을 걸어가야 할 때도 있다. 그런데 오늘은 불과 한 시간 거리에 있으니 수월한 하루가 될 거라고 했다. 우리는 고릴라 관찰용 장비를 챙기고 도마뱀과 디킨스와 카메라용 플래시는 숙소에 안전하게 남겨뒀는데, 정도는 다르지만 전부 고릴라의 신경에 거슬릴 만한 것들이라고 판단했기 때문이다. 그러고는 탐험에 동행할 헬무트, 쿠르트와 아침 인사를 나누고 함께 고릴라를 찾아 나섰다. 아침 안개 속에 미케노 화산이 우뚝 솟아 있었다.

나는 마크를 붙들고 숲이 빽빽하고 축축하다고 투덜댔다. 그는 고릴라가 산악우림, 또는 운무림이라고 부르는 환경을 좋아한다고 설명했다. 그곳은 해발 3천 미터였고 구름보다 높았으며 늘 축축했다. 나무에서는 계속 물이 떨어졌다.

"저지대의 원시우림과는 전혀 다르죠. 그보다는 원시우림이 화재로 소실되거나 벌목된 다음에 다시 조성되는 2차 우림과 더 비슷해요."

"우림의 가장 큰 문제는 한 번 베어 내면 더 이상 자라지 않는 건 줄 알았는데요." 내가 말했다.

"물론 원시 그대로의 우림을 다시 회복할 수는 없죠. 뭐 수백 년이나 수천 년쯤 지나면 비슷해질지 그건 모르지만요. 원래의 야생생물이 완전히 사라진다는 건 틀림없어요. 하지만 단기간에 그곳에서 자라난 걸 2차 우림이라고 하는데, 풍요로움이나 복잡성에서는 훨씬 떨어져요.

원시우림은 엄청나게 복잡한 생태계지만, 실제로 안에 들어가면 반쯤 빈 것처럼 보이죠. 성숙단계에 이른 원시우림은 굉장히 높은 곳에서 나뭇잎이 서로 얽혀 빽빽한 차양을 이루는데, 나무들이 저마다 햇볕을 받기 위해 경쟁하기 때문이에요. 하지만 이 나뭇잎 차양을 통과하는 햇볕은 거의 없기 때문에 지상에서는 식물이 거의 자라지 않아요. 그런 대신 그 어느 곳보다 복잡한 생태계를 이루고, 나무가 흡수한 태양 에너지가 전체 우림에 분산되도록 설계되어 있어요.

이런 운무림은 훨씬 단순하죠. 나무가 훨씬 작고 공간도 널찍해서 지상에도 식물이 많아요. 고릴라들은 숨을 곳이 많기 때문에 이런 환경을 대단히 좋아하죠. 손만 뻗으면 먹을 것도 많고."

하지만 우리는 울창하고 축축한 식물들 때문에 숲을 헤치고 나가기가 힘들었다. 무라라와 세룬도리는 빈틈이 보이지 않을 정도로 빽빽한 덤불에서도 아무렇지 않게 칼을 휘둘렀고, 나는 한참 후에야 그게 그냥 마구잡이로 휘두르는 것이 아니라는 걸 깨닫기 시작했다.

벌채용 칼은 모양이 대단히 특이한데, 옆에서 보면 끝이 뭉뚝한 바나나 같다. 칼날은 처음부터 끝까지 굴곡이나 단면의 각도가 조금씩 다르고 거기 실린 무게도 다르다. 가이드들이 나무의 종류에 따라 굵은 가지를 벨 때는 이렇게, 쐐기풀이 무성하거나 덩굴이 뒤엉켜 있을 때는 또 저렇게, 동작을 달리하며 칼을 휘두르는 본능적인 모습에는 넋을 잃게 된다. 그건 마치 실력 있는 테니스 선수들의 가벼운 연습 게임을 보는 것 같다.

숲은 울창할 뿐만 아니라 서늘하고 축축했고 커다란 검은 개미들이 득시글거려서 헬무트와 쿠르트를 제외한 모두가 개미에 물렸다. 두 사람은 개미를 막아 주는 특수한 양말을 라트비아에서 가져왔다.

우리가 그들의 선견지명을 칭찬했더니 두 사람은 어깨만 으쓱하곤 아무 대꾸도 하지 않았다. 그러더니 우리의 녹음기를 보고는 어떻게 그런 걸 가져올 생각을 했는지 놀랍다고 말했다. 라트비아에서는 그것보다 훨씬 좋은 녹음기를 쓴다. 우리는 그것도 좋을 테지만 이걸로도 충분히 만족하며, BBC에서도 이 정도면 쓸 만하다고 판단한 모양이라고 대답했다. 헬무트(어쩌면 쿠르트)는 라트비아에는 훨씬 좋은 방송국이 있다고 말했다.

노골적으로 터져 나오려던 적대감은 이때 마침 가이드가 조용히 하라는 신호를 보내서 무마됐다. 고릴라가 있는 곳이 가까웠다.

"하지만 당연한 거 아닌가요."

쿠르트는 라트비아 특유의 가느다란 입술에 희미한 미소를 머금고, 마치 처음부터 바로 여기에 고릴라가 있을 줄 알고 있었다는 듯이 말했다. 그러나 가이드의 시선을 끈 건 고릴라가 아니라 녀석의 잠자리였다. 우리가 걸어가던 길 한쪽으로 덤불이 넓게 눌린 자국이 있었는데, 간밤에 고릴라가 잔 자리였다. 고릴라는 춥고 눅눅한 땅의 기운을 막기 위해 줄기를 끊어다 밑에 깔아 놓았다.

문외한의 눈에 가장 기이해 보이는 동물학자들의 특징 가운데 하나는 동물의 배설물에 보이는 탐욕스러운 열정이다. 물론 배설물이 해당 동물의 서식 환경과 먹이에 대한 엄청난 정보를 제공한다는 건 나도 알지만, 배설물 자체를 좋아하는 것 같은 순수한 즐거움은 설명할 길이 없다.

기쁨에 겨운 비명이 들리는 걸 보니 마크가 배설물을 발견한 모양이었다. 그는 무릎을 바닥에 대고 수북한 고릴라 똥을 향해 니콘의 셔터를 눌러대기 시작했다.

"보금자리 안에 있다는 게 흥미로운 점이에요." 사진을 충분히 찍고 난 후에 마크가 설명했다.

"여기 사는 마운틴고릴라는 실제로 보금자리 안에서 똥을 싸는데, 밤에 밖에 나가기엔 너무 춥기 때문이죠. 반면에 서부로랜드고릴라는 그렇지 않아요. 거기는 기후가 더 따뜻하니까 한밤중에 밖에 나가는 게 문제되지 않거든요. 그뿐만 아니라 서부로랜드고릴라는 주로 과일을 먹는다는 것도 보금자리에서 배변을 하지 않는 또 하나의 이유입니다."

"그렇군요." 내가 말했다.

이때 헬무트가 무슨 말인가를 하기 시작했고 들어보나마나 라트비아 고릴라의 똥이 훨씬 우월하다는 소리였을 테지만, 내가 그의 말을 막았는데, 그 이유는 갑자기 웬 트럭 같은 게 나를 지켜보는 것처럼 묘하게 섬뜩한 느낌이 들었기 때문이었다.

우리는 입을 꽉 다물고 조심스레 주변을 살폈다. 근처에는 아무것도 보이지 않았고, 머리 위의 나무에도 별다른 게 없었으며, 수풀 속에 숨어서 우리를 지켜보는 눈동자도 없었다. 그렇게 잠시 동안은 아무것도 보이지 않았지만, 마침내 설핏 움직이는 기척이 포착됐다. 우리가 걸어온 길을 따라 30미터쯤 뒤에 있는 뻔히 드러난 곳에, 너무 커서 오히려 눈치를 채지 못한 그것은 마운틴고릴라였다. 아니, 차라리 고릴라마운틴이라고 해야 옳을지도 모르겠다. 앞발을 말아 쥐고서 땅을 딛고 선 모습이 비스듬한 산등성이에 세운 커다란 근육질 텐트 같았다.

고릴라가 무시무시한 짐승이라는 얘기는 익히 들었을 테니, 내가 느낀 특별한 인상만 간단히 덧붙이겠다. 이 생명체는 무시무시한 짐승이다. 그것 말고는 달리 표현할 방법이 없다. 야생에서 이런 생명체와 문득 마주치면 머릿속이 웅웅거리며 정신이 멍해지는데, 정말이지 이런 짐승이 또 없다. 흥분과 현기증이 막무가내로 솟구치고, 머리는 어디로 떨어져 나가버렸는지 뭐라고 할 말을 잃고 마는데. 아마도 이런 기분을 마지막으로 느꼈던 게 수천, 아니 수백만 년 전의 일이기 때문일 것이다.

나는 잠시 공상에 빠져 볼 작정인데, 합리적이고 문명화된 지성(최대한 광의의 뜻으로 하는 말이다)의 소유자인 내가 인식하거나 설명할 길이 없으면서도 대단히 강력한 무엇인가를 경험할 때는 그러지 않을 도리가 없기 때문이다.

언젠가 높은 곳에서 느끼는 현기증에 대한 설명을 들은 적이 있다. 얼마나 진지하고 학문적인 고찰이었는지는 모르겠지만 듣는 순간 솔깃해지며 본능적으로 마음에 들었는데, 이런 내용이었다. 우리가 높은 곳에 섰을 때 현기증을 느끼는 건 단순히 추락이 두려워서가 아니다. 오히려 그런 현기증이 추락의 가능성을 높이는 유일한 요인일 때가 많고, 그건 기껏해야 극히 비이성적이고 심지어 자기만족적인 두려움일 뿐이다. 하지만 진화의 여정에서 지금의 상태에 이르기 전인 먼 과거에 우리는 나무에서 살았다. 이 나무에서 저 나무로 훌쩍 뛰어다녔다. 심지어 조상의 계보를 밟아 올라가면 새와 비슷했다는 학설도 있다. 그렇다면 우리의 심리 속에는 눈앞에 펼쳐진 허공으로 뛰어들어도 될 것 같은, 더 나아가 그렇게 해야 할 것 같은 충동이 자리 잡고 있을 수 있다. 그렇기 때문에 우리는 "뛰어내려!"라고 소리치는 원시적이고 유전적인 부분과 "왜 이래, 그러지 마!"라고 애원하는 현대적이고 이성적인 부분 사이의 갈등에 휩싸이게 된다.

현기증의 아찔한 경험은 확실히 단순한 공포라기보다 정신적인 갈등과 혼란이 요동치는 감정과 비슷한 공포에 가깝다. 만약 그게 공포라면 그건 우리가 즐기고 장난치는 감정이며, 롤러코스터나 대관람차 디자이너들이 먹고사는 요인이다.

야생에서 실버백고릴라를 처음 봤을 때 내가 느낀 건 아득한 현기증이었다. 왠지 뭔가 해야 할 것 같고 어떤 반응을 보여야 할 것 같았지만 그게 뭔지, 또 어떻게 해야 하는지 알 길이 없었다. 현대화된 뇌는 무작정 "도망쳐!"라고 외쳤지만, 내가 할 수 있는 거라곤 그저 그 자리에 서서 바들바들 떨며 바라보는 것뿐이었다. 뭔가를 하기에 적당한 순간은 우리와 고릴라 사이에 있는 건널 수 없는 심연 속으로 사라졌고, 우리는 어쩔 도리 없이 입만 벌린 채 서 있었다. 반면에 고릴라는 우리가 제 똥을 열심히 카메라에 담는 걸 본 모양인지 덤불 속으로 유유히 사라져버렸다.

따라가려 했지만, 거긴 녀석의 터전이지 우리의 뒷마당이 아니었다. 녀석의 터전에서 우리는 거기가 어디쯤인지조차 가늠하지 못했고, 얼마 지나지 않아 결국 녀석을 쫓아가는 걸 포기한 채 전반적인 지역 탐사로 돌아갔다.

우리가 본 고릴라는 거구의 수컷 실버백이었다. '실버백'은 말 그대로 등에 은색, 또는 회색 털이 나 있다는 뜻이다. 수컷만이 성체가 된 후에 등이 은색으로 변한다. 대장 수컷만 등이 은색이고, 그것도 대장이 되면 며칠 사이에, 심지어 몇 시간 만에 그렇게 변한다고도 하지만, 그건 말도 안 되는 소리다. 아무리 그럴 듯한 헛소리여도, 헛소리는 헛소리다. 헛소리라는 말이 나온 김에 며칠 뒤 고마에서 오랫동안 고릴라 보호에 힘써 온 콘래드 에이블링을 만났다가 알게 된 사실을 이야기하고 넘어가야겠다.

무라라와 세룬도리가 아무렇지 않게 밀렵꾼을 소탕한다는 이야기를 듣고 너무 걱정이 되었다고 했더니, 콘래드는 몸을 뒤로 젖히고 발까지 구르며 웃어댔다.

"이 사람들이 관광객을 붙잡고 하는 이야기는 정말 어처구니가 없어요! 자기들이 특공대였다는 소리는 하지 않던가요?"

우리는 조금 주눅이 들어서 그렇다고 대답했다. 콘래드는 손바닥으로 이마를 찰싹 때리며 고개를 절레절레 저었다.

"그 사람들이 특공대였다는 증거는 군복밖에 없어요. 그런데 그건 특공대한테서 산 거죠. 특공대는 월급을 받지 못하기 때문에 먹고살기 위해 그걸 팔아요. 말도 안 되는 상황이죠. 저번에도 기가 막힌 이야기를 하나 들었는데, 한 관광객이 가이드에게 고릴라랑 사자가 만나면 어떻게 되느냐고 물어봤대요. 거기는 고릴라가 없는 르완다 쪽이었다죠. 그러자 '정말 멍청한 질문이군요. 사자가 사는 데랑 고릴라가 사는 데는 완전히 달라서 만날 일이 없으니까요'라고 대답했어야 할 가이드가 뭔가 그럴듯한 대답을 해줘야 한다는 의무감을 느꼈나 봐요. '고릴라가 사자를 때려눕혀서 나뭇잎과 가지로 덮은 다음 그 위에 올라가서 발을 쿵쿵 굴러요.' 내가 이 이야기를 듣게 된 것도 그 관광객이 나중에 나를 찾아와서 그 이야기가 너무 놀라웠다고 말해줬기 때문이에요. 그 사람들이 자꾸 이렇게 얼토당토않은 이야기를 꾸며내서 정말 큰일이에요. 답을 모르거나 답이 그다지 흥미롭지 않더라도 헛소리를 꾸며내는 것보다 차라리 있는 그대로 말해주는 게 낫다는 걸 알았으면 좋겠어요."

그래도 뻥을 치거나 람보의 환상에 빠져 있지 않을 때는 우리 가이드들이 실제로 숲과 고릴라를 잘 안다는 데 의문의 여지가 없었다. 그들은(콘래드 에이블링도 그건 진짜라고 확인해 주었는데) 인간과 접촉할 수 있도록 고릴라 무리 중에서 두 마리와 '낯을 익혀 두었다'. 낯익히기는 대단히 오랜 시간이 걸리는 복잡하고 섬세한 작업이지만, 간단히 설명하면 야생에 사는 무리를 찾아내 몇 달, 심지어 몇 년을 매일 찾아가 인간의 존재를 익숙하게 받아들일 수 있도록 훈련시켜서 연구자나 관광객이 찾아갈 수 있게 만드는 과정이다.

고릴라와 낯을 익히는 데 시간이 얼마나 걸릴지는 대장 실버백에게 달려 있다. 우두머리의 신뢰를 얻는 게 결정적이다. 우리가 찾아간 무리의 경우 꼬박 3년이 걸렸다. 콘래드 에이블링은 낯익히기 프로젝트의 처음 여덟 달 동안 그들을 따라서 덤불 속을 기어 다녔는데, 6~9미터 거리에 있어도 실제로 고릴라를 본 건 한 번뿐이라고 했다.

"이런 종류의 서식지에서 낯익히기를 할 때의 문제점은 수풀이 너무 울창해서 서로 볼 수가 없고, 그러다 보니 1미터 남짓한 거리에 있는데도 서로 보지 못하다가 문득 마주친다는 거예요. 그러면 전부 화들짝 놀라죠. 고릴라도 화들짝, 나도 화들짝. 그 흥분감은 이루 말할 수 없어요. 아드레날린이 솟구치죠. 부카부 무리의 경우엔 실버백이 나서지 않는다는 게 문제였어요. 나는 녀석을 도발하고 싶었거든요. 그렇게 나서서 자신을 드러내면 내가 어떤 해를 가하려는 게 아니라는 걸 깨달을 테니까요. 하지만 녀석은 그렇게 하지 않고 그냥 주변을 맴돌기만 했어요. 보통은 고릴라가 앞에 나서고, 그러면 얼굴을 마주하게 되고, 양쪽 다 서로를 해치려는 마음이 없다는 걸 알게 되면 고릴라가 물러서거든요."

"하지만 그래도 사람이 복종하는 자세를 취하겠죠? 정면으로 맞서는 건 아니지 않아요?" 마크가 물었다.

"아니요. 보통은 복종하는 자세를 취하지 않습니다. 너무 겁에 질린 나머지 움직이지도 못하니까요."

일단 실버백이 인간을 받아들이면 나머지 무리도 순식간에 행동을 같이하는데, 그러면 흥미롭게도 인근의 다른 무리와 낯을 익히는 시간도 훨씬 짧아지는 게 보통이라고 한다. 서로가 서로를 존중하면 문제가 일어날 소지가 없다. 고릴라들에겐 방해받고 싶지 않을 때 얼마든지 그런 의사를 표시할 능력이 있다. 한 번은 다른 무리와의 마찰로 고릴라들이 대단히 스트레스를 받았다. 그런 날의 오후에 인간들한테까지 시달리고 싶지는 않았는지, 가이드가 관광객들을 데려와 눈치 없이 통 돌아갈 생각을 하지 않자 실버백이 가이드의 손을 붙들고는 가만히 그의 시계를 물어서 끊어버렸다고 한다.

지금은 관광을 하는 쪽에서 스트레스를 받는다. 내 경우만 하더라도 벌써 몇 년 전부터 고릴라를 보러 가고 싶었지만, 관광객들이 고릴라의 서식 환경과 생활 방식을 교란한다는 우려 때문에 뜻을 이루지 못했다. 고릴라가 면역력을 지니지 못한 질병에 노출될 위험도 있다. 고릴라 보호의 선구적인 활동가로 이름 높은 다이안 포시는 평생토록 관광을 격렬히 반대했고 세상과 고릴라를 멀리 떼어 놓고 싶어 했다. 하지만 말년에는 그녀도 어쩔 수 없이 뜻을 굽혔으며, 이제는 신중하게 통제하고 관리한다면 관광이 고릴라의 생존을 담보해 줄 수 있으리라는 게 보편적 통념이다. 안타깝지만 외면할 수 없는 사실은, 이게 결국 단순한 경제 논리라는 점이다. 관광객이 없으면 고릴라의 숲속 서식지가 농업과 벌목의 용도로 완전히 파괴되거나, 고릴라가 밀렵꾼의 손에 멸종되거나, 어느 게 먼저인가 하는 순서의 문제일 뿐이다. 투박하게 말하자면, 지금은 고릴라가 죽는 것보다 살아 있는 게 지역 사람들(그리고 정부)에게 더 가치가 있다.

그래서 다음과 같은 규정을 엄격하게 적용하고 있다. 고릴라 무리는 하루에 한 번만 방문할 수 있고, 시간은 통상 1시간으로 제한하며, 방문객의 숫자는 여섯 명을 넘을 수 없고, 그 대가로 1인당 100달러를 지불해야 한다. 하지만 그렇게 하고도 고릴라를 보지 못할 수도 있다.

우리는 봤으니 운이 좋았다. 하지만 실버백과 처음 마주쳤던 영원처럼 긴 순간이 지나자 더 이상은 고릴라가 보이지 않는 것 같았다. 우리는 덤불 사이를 천천히 조심스레 이동했고 무라라와 세룬도리는 계속해서 기침을 하며 가래 끓는 소리를 냈다. 그렇게 하는 이유는 고릴라에게 우리가 가고 있으며 위험한 존재가 아니라는 걸 알리려는 의도였다. 그건 고릴라를 흉내 낸 소리였다. 실제로 얼마나 비슷한지는 중요하지 않다. 그걸로는 아무도 속일 수 없다. 그저 늘 똑같은 소리로 고릴라들을 안심시키는 게 중요하다. 그렇게 치면 국가를 불러도 상관없다.

그만 포기하려다 한 번만 더 돌아보기로 했는데, 갑자기 고릴라들로 숲이 빽빽해진 느낌이 들었다. 몇 미터 위에서는 암컷 한 마리가 나무에 앉아 한가롭게 이빨로 나무껍질을 벗기고 있었다. 우리를 봤지만 관심을 보이지 않았다. 새끼 두 마리는 대단히 가느다란 나무 위로 4미터쯤 기어 올라가 겁도 없이 까불어댔고, 젊은 수컷은 먹이를 찾아 근처의 덤불을 뒤지고 있었다. 우리는 왜 하필 그렇게 가냘픈 나무에 올라가서 저러는 건지, 아슬아슬한 심정으로 새끼 두 마리를 바라봤다. 나무가 두 녀석의 무게를 지탱한다는 게 놀라웠지만 끝내 버티지 못했다. 중력의 법칙을 알 리 없는 이 녀석들은 별안간 쿵 소리를 내며 떨어졌고 민망한 듯 슬그머니 덤불 속으로 기어들어갔다.

그 뒤를 따라간 우리는 고릴라를 차례차례 마주치다가 마지막으로 또 다른 실버백을 보게 됐다. 수풀 속에 모로 누운 그 실버백은 긴 팔을 머리 위로 접어 반대편 귀를 긁적이며 나무 잎사귀를 바라보고 있었다. 녀석이 뭘 하고 있는지는 단번에 알 수 있었다. 녀석은 생각에 잠겨 있었다. 그건 너무나 명백했다. 또는 그게 명백하다고 믿고 싶은 유혹이 너무나 간절했다.

고릴라는 인간처럼 생겼고, 인간처럼 행동하며, 인간처럼 손가락으로 물건을 집고, 너무나 인간다운 눈과 얼굴에 본능적으로 인간의 표정이라고 인식하게 되는 그런 표정을 담아낸다. 그래서 우리는 고릴라의 얼굴을 보며 이렇게 생각한다. "우리는 저 녀석들이 어떤지 알아." 하지만 어림도 없다. 오히려 우리는 손쉽고 그럴듯한 고정관념에 빠져 그들이 실제로 어떤 존재인지 이해하게 해 줄 가냘픈 실마리를 차단해 버린다.

나는 손과 무릎을 땅에 대고 기어서 슬금슬금 천천히, 그리고 조용히 다가갔다. 녀석과 나와의 거리는 50센티미터도 채 되지 않았다. 녀석은 눈을 돌려 대기실에 새로 들어온 사람을 보듯 무심하게 나를 쳐다보더니 다시 생각에 잠겼다. 키는 나랑 비슷해 보였지만(약 2미터) 몸무게는 두 배쯤 될 것 같았다. 온몸이 근육질이고 앞쪽은 조금 늘어진 부드러운 암회색 살갗에 거칠고 검은 털이 뒤덮여 있었다.

내가 다시 움직이자 녀석도 15센티미터쯤 더 멀찌감치 물러났는데, 마치 소파에서 내가 너무 다가가 앉자 툴툴거리며 거리를 벌리는 것 같았다. 그러더니 배를 바닥에 대고 주먹 쥔 손으로 턱을 괸 다음, 다른 손으로 태평하게 뺨을 긁었다. 나는 개미가 물어대는 통에 죽을 지경이었지만, 최대한 숨을 죽이고 가만히 앉아 있었다. 녀석은 크게 우려하는 기색 없이 우리를 한 명씩 쳐다보더니, 제 손으로 관심을 돌리고는 엄지로 손가락에 묻은 흙을 긁어냈다. 녀석에게는 우리의 존재가 텔레비전 앞에서 보내는 일요일 오후만큼이나 지루한 모양이었다. 녀석이 하품을 했다.

의인화를 하지 않으려 해도 하지 않을 도리가 없다. 이런 생각이 뭉게뭉게 피어오른다. 아무리 허황된 공상일지언정 보는 순간 그런 이미지가 떠오르기 때문이다. 그 순간의 느낌을 전달할 길은 의인화뿐이다.

한참을 조용히 앉아 있다가 가방에서 분홍색 노트를 꺼내 지금 하는 이 이야기를 쓰기 시작했다. 녀석은 그런 내 모습에 흥미가 조금 동하는 눈치였다. 어쩌면 분홍색 종이를 한 번도 본

적이 없었기 때문인지도 모른다. 녀석의 눈이 종이 위에서 미끄러지는 내 손을 쫓았고, 조금 있다가 손을 뻗어 처음에는 종이를 만지고 이어서 볼펜 윗부분을 만졌는데, 그걸 나에게서 빼앗거나 나를 방해하려는 게 아니라, 그게 무엇인지 감촉은 어떤지 알고 싶은 듯했다. 나는 녀석의 행동에 깊은 감명을 받았고, 바보처럼 내 카메라도 꺼내서 보여주고 싶은 충동이 일었다.

녀석은 조금 물러나서 1미터 남짓 떨어진 곳에 다시 누웠고, 이번에도 주먹으로 턱을 받쳤다. 나는 유난히 생각에 잠긴 듯한 녀석의 표정이 마음에 들었고, 주먹이 밀어 올리는 힘에 주름이 잡힌 입술도 좋았다. 문득 곁눈질로 나를 쳐다보는 녀석의 얼굴에는 더없이 당혹스러운 지성이 번득였는데, 내가 한 어떤 행동 때문이 아니라 단지 어떤 생각이 머리를 스쳤기 때문에 그런 표정을 짓는 것 같았다.

우리의 지성이 절대적인 기준인 양 이들의 지성을 판단하려 드는 우리의 태도가 너무나 가소롭게 느껴지기 시작했다. 그래서 그 대신 녀석이 우리를 어떻게 볼지 상상해 보려 했지만, 물론 그건 거의 불가능했는데, 상상력의 빈틈을 메우는 고정관념은 두 말할 것도 없이 내 생각이고 자신이 갖고 있는지조차 모르는 고정관념이야말로 가장 오해의 소지가 높기 때문이다. 나는 녀석이 자신의 세계 속에 편하게 누워 내가 옆에 있는 걸 참아주고 있지만, 내게 어떤 신호를 보내고 있는데 내가 거기에 어떻게 반응해야 하는지 모르는 거라고 상상했다. 그런 다음, 지성의 도구들(고어텍스 점퍼, 볼펜과 노트, 오토 포커싱 측광의 니콘 F4, 그리고 숲에서 지나친 생명들을 이해하지 못하는 무능함)을 줄줄이 매달고 그 옆에 누워 있는 나를 그려 봤다. 그러나 우리의 세포 하나하나에 담긴 진화의 역사 어딘가에는 이 생명체와의 깊은 연관성이, 작년에 꾼 꿈처럼 돌이킬 수 없지만 작년에 꾼 꿈처럼 보이지 않는 깊숙한 곳에 늘 존재하고 있었다.

이런 생각을 하려니 예전에 봤던 어떤 영화의 한 장면이 어렴풋이 떠올랐는데, 동유럽 이민자의 아들인 뉴요커가 부모의 고향 마을을 찾아가는 내용이었다. 그는 성공해서 많은 돈을 벌었고, 마을에 가면 당연히 열렬한 환영과 존경을 받을 줄 알았다. 하지만 내쫓기거나 무시를 당한 건 아니었어도 마을 사람들이 그를 맞이하는 태도는 너무 의외였다. 처음에는 자신의 존재에 무심한 사람들 때문에 약이 올랐지만, 마침내 그들의 잔잔한 태도가 자신을 거부하기 때문이 아니라, 들어오는 건 허락하되 어지럽히지 않기를 바라는 평온함 때문이라는 사실을 알게 됐다. 자신이 가진 게 전부 자신이 잃어버린 것의 그림자라는 사실을 깨닫는 순간, 문명사회에서 가져온 선물은 그의 손에서 먼지가 되어 버린다.

나는 고릴라의 눈을 다시 바라봤다. 뭔가 아는 것 같은 명민한 눈동자였다. 그러다가 유인원에게 언어를 가르치려는 시도에 대해 곰곰이 생각해 봤다. 인간의 언어를. 왜 그러는 걸까? 우리 중에는 숲에 살면서 숲을 알고 이해하는 사람들이 많다. 그런데 우리는 그들의 말에 귀를 기울이지 않는다. 그러니 유인원이 하는 말이야 오죽할까? 타고 나지 않은 언어로 제 삶에 대해 우리에게 이야기하는 것이 가능할까? 어쩌면 고릴라들이 아직 언어를 갖지 못한 게 아니라, 우리가 잃어버린 걸지도 모른다는 생각이 들었다. 실버백은 마침내 우리가 지겨워진 모양이었다. 몸을 일으켜 세우더니 쿵쿵거리며 보금자리 저편으로 훌쩍 사라졌다.

오두막으로 돌아오는 길에 나는 카메라 가방에 작은 참치캔이 들어 있는 걸 발견했고, 오자마자 맥주 한 병을 곁들여 다 함께 그걸 허겁지겁 먹어 치웠다. 두 명의 독일, 아니 라트비아 학생들이 자기네 주머니칼이 얼마나 훌륭한지 떠들어대는 이야기를 재미있던 셈 치지 않는다면, 그날의 즐거움은 오후 2시에 끝나버렸다.

내색은 하지 않았지만 양손으로 맥주병을 있는 힘껏 움켜쥐고서 그걸 한참 노려보는 모습이 마크도 그들의 열변에 짜증이 나기 시작한 눈치였다. 쿠르트는 우리에게 앞으로의 계획을 물었고, 우리는 가람바국립공원에 가서 북부흰코뿔소를 볼 생각이라고 대답했다. 쿠르트는 고개를 끄덕이며 자신도 그날 밤에 우간다로 걸어갈 것 같다고 말했다.

병을 움켜쥔 마크의 손가락 관절이 점점 하얗게 질렸다. 마크야 대부분의 동물학자처럼 원래 사람보다 동물을 더 좋아하는 경향이 있었지만, 이번만큼은 나도 전적으로 같은 심정이었

다. 하루 종일 마운틴고릴라를 보며 황홀해했고, 특히 녀석들이
얼마나 인간과 비슷한가에 감동하며 그거야말로 고릴라의 가장
매력적이고 근사한 특징이라고 여겼건만, 진짜 인간들과 고작
두어 시간 같이 지내려니 짜증이 치솟는 건 조금 혼란스러운 노
릇이었다.

사흘 뒤에 나는 흰개미집 위에 서서 쌍안경으로 또 다른 흰개
미집을 보고 있었다. 내가 올라선 곳이 흰개미집이라는 건 알고
있었지만 내가 보고 있는 게 북부흰코뿔소가 아니라는 사실이
실망스러웠는데, 한낮의 이글거리는 햇볕 속에 그저 아프리카
라고밖에 설명할 수 없는 땅을 한 시간 가까이 결연하게 걸어온
후였기 때문이었다.

게다가 마실 물도 바닥이 났다. H. 라이더 헤거드◆와 노엘 카
워드◆◆와 『이글 매거진』의 넘치는 세례 속에 자란 내가 아프리
카의 진짜 사바나 평원에 와서 제일 먼저 한 일이라는 게 한낮의

◆ 영국 근대 모험소설의 대표 작가. 대표작으로 『솔로몬왕의 보물』, 『마이와의 복수』
  등이 있다
◆◆ 영국의 유명한 희곡 작가

이글거리는 태양 속으로 무작정 뛰어들고 마실 물까지 떨어뜨린 상황이라는 사실이 도무지 믿기지 않았다.

물론 H. 라이더 헤거드 등등의 작품을 읽으며 자란 사람답게 조금 겁이 난다는 사실은 내색하지 않았다. 사바나 한가운데에서 물이 바닥나선 안 되는 이유는 그게 절실하게 필요하기 때문이다. 몸은 정기적으로 그게 필요하다는 신호를 보내고, 그런 상태가 계속되면 핏대를 올린다. 더구나 우리는 어느 곳과도 몇 킬로미터씩 떨어진 상황이었고, 랜드로버를 세워 둔 위치와 관련하여 수많은 의견이 난무한 가운데 엄밀한 검증을 견뎌낸 주장은 하나도 없었다.

이 시점에서 마크와 크리스가 얼마나 걱정이 심했는지는 알 길이 없는데, 두 사람, 그중에서 특히 크리스는 도무지 조리에 맞는 얘기를 하지 못하는 상태였기 때문이다. 글래스고 출신인 크리스는 전형적인 북방인류였다. 금발에 흰 피부, 북풍한설에 이를 덜덜 떨며 커다란 토끼 시체로 감싼 것 같은 마이크와 DAT 녹음기를 들고 스코틀랜드 황무지를 건너갈 때 더없이 행복해하는 그런 사람이었다. 사바나에 어울리는 사람이 아니었다. 그는 이제 점점 더 작은 원을 그리며 걸었고, 점점 더 말이 안 되는 소리를 늘어놓았으며, 교통신호등처럼 붉으락푸르락했다. 마크는 갈수록 빨갛게 익으면서 부루퉁해졌다.

함께 간 두 여자는 우리를 영락없는 겁쟁이로 여겼다. 그들은 코뿔소 전문가인 케스 힐먼스미스와 침팬지 전문가인 아네스

란주였다.

케스 힐먼스미스는 내가 내려온 흰개미집에 올라가 지평선을 훑어봤다. 케스는 실제로 북부흰코뿔소 분야에서 세계적으로 손꼽히는 전문가였지만, 크기가 스코틀랜드만 한 국립공원에서 어디로 가야 스물두 마리의 북부흰코뿔소를 찾을 수 있는지에 대해서는 세계적인 권위를 자랑하지 못했다.

사실관계에 있어 틀린 내용이 있을지도 모르겠다. 가람바국립공원의 크기에 대해서는 정보가 엇갈렸다. 5천 제곱킬로미터에 불과하다는 얘기도 있으니, 그렇다면 스코틀랜드 면적의 일부라고 해야 옳을 것이다. 하지만 그 정도만 하더라도 코뿔소 스물두 마리가 꽁꽁 숨기에는 충분했다.

케스는 처음부터 흰개미집에 대해 무척 회의적이었는데, 그건 세계적인 코뿔소 전문가로서는 적절한 태도였지만, 지열이 이글거리는 가운데 멀리서 보기에 그나마 어렴풋하게라도 코뿔소와 비슷해 보이는 건 그것뿐이었고 기왕 여기까지 왔으니 그거라도 가서 보는 게 좋겠다고 제안했다.

케스는 당당한 여성이고, 은근히 야한 모험영화에서 뛰어나온 것처럼 보인다. 날렵하고 다부지고 놀랍도록 아름답고, 으레 단추가 다 떨어져나간 낡은 군복 차림이었다. 그녀는 이쯤에서 지도를 펼쳐볼 때가 됐다고 판단했다. 상당히 거친 지형을, 상당히 거칠게 표시해 놓은 지도였다. 그녀는 랜드로버가 있는 위치를 단호하게, 랜드로버가 감히 그곳에 있지 않을 수 없다는 듯이 거침없이 말했는데, 과연 몇 킬로미터를 걸어간 끝에 우리는 바로 그 지점의 수풀 뒤에서 좌석 사이에 보온병이 박혀 있는 랜드로버를 발견했다.

사막에 꽃을 피우고 천사들이 노래하게 만들 차 한 잔으로 원기를 회복한 우리는 덜컹덜컹 베이스캠프로 돌아갔다. 그곳은 작은 강을 사이에 두고 가람바국립공원과 마주보는 여행자촌의 오두막이었다. 우리는 그때 크기가 스코틀랜드 면적의 일부만 한 공원의 유일한 방문객이었다. 여기가 아프리카에서 동물의 종류가 가장 다양한 공원인 걸 생각하면 그건 상당히 놀라운 일이었다. 공원은 수단과 국경을 맞댄 자이르 북동부에 위치하고 있으며, 동쪽에서 서쪽으로 공원을 굽이굽이 가로지르는 가람바강에서 이름을 가져왔다. 이곳의 서식지는 사바나와 대상림帶狀林, 파피루스가 무성한 습지 등으로 이루어졌으며, 현재 물소 5만 3천 마리, 코끼리 5천 마리, 하마 3천 마리, 콩고기린 175마리, 새 270종, 그리고 사자 60여 마리와 나선형 뿔이 달린 커다란 자이언트일런드영양이 산다. 자이언트일런드영양이 있다는 걸 아는 이유는 우리가 한 마리를 봤기 때문이다. 마지막으로 자이언트일런드영양이 포착되었던 건 1950년대였다는데, 그 얘기를 들으니 괜히 기분이 좋았다.

그리고 공원에 방문객이 드문 이유로는 관광객을 괴롭히는 악몽 같은 자이르의 관료주의도 한몫을 하겠지만, 가장 가까운 부니아 공항에서 육로로 사흘거리에 있어서 어지간히 굳은 결심을 하지 않고서는 오기 힘들다는 사실도 무시할 수 없다.

우리는 운이 좋았다. 가람바 복원프로젝트의 수석 경영자문을 맡고 있는 찰스 매키가 부니아 공항에서 밀렵 감시용 세스나 185 경비행기에 우리를 태워주었다. 경비행기가 착륙한 공원 바로 옆의 활주로는 그냥 평평한 풀밭이어서 몇 번을 쿵쿵 튀고 덜컹거린 후에야 빙글빙글 돌다가 마침내 멈춰 섰다. 비룽가 화산지대의 서늘한 안개에서 사방으로 지평선이 펼쳐진 광활한 대초원의 뜨겁고 건조한 대기로의 변화는 극단적이었다. 랜드로버는 흙먼지를 일으키며 사바나를 질주했고, 아지랑이가 어른거리는 저 멀리에선 코끼리 무리가 육중한 몸을 움직이고 있었다.

그날 저녁에는 케스와 공원 관리책임자인 그녀의 남편 프레이저가 사는 집으로 저녁을 먹으러 갔다. 강가의 수풀 속에 있는 그 집은 두 사람이 직접 지었다. 집은 길쭉하고 나지막하게 연결되는 구조였고 책이 가득했으며, 날씨에 개방적이었다. 비가 오면 창문이 없는 곳에 방수포를 덮어야 했다. 집을 짓는 데 걸린 2년간은 벌레를 찾아 바닥을 파헤치는 몽구스와 개, 고양이 두 마리, 그리고 아기까지 데리고 작은 흙집에서 살았다고 한다.

집이 워낙 개방적이다 보니 늘 동물들이 가득했다. 일례로 새끼 하마 한 마리는 툭하면 들어와 거실에 있는 화분을 물어뜯는다. 둘째 아기의 요람 옆에 머리를 뉘인 채 자고 갈 때도 많다. 정원에는 뱀과 코끼리가 드나들고 쥐는 비누마다 갉아댔고 흰개미는 기둥을 쏠았다.

진짜로 걱정되는 건, 정원 아래쪽 강에 사는 악어였다. 벌써 키우던 개를 한 마리 잡아먹었다.

"조금 걱정이 돼요." 케스가 말했다.

"하지만 주어진 상황을 받아들이면서 최대한 편하게 살아가는 수밖에 없어요. 도시에 살았다면 악어한테 물리는 걸 걱정하진 않았겠지만, 아이들이 버스에 치이거나 유괴를 당할까 봐 걱정했겠죠."

저녁을 먹은 후에 그들은 정말로 코뿔소를 보고 싶다면 녀석들이 실제로 어디 있는지부터 알아보는 게 좋을 거라고 했다.

"내일은 찰스에게 세스나를 태워 달라고 부탁하고, 다음 날 랜드로버를 타고 다시 나가서 최대한 가까이 가보는 게 좋을 거예요."

두 사람은 낡은 무전기로 찰스에게 연락해서 약속을 잡아주었다.

찰스가 경비행기를 조종하는 모습은 도싯*의 시골길을 운전하는 우리 어머니와 비슷했다. 어머니가 평생을 그렇게 막무가내로 해 온 운전을 몰랐다면, 그 옆에서 아무렇지 않게 「내 곁에 있어줘」를 콧노래로 따라 부르기는커녕 자동차 바닥에 웅크리고 앉아 겁에 질려 헛소리를 해댔을 것이다.

◆ 잉글랜드 남서부에 위치한 지역

찰스는 마른 체구에 살짝 다혈질인데, 그러면서도 수줍음을 탄다. 가끔은 혹시 나 때문에 기분이 상한 걸까 걱정을 하게 만들지만, 갑작스러운 침묵의 이유가 그저 할 말을 찾지 못해서 입을 다물어버렸을 뿐이라는 걸 알게 된다. 비행기에서는 워낙 볼 게 많아서 그런 찰스마저도 상당히 수다스러워지지만, 물론 그 얘기를 제대로 알아듣기는 힘들다.

그래서 내가 이게 꿈이 아니라는 사실을 마침내 받아들이기까지, 그는 세 번이나 같은 말을 반복해야 했다. 찰스는 빠르게 다가가고 있는 나무 꼭대기의 안장부리황새 둥지에 알이 몇 개인지 세어 보겠다고 말했다. 그는 나무 위쪽에서 비행기를 급격하게 기울였고, 마치 핸드브레이크라도 걸어놓은 것처럼 창밖으로 머리를 내밀고 알을 셌다. 비행기는 비스듬히 추락하기 시작하는 것처럼 보였는데, 그 와중에 조종실에서는 「내 곁에 있어주」가 울려 퍼졌다. 그는 두 번이나 잘못 세고서야 마침내 만족했는지 머리를 다시 안으로 들였다. 뒤를 돌아보며 우리에게 괜찮냐고 묻더니 다시 고개를 돌려 창문을 잠그고, 참사 직전에야 비로소 기수를 위로 돌렸다.

창공에서 내려다본 사바나는 땅에 타조 가죽을 펼쳐 놓은 것 같았다. 작은 무리의 코끼리 떼가 인사를 하는 것처럼 고개를 까딱거리며 평원을 가로질렀다. 찰스는 어깨 너머로 가람바국립공원에서 코끼리 훈련 프로젝트를 진행하고 있다며, 한니발 이후 이 분야에서 거둔 첫 번째 대성공이라고 소리쳤다. 아프리카

코끼리는 지능은 높지만 훈련시키기 어렵기로 유명해서, 옛날에 영화 〈타잔〉을 찍을 때도 인도코끼리를 데려다가 커다란 가짜 귀를 달았다고 한다. 이 프로젝트의 궁극적인 목적은 코끼리를 밀렵 감시와 사파리 관광에 활용하는 것이었다. 이번에도 관광 수입은 생존을 위협받는 이 지역 야생생물들의 미래를 담보해 줄 확실한 방법으로 여겨졌다.

우리는 점점 큰 원을 그리면서 코뿔소와 비슷한 것이라도 보이는지 주변을 살폈다. 이렇게 위에 올라오니 녀석들이 움직이는 속도 때문이라도 흰개미집 위에서 보는 것보다는 찾기가 확실히 더 쉬웠다.

문득, 한 마리가 포착됐다. 그리고 나무에 가려진 곳을 지나는데 또 한 마리가 보였다. 그러고도 두 마리가 더 나타났다. 이번엔 어미와 딸이었는데, 우리와 상당히 가까운 거리에서 둥근 바위를 굴리는 것처럼 평원을 빠르게 가로질러 갔다. 60미터 상공에서 봐도 그 육중한 움직임은 대단히 인상적이었다. 우리는 모녀가 지나갈 길을 가로질렀다가 다시 선회한 후 고도를 낮췄는데, 코뿔소가 끌어당기는 중력에 의해 둥글게 흔들리며 삼체 문제◆를 몸소 체험하는 느낌이었다.

우리는 고도를 더 낮춰서 천천히 그 위를 선회하며 계속 뒤를 따라갔다. 최대한 가까이 접근하니, 이번에는 평원을 진격하는

◆ 뉴턴의 만유인력의 법칙에 따라 세 개의 물체 사이에 만유인력이 작용할 때 개개의 운동을 연구하는 이론

무적의 기병대를 공중 엄호하는 기분이었다. 조종실의 소음을 뚫고 찰스에게 그렇게 가까이 다가가면 코뿔소가 겁내지 않느냐고 물었다.

"여러분이 겁내는 것에 비하면 절반도 안 될 겁니다. 아니요, 저들에게는 전혀 문제가 되지 않아요. 코뿔소는 어떤 것에도 겁을 내지 않고 냄새에만 반응하거든요. 평소에도 녀석들을 자세히 관찰하고 상태나 건강 등을 점검하기 위해 낮게 날아서 접근하곤 합니다. 우리는 녀석들을 전부 다 잘 알고, 녀석들이 불편해하는 기색을 보이면 그걸 감지할 수 있어요."

나는 이번 여행의 자명한 진리로 확인된 사실에 다시 한번 뒤통수를 맞은 느낌이었다. 이런 동물을 동물원에서 아무리 많이 봤더라도 야생에서의 만남을 준비하는 데는 전혀 도움이 되지 않기 때문이다. 광활한 공간에서 운신하며 자신의 세계를 호령하는 당당한 짐승들의 모습은 충격적이었다.

물론 그 세계를 완벽하게 점령한 주인은 아니었다. 1.5킬로미터 남짓한 거리에서 발견한 또 다른 코뿔소는 하이에나와 교전 중이었다. 하이에나는 코뿔소 주변을 신중하게 빙빙 돌고, 코뿔소는 근시처럼 낮은 뿔 너머로 앞을 응시했다. 코뿔소는 시력이 별로 좋지 않고, 뭔가를 제대로 보고 싶을 때는 일단 한쪽 눈으로 본 다음에 다시 다른 쪽 눈으로 보는 경향이 있다. 눈이 두개골 양쪽에 붙어 있기 때문에 정면을 볼 수 없다. 찰스는 그 위를 스쳐가면서 전에도 하이에나와 붙은 적이 있는 코뿔소라고 말했다. 그러고 보니 꼬리의 반이 떨어져 나가고 없었다.

내 멀미가 심해져서 비행기의 기수를 돌렸다. 이번 비행 목적은 코뿔소의 위치를 파악하는 것이었고, 총 스물두 마리의 야생 코뿔소 가운데 모두 여덟 마리를 봤다. 다음 날에는 다시 육로로 이동하며 지상에서 가까이 볼 수 있는지 알아보기로 했다.

흰코뿔소에 대해 아무것도 몰랐던 사람들이 가장 흥미로워하는 점은 그들의 색깔이다. 흰코뿔소는 하얗지 않다. 흰색에 가깝지도 않다. 그보다는 세련된 진회색에 가깝다. 원래 흰색이었는데 색이 바래서 그렇다고 우겨 볼 여지라도 있는 그런 옅은 회색이 아니라 그냥 진회색이다. 동물학자들이 괴팍하거나 색맹이어서 그렇다고 생각하는 사람들도 있겠지만, 그건 그렇지 않다. 그들은 단지 무식할 뿐이다. 녀석들이 엉뚱하게 '흰' 코뿔소가 된 건 검은코뿔소에 비해 더 넓은 입 때문에 붙은 '넓다'는 뜻의 남아프리카어 '와이트'를 동물학자들이 '희다'는 뜻의 '화이트'로 잘못 이해한 탓이었다. 다행히 흰코뿔소는 진회색일지언정 검은코뿔소보다는 그래도 아주 조금 밝은 편이다. 만약 흰코뿔소가 검은코뿔소보다 더 어두운 색이었다면 짜증을 낼 뻔했는데, 흰코뿔소와 관련해서는 색깔 말고도 짜증스러운 일이 많으니 그랬다면 퍽 안타까웠을 뻔했다.

뿔만 하더라도 그렇다. 사람들이 코뿔소의 뿔을 원하는 이유와 관련된 미신은 하나, 아니 두 가지다.

첫 번째는, 코뿔소의 뿔을 갈아 마시면 최음 효과가 있다는 것이다. 이건 단순히 미신이라고 말할 수 있을 것 같다. 의학적인 사실과는 아무 상관없이 그냥 코뿔소의 뿔이 크고 단단하게 솟구친 모양에서 유래된 것으로 보인다.

두 번째는, 첫 번째 미신을 실제로 믿는 사람들이 있다고 믿는 미신이다.

이건 기자들이 지어낸 이야기이거나, 그게 아니라면 오해의 소치인 것 같다. 일례로 중국인들이 최음 효과가 있다고 믿는 것들의 종류를 생각해 보면, 그런 생각이 어디서 나왔는지 쉽게 알 수 있다. 거기에는 원숭이 골, 참새 혀, 사람의 태반, 백마의 성기, 오래된 붓에서 뽑은 토끼털, 유럽 브랜디에 6개월 동안 담갔다가 말린 호랑이 수컷의 성기 등이 포함되어 있다. 코뿔소의 뿔처럼 크고 단단하게 솟구친 것이라면 그 목록에 포함되는 게 당연해 보이지만, 이 맥락에서 왜 굳이 가루를 내는 게 좋겠다고 생각했는지는 이해하기 힘들다. 사실 중국인들이 코뿔소 뿔을 정력제로 여긴다고 믿을 만한 실질적인 증거는 없다. 그걸 믿는 사람들은 어딘가에서 사람들이 그걸 믿는다는 글을 읽은 사람들뿐이고, 그럴듯한 얘기만 들으면 금방 솔깃해져서 뭐든 믿으려 하는 사람들뿐이다. 코뿔소의 뿔이 정력제 용도로 거래된다는 데 대해서도 알려진 바 없다.(이런 종류의 이야기들이 대부분 그럴듯이 이 역시 확실한 사실이 아니다. 인도 북부에 그걸 사용하는 사람이 두어 명 있다는데 부인의 짜증만 유발한다고 한다.)

동아시아 지역에서는 거의 모든 뿔을 전통 약제로 사용하지만, 코뿔소의 뿔이 거래되는 가장 큰 이유는 이보다 더 어처구니없는데, 바로 패션의 용도다. 코뿔소 뿔로 만든 단검 자루는 예멘 남자들 사이에서 대단히 인기 많은 패션 소품이다. 그렇다. 패션 장신구.

이런 패션이 야기하는 사태를 한번 살펴보자. 북부흰코뿔소는 1903년에 발견되고서야 비로소 서구에 그 존재가 알려졌다. 당시만 해도 차드◆, 중앙아프리카공화국, 수단, 우간다, 그리고 자이르, 이렇게 다섯 개 나라에 걸쳐 엄청난 수의 코뿔소가 살았다. 그러나 존재가 드러나면서 재앙은 시작됐는데, 안타깝게도 북부흰코뿔소는 뿔이 두 개라서 밀렵꾼들에겐 두 배로 매력적이었다. 앞에 난 더 긴 뿔의 길이는 평균 60센티미터이고 세계 최고 기록은 무려 1.8미터인데, 슬픈 이야기이지만 그 값은 5천 달러였다.

1980년에 이르자 마구잡이 밀렵으로 북부흰코뿔소는 1천 마리만 남았다. 그때까지도 본격적인 보호 노력은 시작되지 않았고, 거기서 5년이 더 지나자 개체 수는 단 열세 마리라는 사상 최저치로 떨어졌으며, 전부 가람바국립공원에 서식했다. 바야흐로 멸종 직전이었다.

1984년까지 5천 제곱킬로미터에 달하는 가람바의 관리 인원

◆ 아프리카 중북부에 있는 나라

은 소수에 불과했다. 그마저도 미숙한데다 월급을 못 받기 일쑤였고 차량이나 장비도 없었다. 코뿔소를 잡겠다고 마음먹은 밀렵꾼은 그냥 가서 잡으면 그만이었다. 현지 자이르 주민들마저도 독이나 불운으로부터 보호해 주는 힘이 있다며 그 뿔로 반지를 만들기 위해 이따금씩 코뿔소를 죽였다. 그래도 대부분의 뿔은 중무장한 수단의 밀렵꾼들 차지였다. 코뿔소의 뿔은 수단으로 밀반입된 후, 전 세계에서 암거래되었다.

하지만 1984년에 복원프로젝트가 시작되면서 가람바의 상황은 크게 개선됐다. 지금은 숙련된 직원의 수가 총 246명에 달하며, 열한 대의 차량과 경비행기 한 대가 있고, 공원 곳곳에 설치한 경계초소의 순찰을 돌며 무전기로 연락을 취한다. 복원프로젝트가 시작된 직후인 1984년 5월에 밀렵한 두 마리가, 이 공원에서 죽은 마지막 코뿔소였다. 밀렵꾼은 체포되어 감옥에 갇혔다가 얼마 후에 풀려났지만, 이런 시각도 이제는 많이 바뀌어서 지금 같으면 석방될 가능성이 희박하다. 다른 종들이 여전히 밀렵에 희생되고 있기는 해도, 지난 5년간의 집중 보호가 마침내 실효를 거두기 시작했다. 코뿔소들이 새끼를 많이 낳아서 지금은 그나마 늘어난 스물두 마리가 됐다.

스물두 마리. 이런 상황에는 기막힌 속사정이 있는데, 코뿔소 뿔의 궁극적인 가치이다. 아프리카 밖으로 반출되어 부잣집 예멘 도련님이 여자를 꼬시기 위해 차고 다니는 멋대가리 없는 패션 장신구로 만들어졌을 때의 가치는 수천 달러를 호가한다.

그런데 자금과 노력을 투자해서 보호하고 있는 코뿔소를 잡겠다고 공원에 들어와 목숨을 걸고 사냥을 하는 밀렵꾼에게 돌아오는 건 뿔 한 개당 10달러, 12달러, 기껏해야 15달러가 고작이다. 그러니까 단돈 12달러에 세상에서 가장 희귀하고 가장 위풍당당한 동물의 생사가 좌우된다는 얘기다.

그렇다면 밀렵꾼에게 그보다 더 많은 돈을 주고 동물을 죽이지 않게 하면 되지 않느냐고 생각할 수도 있다. 실제로 나도 그렇게 물었다. 대답은 아주 단순하다. 예를 들어 누군가 밀렵꾼에게 사냥을 하지 않는 대가로 25달러를 주고, 또 다른 누군가가 그걸 사냥해 온 대가로 12달러를 준다면, 밀렵꾼도 머리가 있을 테니 이제 동물 한 마리로 37달러를 벌 수 있다는 걸 안다. 뿔이 계속해서 돈을 벌어 주는 한, 누군가는 그 돈을 벌려고 할 것이다.

그렇다면 정작 물어봐야 하는 건 따로 있다. 예멘의 젊은이들에게 코뿔소 단검이 남자다움의 상징이 아니라, 그런 상징이 따로 필요한 애송이라는 신호로 보일 뿐이라는 걸, 어떻게 이해시킬 것인가?

확인된 건 아니지만 최근에 수단의 남부국립공원에서 북부 흰코뿔소가 두 차례 목격되었다. 그러나 그 나라의 최근 정치 상황을 감안할 때 사실상 취할 수 있는 조치는 거의 없으며, 80년대 중반 이후로 살아남을 가능성이 조금이라도 있는 건 가람바에 서식하는 개체들뿐이었다. 그곳의 상태도 여전히 위태롭지만, 그래도 한 가닥 희망은 있다. 남부흰코뿔소의 경험 덕분이다.

북부흰코뿔소와 남부흰코뿔소는 같은 종에 속하지만, 너무 오랫동안 떨어져 살다 보니 생태나 행동에서 많은 차이를 갖게 됐다. 더 중요한 건, 유전적인 차이가 너무 커서 과학자들은 이 둘을 별도의 아종으로 간주하며, 최소한 200만 년 이상 떨어져 살아왔다고 믿는다는 사실이다. 지금도 1천 킬로미터에 달하는 아프리카 우림과 산림, 그리고 사바나가 둘 사이를 갈라놓고 있다. 그러나 경험이 없는 사람은 이 둘을 구분하기가 사실상 불가능하다. 북부흰코뿔소가 일반적으로 남부흰코뿔소에 비해 머리를 더 높이 들고 몸의 비율이 다르다는 것 정도다.

처음 발견했을 당시에는 북부흰코뿔소가 훨씬 더 흔했다. 남부흰코뿔소는 거의 한 세기 앞서 발견되었지만 1882년에 이미 멸종으로 간주됐다. 그러다가 이번 세기에 들어서면서 열한 마리의 작은 무리가 줄룰란드⁺의 움폴로지 야생동물 보호구역에서 포착됐다. 이들을 멸종 위기에서 구하기 위한 모든 노력이 동원되었고, 그 결과 60년대 중반에 이르자 개체수가 약 500마리로 늘어났다. 일부를 다른 공원과 보호구역, 또는 다른 나라로 실어 보내기에 충분한 숫자였다. 지금은 남아프리카 전역에 걸

⁺ 남아프리카공화국 나탈주 북동부에 있는 줄루족의 본고장

쳐 5천 마리 이상의 남부 흰코뿔소가 있으며, 당장 위급한 상황은 벗어났다.

그러니까 요점은, 북부흰코뿔소를 멸종위기에서 구하는 것도 아직 늦지 않았다는 이야기다.

해질 무렵, 우리는 하마 무리 옆에 앉았다. 강이 크게 휘돌아나가는 곳에 물이 깊고 흐름이 완만한 웅덩이가 만들어졌고, 200마리쯤 되는 하마가 그 웅덩이에 누워 소리를 치며 울어댔다. 반대편 강둑이 제법 높아서 웅덩이는 하마들이 노래 실력을 뽐낼 천연의 원형극장이 되어 주었고, 그 소리가 어찌나 또렷하게 울리는지 아프리카를 통틀어 하마의 울음소리를 감상하기에 이보다 더 좋은 장소는 없을 것 같았다. 햇볕은 신비로울 정도로 따사롭고 길게 늘어졌으며, 나는 한 시간 동안 그곳에 앉아 감탄을 연발하며 풍경을 감상했다. 가까이에 있는 하마들은 자이르 공항에서 익숙해진 이유 없는 적개심을 드러내기도 했지만, 대부분은 누워서 옆에 있는 녀석의 엉덩이에 머리를 기댄 채 바보처럼 히죽거렸다. 아마 내 표정도 별로 다르지 않았을 것이다.

마크는 아프리카를 그렇게 많이 다녔어도 이런 모습은 처음이라고 했다. 사람들의 방해를 받지 않고 동물들에게 가까이 갈 수 있도록 허용하는 건 가람바만의 특징이다. 물론 거기에는 또다른 측면도 있다. 얼마 전에 들은 이야기인데, 우리가 다녀가고 몇 주 후에 어떤 사람이 우리가 앉았던 바로 그 자리에 앉아 있다가 사자에게 물려 죽었다고 한다.

그날 밤에는 자러 들어갔다가 대단히 흥미로운 사실을 알게 됐다. 그 전날, 이 오두막에 처음 왔을 때 나는 커다랗게 매듭을 지어 놓은 침대 위의 모기장을 눈여겨봤다. 지금 여기서 '눈여겨 봤다'라는 말은 대단히 광범위한 의미로 사용하는 것이다. 하여 간 매듭을 지어 놓았기에 침대에 들어가서 그걸 풀고는 침대 주변으로 늘어뜨렸다. 그러고는 그것에 대해 더 이상 관심을 기울이지 않았다. 그런데 오늘 밤에 나는 모기장을 왜 매듭으로 묶어 놓았는지 비로소 이유를 알게 됐다. 그 이유는 어처구니없을 정도로 단순했고, 그걸 털어놓기가 민망할 정도다. 글쎄 그건 모기가 그 안으로 들어오지 못하게 하기 위해서였다.

침대로 들어간 나는 모기장 안에도 바깥만큼이나 모기가 많다는 걸 서서히 깨달았다. 침대에 모기장을 치는 건 호주 사람들이 토끼가 들어오지 못하도록 울타리를 꼼꼼하게 두르는 것과 비슷했는데, 울타리 안이나 밖이나 이미 토끼가 많기 때문이다. 신경이 곤두선 나는 손전등으로 모기장 윗부분을 비췄다. 모기가 새까맣게 버글거렸다.

밖으로 쓸어내려고 안간힘을 썼고, 적잖이 내보내기도 했다. 아예 모기장을 천장에서 떼어내서 힘껏 털었다. 그 바람에 모기들이 깨어나 활개를 쳤다. 이번엔 그걸 완전히 뒤집어서 밖으로 가지고 나와 거의 다 떨어져나갈 때까지 더 힘껏 털고는 다시 방으로 들어와서 천장에 매달고 침대에 들어갔다. 그리고 눕기 무섭게 미친 듯이 물리기 시작했다. 손전등으로 다시 위를 비췄다. 여전히 모기로 새까맸다. 나는 다시 모기장을 떼어서 바닥에 펼쳐놓고 휴대용 컴퓨터 모서리로 모기를 긁어냈는데, 이 컴퓨터는 배터리가 떨어졌기 때문에 어차피 그런 용도 말고는 달리 쓸 데도 없었다. 하지만 효과가 없었다. 공책 모서리로 다시 시도했다. 조금은 나았지만, 덕분에 며칠 동안은 모기 시체 수십 마리로 얼룩진 종이에 글을 쓰게 될 판이었다. 다시 모기장을 걸고 침대로 들어갔다. 여전히 모기가 버글거렸고, 이제 전부 왕성한 흡혈 모드였다. 약이 바짝 오른 모기들이 윙윙, 앵앵, 주변을 날아다녔다.

한번 해보자는 거지? 모기장을 떼어 냈다. 바닥에 내려놓고 그 위에서 펄쩍펄쩍 뛰었다. 1제곱센티미터당 최소한 여섯 번은 밟았을 정도로 족히 10분은 계속해서 뛰었고, 그러고 나서도 조금 더 뛰었다. 그러고는 책을 한 권 꺼내서 전체적으로 두드렸다. 그것만으로도 모자란 것 같아 조금 더 뛴 다음 책으로 다시 두들기고 밖으로 나가서 흔들어댄 후에야 다시 들어와 천장에 걸고 그 안으로 들어갔다. 모기장은 분노에 찬 모기로 가득했다. 어느새 시간은 새벽 네 시였고, 마크가 여섯 시쯤에 코뿔소를 보러 가자고 나를 깨우러 왔을 땐 도저히 야생동물을 보러 갈 기분이 아니어서, 그래서 그렇게 말했다. 마크는 예의 호탕한 웃음을 웃고는 아침으로 통조림 소시지 절반을 덜어줬다. 나는 그걸 받고 가루 커피를 한 잔 타서 50미터쯤 떨어진 강둑으로 나갔다. 차갑고 잔잔한 강물에 발목을 담그고 새와 벌레가 어우러져 만들어내는 아침의 소리를 들으며 소시지를 베어 물었더니, 내가 얼마나 바보 같았을지에 생각이 미치면서 정신이 들기 시작했다.

찰스가 랜드로버에 아네트 란주를 태우고 도착했고, 우리는 그날 필요한 짐을 차에 싣고 출발했다. 전날 코뿔소를 봤던 지점을 향해 덜컹거리며 사바나 깊숙이 들어갈 무렵, 나는 무심한 말투로 순전히 호기심이 동해서 그러는 것처럼 코뿔소가 사실상 위험하지는 않느냐고 물었다.

마크는 씩 웃으며 고개를 저었다. 코뿔소 때문에 부상을 당한다면 그건 정말 재수가 없는 거라고 했다. 그건 내 질문에 대한 적절한 답으로는 여겨지지 않았지만, 재차 따져 묻지는 않았다. 나는 그냥 지나가는 호기심에 물어봤을 뿐이니까. 그런데 마크가 말을 이었다.

"떠도는 말 중에는 사실이 아닌 것들이 많아요. 또는 지나치게 과장됐거나. 그래야 극적으로 들리기 때문이죠. 사람들이 용감하고 용맹해 보이고 싶은 마음에 자신이 본 동물이 마치 위험한 것처럼 꾸며대면 정말 짜증이 나요. 그건 낚시꾼의 허풍 같은 거예요. 초기 탐험가들 중에는 정말 구제불능의 허풍쟁이들이 많았어요. 뱀의 길이를 두 배나 네 배로 늘리는 건 보통이었죠. 전혀 무해한 아나콘다가 사람을 으스러뜨리는 18미터짜리 괴물로 둔갑했잖아요. 완전히 엉터리 같은 헛소리예요. 그런데도 아나콘다의 명성은 완전히 변질되고 말았죠."

"하지만 코뿔소는 정말 안전한 거죠?"

"뭐, 어느 정도 차이는 있어요. 걸어가다가 검은코뿔소를 만나다면 조금은 경계해야 할 거예요. 그 녀석들은 도발이 없어도 공격을 한다고 알려져 있는데, 괜히 그런 얘기가 도는 건 아닌 것 같거든요. 한 번은 나도 케냐에서 검은코뿔소한테 옆구리를 들이받혔고 그 바람에 친구한테 빌려서 타고 간 차가 심하게 찌그러졌어요. 산 지 몇 주밖에 안 된 차였는데. 그 친구가 전에 타던 자동차도 내가 주말에 빌려서 가지고 나갔다가 물소 때문에 박살이 났었거든요. 어찌나 미안하던지. 잠깐만, 저기 뭔가 있는 거 같은데요."

찰스가 랜드로버를 세우고 쌍안경으로 지평선을 내다봤다.

"오케이. 한 마리 찾은 것 같네요. 약 3킬로미터 전방."

우리는 번갈아가며 쌍안경으로 그가 가리킨 곳을 살펴봤다. 이른 아침이라 대기가 아직 차가웠고, 땅에서도 지열이 올라오지 않았다. 수풀이 무성한 언덕 앞의 나무 방향을 봐야 한다는 걸 파악하고 나자, 그 왼쪽으로 조금 앞에 우리가 이틀 전에 밟았다가 죽을 뻔했던 흰개미집처럼 보이는 게 눈에 들어왔다. 그건 움직이지 않았다.

"코뿔소가 확실해요?" 나는 기분 상하지 않게 은근히 물었다.

"넵. 아주 확실해요." 찰스가 말했다. "차는 여기 세워야겠네요. 귀가 무척 예민해서 랜드로버를 타고 이 이상 가까이 가면 그 소음에 멀리 도망가버릴 거예요. 걸어갑시다."

우리는 카메라를 챙겨서 걸어갔다.

"조용히." 찰스가 말했다.

우리는 더 조용히 걸었다. 부츠를 신고 넓은 습지를 걸으면 진흙 속에서 무릎이 방귀를 뀌고 트림하는 소리를 내기 때문에 조용히 걷기란 여간 힘들지 않다. 그래도 마크는 우리가 즐거워할 만한 재미난 이야기를 소곤소곤 들려주었다.

"주혈흡충병이 충치 다음으로 세상에서 가장 흔한 병이라는 거 알고 있었어요?"

"아뇨. 정말이에요?"

"아주 흥미롭죠. 오염된 물을 건너다가 걸리는 병이에요. 작은 달팽이가 물속에서 알을 까면, 그걸 숙주 삼아 자란 작은 기생충이 우리 살갗에 달라붙어요. 그랬다가 물이 증발하면 살을 파고 들어가 방광과 창자를 공격하죠. 이 병에 걸리면 그 사실을 모를 수가 없는데, 지독한 독감 증상과 함께 설사를 하고 피오줌을 누게 되거든요."

"조용히 하라고 했던 것 같은데요." 내가 말했다.

습지를 건너간 우리는 나무 뒤에서 전열을 정비했고 찰스는 바람의 방향을 확인하더니 몇 가지 지시를 내렸다.

"녀석에게 다가가기 전에 코뿔소가 세상을 보는 방법에 대해 알아야 할 게 있어요." 그가 낮게 속삭였다. "녀석들은 덩치나 뿔이나 그런 것들에 어울리지 않게 상당히 순하고 공격적이지 않은 동물이에요. 시력이 매우 나빠서 눈으로는 아주 기본적인 것만 파악할 수 있어요. 우리처럼 다섯 마리가 다가오는 걸 보면 신경이 곤두서서 꽁무니를 뺄 거예요. 그러니까 다들 바짝 달라붙어서 한 줄로 가야 해요. 그러면 한 마리인 줄 알고 걱정을 덜 할 테니까."

"꽤 큰 동물이 되겠는 걸요." 내가 말했다.

"그건 상관없어요. 녀석은 큰 동물은 두려워하지 않고 다만 숫자에 민감하거든요. 그리고 녀석에게서 바람이 불어오는 방향으로 가야 해요. 그 말은 여기서 녀석을 중심으로 크게 원을 돌아야 한다는 뜻이죠. 코뿔소는 후각이 대단히 예민하거든요. 실제로 녀석에게는 가장 중요한 감각이죠. 냄새로 모든 걸 파악하니까. 냄새로 세상을 보는 거예요. 실제로 비도鼻道가 뇌보다 커요."

거기서부터는 녀석을 육안으로 파악하는 게 가능했다. 거리는 800미터 남짓이었다. 우리는 허허벌판에 서서 녀석을 바라봤는데, 한동안 전혀 미동이 없어서 커다란 바위덩어리 같았다. 가끔씩 커다랗고 비스듬한 머리를 좌우로 가볍게 흔들었고, 순하고 착하게 풀을 뜯어먹을 때면 뿔이 위아래로 까딱거렸다. 흰개미 집이 아닌 건 틀림없었다.

우리는 다시 걸음을 옮겼다. 아주 조용히. 계속해서 걸음을 멈추고 고개를 숙이고 위치를 바꾸면서 바람이 불어오는 방향을 향하려고 했지만, 그런 것에 아랑곳 않고 바람은 수시로 방향을 바꿨다. 마침내 녀석과 100미터쯤 떨어진 옹기종기 나무가 서있는 곳에 이르렀고, 아직까지는 우리가 다가오는 것에 동요하지 않는 눈치였다. 하지만 거기서부터는 녀석과 우리 사이에 아무것도 없었다. 우리는 몇 분 동안 가만히 서서 녀석을 관찰하며 사진을 찍었다. 더 가까이 가서 그랬다간 겁을 내고 도망칠 것 같았고, 거기가 마지막 기회였다. 녀석은 반대쪽으로 몸을 살짝 돌린 채 계속해서 얌전히 풀을 뜯었다. 마침내 바람이 우리 편이 되었고, 우리는 신경을 바짝 곤두세운 채 조용히 앞으로 나아갔다.

한 아이가 벽을 보고 돌아서면 다른 아이들이 살금살금 다가 등을 치는 어릴 적 놀이와 비슷했다. 술래는 어쩌다 한 번씩 느닷없이 뒤를 돌아보고, 그때 움직이는 걸 들키면 뒤로 돌아가 처음부터 다시 시작해야 했다. 물론 술래는 움직이는 모습이 눈에 거슬린다고 1미터에 가까운 뿔로 찌를 수는 없지만, 다른 면에서는 비슷했다.

그리고 물론 이 녀석은 초식동물이다. 풀을 뜯어먹고 산다는 이야기다. 가까이 다가갈수록, 녀석의 거대한 모습이 눈앞에 펼쳐질수록, 그런 온순한 행동은 더 어울리지 않았다. 그건 마치 얌전히 잡초를 뽑는 굴착기를 보는 것 같았다.

40미터까지 거리를 좁혔을 때, 풀을 뜯던 코뿔소가 갑자기 동작을 멈추고는 고개를 들었다. 그러더니 천천히 우리 쪽으로 몸을 돌렸고, 우리가 최대한 작고 온순한 동물처럼 보이기 위해 안간힘을 쓰는 동안 의구심 가득한 눈으로 우리를 바라봤다. 녀석은 신중하면서도 영문을 모르겠다는 듯이 우리를 관찰했고, 작고 검은 눈동자가 뿔 양쪽에서 흐리멍덩한 시선을 보냈다. 동물을 보면 도대체 무슨 생각을 하는 걸까 상상하게 되지만, 몸무게가 3톤에 달하고 비도가 뇌보다 큰 코뿔소 같은 동물을 마주하면 그 노력은 실패로 돌아갈 수밖에 없다.

현대인에게 냄새의 세계는 이제 사실상 폐쇄된 것이나 다름없다. 우리에게 후각이 없다는 뜻은 아니다. 우리는 여전히 음식과 와인의 냄새를 맡고 가끔은 꽃향기를 음미하며, 가스가 새는 걸 냄새로 감지할 수도 있지만, 일반적으로 그건 대체로 희미하고 전혀 엉뚱한 짐작을 할 정도로 흐릿하거나 거추장스러울 때도 많다. 나폴레옹이 조세핀에게 "씻지 마시오. 지금 집으로 가고 있소"라는 전갈을 보냈다는 일화를 읽으면, 우리로서는 도무지 이해할 수 없고 이런 변태가 있나 싶다. 우리는 시각과 그 뒤를 바짝 따르는 청각을 주된 감각으로 여기는 데 너무 익숙해졌기 때문에, 전적으로 후각에 의존하는 세계를 그려보기가(이 말에 이미 답이 나와 있지만) 힘들다. 그곳은 우리 뇌의 연산장치가 풀어 낼 수 없는 세계이다. 아무튼 더 이상은 그걸 푸는 일에 익숙하지 않다. 하지만 야생의 수많은 동물들에게는 후각이 주된 감각이다. 후각이 뭘 먹어도 좋은지, 뭘 먹으면 안 되는지 알려준다(우리는 포장지에 적힌 내용과 제조일자를 확인한다). 눈에 보이지 않는 음식도 후각으로 찾아낼 수 있다(우리는 가게가 어디 있는지 파악하고 있다). 후각은 밤에도 작용한다(우리는 불을 켠다). 후각은 다른 동물들의 위치와 심리상태를 알려준다(우리는 언어를 사용한다). 뿐만 아니라 후각은 근처에 어떤 동물이 있고, 지난 하루이틀 사이에 뭘 했는지 말해준다(다른 사람들이 메모를 남겨 놓지 않으면 우리는 그걸 알 수 없다). 코뿔소는 배설물을 발로 짓이겨 걸어 다니는 곳마다 냄새를 남기는 방법으로 다른 동물들에게 자신의 이동 경로와 영역을 알리는데, 우리로서는 결코 달가워할 수 없는 종류의 메모다.

우리는 예상치 못했던 냄새를 맡았을 때 단번에 정체를 파악할 수는 없더라도 크게 거슬리지 않으면 그냥 무시해 버리는데, 코뿔소가 우리를 봤을 때 보인 반응도 비슷했다. 녀석은 우리에 대해 어떤 구체적인 판단을 내린 것 같지 않았고, 그러다가 판단을 내려야 한다는 걸 잊어버린 듯했다. 녀석의 입장에서는 우리보다 풀이 훨씬 풍부하고 흥미로운 정보로 감각을 자극했고, 그래서 다시 풀을 뜯기 시작했다.

우리는 더 가까이 기어갔다. 25미터까지 거리를 좁혔을 때 찰스가 멈추라는 신호를 보냈다. 그 정도 거리면 충분했다. 충분하고도 남았다. 우리는 사실상 놀랍도록 가까이 접근해 있었다. 녀석은 어깨까지의 높이가 1.8미터 정도였고, 거기서부터 근육이 울룩불룩한 엉덩이와 뒷다리까지 완만한 경사를 그렸다. 부위마다 풍기는 순수한 거대함은 마음을 잡아끄는 무시무시한 마력을 발휘했다. 코뿔소가 다리를 그저 살짝 움직였을 뿐인데도 두꺼운 거죽 밑의 커다란 근육이 마치 주차하는 폭스바겐처럼 유연하게 움직였다. 카메라의 셔터 소리가 신경쓰이는지 다시 고개를 들었지만 우리가 있는 쪽을 향하지는 않았다. 그 소리를 어떻게 해석해야 하는지 모르겠다는 눈치였고, 잠시 후에는 다시 풀을 뜯었다.

우리를 향해 불던 가벼운 산들바람이 방향을 바꾸기 시작했고, 우리도 따라서 방향을 바꿔야 했기 때문에 코뿔소의 정면으로 이동하게 됐다. 그건 시각이 지배하는 우리의 세계에서는 기이한 행동처럼 여겨지지만, 코뿔소에게 우리의 냄새를 맡지 못하게 할 수만 있다면 우리가 어떻게 보이는지는 중요하지 않았다. 그때 코뿔소가 우리를 향해 살짝 몸을 트는 바람에, 우리는 녀석이 빤히 바라보는 앞에서 후다닥 몸을 웅크렸다. 녀석은 전에 비해 조금 더 생각에 잠겨 풀을 씹는 것처럼 보였지만, 그렇게 얼마쯤 지나자 우리에게 더 이상 관심을 기울이지 않았다. 우리는 3~4분 동안 그렇게 조용히 녀석을 지켜봤고, 녀석을 방해할까 봐 카메라 셔터도 누르지 않았다. 몇 분이 지나자 우리는 소음에 덜 주의하게 됐고, 우리의 반응에 대해 서로 이야기하기 시작했으며, 그러자 코뿔소가 조금 불편한 듯 안절부절못하는 기색을 보였다. 풀을 뜯던 걸 멈추더니 고개를 들고는 1분 동안 우리를 빤히 쳐다봤다. 여전히 어떻게 해야 할지 모르겠다는 표정이었다.

이번에도 나는 오후 내내 책상에 앉아 이 글을 쓰면서 얼마 전에 맡았던 희미한 냄새가 여전히 감돌고 있다는 걸 서서히 감지하고는 그게 뭔지 실마리를 찾아보기 시작하는 상상을 했다. 나는 엎질러진 병, 과열된 전기 기기처럼 눈으로 볼 수 있는 것을 찾기 시작한다. 냄새는 내가 무엇인가를 찾아내야 한다는 단서에 불과하다. 그리고 코뿔소에게 우리의 모습은 냄새를 확인해야 할 게 있다는 단서에 불과했다. 녀석은 신중하게 코를 킁킁거리기 시작했고, 천천히 원을 그리며 움직였다. 그 순간 바람의 방향이 바뀌면서 우리의 존재를 완전히 노출시켰다. 코뿔소는 즉시 경계 태세에 들어갔고, 뒤로 돌더니 민첩한 신형 탱크처럼 평원을 질주했다.

찾아 나섰던 북부흰코뿔소를 봤으니 이제 우리도 집으로 돌아갈 때였다. 다음 날 찰스는 우리를 다시 경비행기에 태우고 타조 가죽 같은 사바나를 가로질러 부니아 공항까지 태워다줬다. 우리는 거기서 다시 한번 선교용 비행기를 타고 나이로비로 돌아갈 예정이었다. 비행기는 이미 기다리고 있었고, 항공사 직원은 전에 어떤 일을 겪었건 이번에는 아무 문제도 없을 거라며 곧바로 비행기를 탈 수 있을 거라고 장담했다. 그런데 몇 분 후에 당장 이민국에 가보라는 얘기를 들었다. 짐은 두고 가도 된다고 했다. 이민국에 갔더니 짐을 가져와야 한다고 했다. 짐을 가져왔다. 비싸 보이는 카메라 장비들이었다.

우리는 말쑥한 파란색 제복을 입은 거구의 자이르 관리와 대면했는데, 찰스의 경비행기에서 짐을 꺼낼 때 옆에서 어슬렁거리며 지켜보던 사람이었다. 나는 그때 이미 그가 우리에게서 뭘 뜯어낼지 견적을 내고 있다는 느낌을 받았다.

그는 지나치게 오랫동안 우리의 여권을 살펴본 후에 고개를 들어 우리를 봤는데, 그 얼굴에 환한 미소가 서서히 번졌다.

"부카부로 입국했군요?" 그가 물었다.

그는 프랑스말을 했고 그래서 잘 이해하지 못하겠다는 시늉을 했는데, 그건 경험이 가르쳐준 교훈이었다. 그러다가 한참 후에 질문을 제대로 이해했는지 모르겠지만 "맞다, 부카부에서 입국했다"라고 인정했다.

"그렇다면 부카부에서 출국하셔야 합니다." 그는 조용히, 그러나 의기양양하게 말했다.

그러면서도 여권을 돌려줄 생각은 하지 않았다. 우리는 멍하니 그를 쳐다봤다. 그가 느릿하게 설명했다. 관광객은 입국한 곳에서 출국해야 한다고. 그리고 이어지는 미소.

우리는 도무지 그가 한 말을 이해할 수 없었다. 이번에는 시늉이 아니라 진짜였다. 보다보다 이런 얼토당토않은 수작은 처음이었다. 여전히 손에는 우리의 여권을 들고 있었다. 그 옆에서는 젊은 여자가 우리와 다른 관광객들의 여권에서 이런저런 내용을 열심히 옮겨 적고 있었는데, 두 번 다시 쳐다보지도 않을 게 거의 확실한 내용들이었다.

우리가 타야 할 비행기가 활주로에서 나이로비로 출발할 준비를 하는 사이에 우리는 거기 서서 항의했지만, 관리는 우리의 여권을 든 채 앉아 있기만 했다. 우리는 그게 말도 안 된다는 걸 알았다. 그게 말이 안 된다는 걸 아는 건 남자도 마찬가지였다. 그게 이 상황의 묘미였다. 남자는 다시 한번 우리를 보고 씩 웃더니 만족스러운 듯이 느릿느릿 어깨를 으쓱하고는 말쑥한 파란색 제복 소매에 붙은 작은 보풀을 쓸어내리며, 기대하는 넉넉한 기여의 수준을 암시했다.

사내의 머리 위쪽 벽에서는 눈부신 표범가죽 납작모자를 쓴 모부토 대통령이 낡은 액자 안에서 진지한 표정으로 허공을 응시하고 있었다.

4장

심야의 고동소리

카카포

1987년까지 피오르드랜드에 가면 세상에서 가장 특이한, 특이하다 못해 딴 세상 것 같은 소리를 들을 수 있었다. 수천 년 동안 때가 무르익고 어둠이 내리면, 이 거친 봉우리와 계곡 전역에 그 소리가 울려 퍼졌다. 그건 흡사 심장이 뛰는 소리 같았다. 어두운 골짜기에 메아리치는 깊고 강한 고동소리. 그게 얼마나 저음이었냐면, 쿵하고 대기를 진동하는 그 소리를 귀로 듣기 전에 몸이 먼저 울리는 느낌이었다고 말하는 사람이 있을 정도였다. 하지만 대부분 그 소리를 듣지 못했고, 앞으로도 그럴 수 없다. 그건 카카포, 뉴질랜드밤앵무가 바위 절벽 높은 곳에 앉아 짝을 부르는 소리였다.

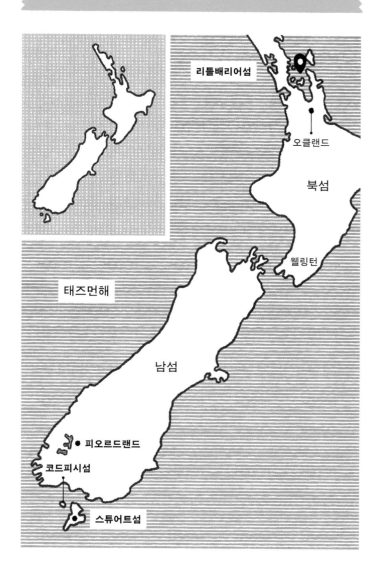

리틀배리어섬

오클랜드

북섬

웰링턴

태즈먼해

남섬

피오르드랜드

코드피시섬

스튜어트섬

노르웨이를 답삭 들어서 조금 우그러뜨리고, 큰사슴과 순록 같은 것을 털어낸 다음, 지구 반대편 1만 6천 킬로미터 밖으로 내던진다. 그리고 그 안을 새들로 가득 채우는 건 시간 낭비에 불과할 일일 텐데, 누군가 벌써 그렇게 한 것만 같다. 뉴질랜드 남섬의 남서쪽에 펼쳐진 광활한 산악지대인 피오르드랜드는 조물주가 이 지구에 만든 가장 놀라운 땅이며, 절벽 꼭대기에 서서 그곳을 둘러보면 저도 모르게 박수를 치고 싶은 충동이 인다.

　웅장하다. 장엄하다. 땅이 접히고 비틀리고 벌어진 규모가 얼마나 어마어마한지, 눈에 보이는 풍경을 이해하려 했다간 두개골 안에서 뇌가 달그락거리며 노래를 불러대는 지경이 된다. 구름과 산꼭대기가 뒤엉키고 거대한 빙하는 협곡 사이로 한 눈금씩 거리를 벌리며, 엄청난 폭포가 좁은 초록색 계곡으로 우레 같은 소리를 내면서 떨어지는데, 신비롭도록 많은 뉴질랜드의 햇볕으로 인해 이 모든 경관이 얼마나 눈부시게 반짝이는지, 서구의 탁한 공기에 익숙해진 눈으로 보기엔 너무 선명해서 현실감을 느끼지 못할 정도다.

1773년에 바다 위에서 이곳을 본 쿡 선장은 "사이사이에 계곡이 들어설 틈조차 없이 눈이 닿는 곳까지 봉우리만 빽빽하다"라고 적었다. 이 거대한 계곡들은 수백만 년에 걸쳐 빙하가 깎아낸 것이며, 내륙 깊숙이까지 바다가 밀고 들어온 곳도 많다. 몇몇 절벽은 바다 위 수십 미터 높이에 깎아지른 듯 서 있고, 수면 밑으로도 다시 수십 미터 더 곤두박질친다. 이곳은 여전히 작업 중인 작품 같은 인상을 준다. 가혹한 풍상에 시달리고서도 날카롭고 거친 광활함을 고스란히 간직하고 있다.

여태까지 지상에서의 탐험이 이루어지지 않은 지역도 상당하다. 피오르드랜드 국립공원으로 진입하는 도로들은 언덕 사이로 금세 자취를 감추고, 이곳을 찾는 관광객 대부분은 언저리의 풍경만 감상하고 돌아간다. 배낭을 짊어지고 더 깊이 들어가는 사람은 얼마 안 되고, 심장부까지 들어가는 능숙한 야영객은 극히 드물다. 멀찍이서 험준한 풍경과 깊은 협곡을 보고 있노라면 과연 걸어서 그곳을 지나간다는 건 터무니없다는 생각이 든다. 기껏 탐험을 한다고 해봐야 헬리콥터로 가까운 골짜기를 들어가는 게 고작일 텐데, 바로 우리가 그렇게 했다.

빌 블랙은 세계에서 가장 노련한 헬기 조종사로 손꼽히며, 그래야만 했다. 그는 조이스틱을 움켜쥔 조그맣고 괴팍한 노인네처럼 조종석에 앉아, 연신 질겅질겅 껌을 씹으며 사람들이 비명을 지르는지 확인해 볼 요량으로 깎아지른 절벽을 향해 돌진했다. 헬기가 바위에 부딪쳐 박살이 나겠다 싶은 순간, 사뿐하게 상승기류를 타고 산마루로 날아올랐다가 그 건너편에서 다시 한번 곤두박질치며 우리를 빙빙 돌게 만들었다. 저 아래 펼쳐진 골짜기의 모습은 속을 울렁거리게 만들었고, 그렇게 몇 미터쯤 뚝 떨어지다가 빙글빙글 돌며 또 다시 협곡을 향해 날아가고 있으면, 웬 거인이 우리를 거대한 고무줄 끝에 매달고 빙빙 돌리는 듯한 착각이 든다.

헬리콥터는 기수를 아래로 향하고 협곡면을 따라 날아갔다. 화들짝 놀란 새 두 마리가 날개를 퍼덕거리며 날아올랐다. 마크는 얼른 자리 밑으로 손을 넣어 쌍안경을 꺼내 들었다.

"케아앵무다!" 나는 고개를 끄덕이긴 했지만, 아무도 알아차릴 수 없었을 것이다. 지금까지 내면의 합의 차원에서 반대를 한다고 고개를 너무 많이 가로저었기 때문이었다.

"산에 사는 앵무새인데, 길게 휘어진 부리가 특징인 아주 영리한 새죠. 자동차의 와이퍼도 떼어낼 수 있다고 하고, 실제로 그러는 경우가 종종 있어요."

마크가 전에 한 번도 본 적이 없는 새를, 심지어 저만치 점 하나 찍혀 있는 것처럼 보일 때조차 순식간에 알아차리는 모습은 늘 놀랍다.

"날갯짓이 아주 독특해요. 하지만 헬리콥터를 타지 않았다면 소리 때문에 더 쉽게 알 수 있었을 거예요. 알아보기 쉬우라고 날면서 제 이름을 부르거든요. 케아! 케아! 케아! 그래서 조류 관찰자들이 이 새를 좋아하죠. 북방개개비도 이걸 배우면 좋을 텐데. 그러면 알아보기가 훨씬 쉬울 테니 말이에요."

그는 새들이 커다란 바위를 돌아 시야에서 사라질 때까지 그 뒤를 쫓더니 쌍안경을 내려놓았다. 하지만 우리가 여기 온 이유는 케아앵무 때문이 아니었다.

"그래도 아주 이상한 습성을 가진 흥미로운 새죠. 까탈스러울 정도로 둥지를 제대로 짓기 위해 애쓰거든요. 1958년에 짓기 시작한 케아앵무의 둥지가 있었어요. 1965년까지도 이것저것 더하고 추리면서 둥지를 가다듬고, 그 안에 들어가 살지는 않았어요. 그런 면에선 당신하고 좀 비슷하네요."

협곡의 좁다란 입구에 다가갔을 때 한쪽 면을 타고 수십 미터 아래의 강으로 떨어지는 거대한 폭포 앞에서 잠시 정지했다. 공중에 떠있는 유리방울 안에서 그 모습을 내려다보려니, 문득 다른 행성의 시시콜콜한 점들을 연구하러 외계에서 찾아와 지금 막 하늘을 내려가고 있는 느낌이 들었다. 그런 느낌과 동시에 멀미도 쏠렸지만 그 말은 입 밖에 내지 않았다.

빌은 어깨를 가볍게 들썩이고는 고도를 높여 협곡을 벗어났고, 우리는 다시 탁 트인 창공을 날아갔다. 끊임없이 번갈아가며 우리를 에워싸는 광활한 바위절벽과 드넓은 허공은 뇌의 공간지각 능력을 압도한다. 그러니 만약 세상의 온갖 불가사의를 모두 경험했다고 자부하는 사람이 있더라도 이곳의 봉우리를 보는 순간 세상을 처음부터 다시 보는 느낌, 그것도 약에 취해 바라보는 느낌이 들 것이다.

우리는 빙벽 꼭대기를 스치듯 날아갔다. 갑작스러운 빛의 향연에 잠시 눈이 부셨지만, 빛이 그려 보이는 형체는 마치 꿈속의 풍경 같았다. 기괴한 괴물의 흉상을 연상시키는 거대한 가분수의 탑, 커다란 동굴과 아치, 그리고 여기저기 갈라지고 벌어진 틈들은 하늘 높은 곳에서 떨어뜨린 고딕 성당 같았다. 하지만 그것은 전부 눈과 얼음이었다. 마치 살바도르 달리와 헨리 무어의 유령이 눈보라를 거느리고 와서 밤새 놀다간 듯했다.

이해의 한계를 초월한 숭고함을 접할 때면 나는 본능적으로 서구인 특유의 반응을 보인다. 카메라를 들고 셔터를 누르기 시작하는 것이다. 그 모습이 가로세로 5센티미터 크기에 담겨 라이트박스 위에 놓이고 의자가 나를 방 밖으로 내동댕이치려 하지 않는다면 좀 더 감당하기 쉬울 것 같은 느낌이 든다.

라디오 PD인 게이너가 내게 마이크를 들이밀고 눈앞의 풍경을 묘사해 보라고 했다.

"뭐요?" 나는 약간 더듬거리며 말했다.

"더, 더." 그녀가 말했다.

그래서 더 더듬었다. 헬리콥터의 날개와 얼음탑 사이의 거리는 불과 한 뼘 정도였다.

게이너가 한숨을 내뱉었다.

"뭐, 편집을 하면 뭔가 나오겠지." 그녀는 이렇게 말하고는 녹음기를 껐다.

우리의 가슴을 오그라들게 만드는 거대한 얼음 조각을 한 번 더 선회한 다음 또 다시 협곡을 곤두박질쳐 내려갔는데, 이번 것은 전에 비하면 거의 얌전해 보일 지경이었다.

비행기에는 우리 일행 말고 탑승객이 한 명 더 있었다. 돈 머튼은 무엇인가를 사과하는 교구 목사 분위기를 풍기는 상냥한 남자였다. 조용히 앉아서 어쩌다 한 번씩 콧등의 안경을 밀어 올리며 혼잣말로 "그래, 아 그래"라고 중얼거렸는데, 늘 의심해왔던 뭔가를 확인하는 듯했다. 실제로 그는 이 지역을 아주 잘 알았다. 그는 뉴질랜드 자연보호국 소속이며, 지구에 살고 있는 사람들 가운데 멸종위기에 처한 뉴질랜드의 새를 지키기 위해 제일 열심히 노력해 왔다.

우리는 다시 한번 수십 미터 깊이로 깎아지른 좁은 골짜기의 바위벽에 바싹 다가갔다. 말이 안 되게 좁은 암붕岩棚을 따라 난 길고 좁은 길을 지나갔는데, 그 암붕은 골짜기를 한눈에 굽어보는 돌출부를 향해 완만한 오르막 경사를 이루고 있었다. 지독한 현기증이 일었다. 키가 193센티미터다 보니 나는 가끔 일어서기만 해도 머리가 핑 돌 지경인데, 그 길을 보자 눈앞이 캄캄해지면서 빙빙 도는 게 꼭 악몽을 꾸는 기분이었다.

"예전에는 저길 굉장히 자주 오르곤 했는데." 돈이 몸을 기울여 한 곳을 가리키며 중얼거렸다.

나는 질렸다는 표정으로 그를 보다가 무시무시한 길로 다시 시선을 돌렸다. 우리는 이제 거기서 불과 1미터도 안 되는 높이에 떠 있었고 둔한 프로펠러 소리가 메아리로 되돌아왔다. 길의 폭은 고작 한두 걸음 정도였고 풀이 많고 미끄러워 보였다.

"네, 조금 가파르긴 하죠." 돈은 그래서 자전거를 타고 오지 않았다는 듯이 가볍게 웃었다.

"저 앞 산등성이에 통로와 사발track and bowl이 있어요. 한번 볼래요?"

우리는 긴장된 표정으로 고개를 끄덕였고, 빌은 다시 앞으로 날아갔다. 전에 뉴질랜드 동물학자들끼리 얘기를 나누면서 '통로와 사발 시스템' 운운하는 걸 들었는데, 그 말을 너무 일상적으로 사용하는 통에 그 자리에서 그게 무엇인지 모른다고 털어놓을 엄두가 나지 않았다. 왠지 사발이라니까 접시형 안테나와 관련이 있을 거라고 혼자 짐작하고는 천천히 알아보자고 생각했다. 그래서 이틀 동안 완벽하게 무지한 상태로 머물러 있다가 마침내 용기를 내어 무슨 말인지 모르겠다고 고백했다.

통로와 사발 시스템은 위성접시와는 아무 상관이 없다. 사방이 막히지 않은 높은 곳에 있을 확률이 높다는 특징 정도가 유일한 공통점이다. 이건 대단히 특이한 현상에 붙은 대단히 특이한 이름이다. 통로와 사발 시스템의 모습은 그다지 극적이지도 않고 뉴질랜드 동물학자가 아니고서는 옆으로 지나가면서도 알아차리지 못할 수도 있지만, 지구상의 동물이 하는 행동 중에 가장 특이하다고 할 수 있는 행동이 벌어지는 현장이다.

헬리콥터는 산등성이를 넘어 툭 트인 골짜기를 건너가더니, 방향을 바꿔 반대쪽에서 다시 산등성이에 접근하다가 기수를 위로 올려서 다시 살짝 방향을 틀고는 땅에 착륙했다. 우리는 마침내 땅에 내렸다.

잠시 얼이 빠진 채 잠자코 앉아 있었다. 우리가 내려선 곳의 풍경을 도저히 믿을 수가 없었다. 산등성의 폭은 고작 몇 미터에 불과했다. 양쪽으로는 몇 십 미터 깊이의 낭떠러지였고, 앞쪽도 가파르기가 이루 말할 수 없었다.

빌은 우리를 돌아보며 씩 웃었다. "걱정 말아요." 그건 호주에서만 쓰는 말인 모양이었다. 이런 상황에서는 관심을 다른 데로 돌리기 위해 그런 생각이라도 해야 했다.

바짝 긴장해서 땅에 내린 우리는 돌아가는 프로펠러를 피해 어깨를 움츠리고 잰걸음으로 산등성이에 나와 섰다. 융기한 산등성이 주변으로는 삼면으로 계곡이 깊었고, 기울기는 낮아질수록 완만해졌다. 그 너머의 산줄기는 바로 앞에서 왼쪽으로 급하게 방향을 틀고, 그 후로도 여러 번 예리한 각도로 갈지자를 그리며 저만치에서 희미하게 반짝이는 태즈먼해海까지 이어졌다. 머리 위로 그리 높지도 않은 하늘에는 구름 몇 쪽이 천천히 흘러가며 계곡에 선명한 그림자를 드리웠고, 그것만이 그곳의 규모와 원근을 짐작할 수 있게 해주었다.

마침내 프로펠러가 멈추자 광활한 계곡의 웅성거림이 서서히 일어나며 적막을 채웠다. 폭포의 낮은 뇌성, 멀리서 철썩이는 파도, 덤불을 스치는 산들바람, 제 이름을 부르며 나는 케아 앵무. 하지만 거기서 들을 수 없는 소리가 하나 있었다. 날을 못 맞춰 오는 바람에. 아니, 해를 못 맞춰 오는 바람에. 이제 영영 시간에 맞출 수 없게 됐기 때문에.

1987년까지 피오르드랜드에 가면 세상에서 가장 특이한, 특이하다 못해 딴 세상 것 같은 소리를 들을 수 있었다. 수천 년 동안 때가 무르익고 어둠이 내리면, 이 거친 봉우리와 계곡 전역에 그 소리가 울려 퍼졌다. 그건 흡사 심장이 뛰는 소리 같았다. 어두운 골짜기에 메아리치는 깊고 강한 고동소리. 그게 얼마나 저음이었냐면, 쿵하고 대기를 진동하는 그 소리를 귀로 듣기 전에 몸이 먼저 울리는 느낌이었다고 말하는 사람이 있을 정도였다. 하지만 대부분 그 소리를 듣지 못했고 앞으로도 그럴 수 없다. 그건 카카포, 뉴질랜드밤앵무가 바위 절벽 높은 곳에 앉아 짝을 부르는 소리였다.

우리가 한 해 동안 찾아다녔던 동물 중에 아마 가장 이상하고 가장 흥미로우며, 또 가장 희귀하고 찾기 어려운 것이 카카포였을 것이다. 한때, 뉴질랜드에 인간이 살기 전에는, 카카포의 수가 수십 만 마리에 달했다. 그러다 수천 마리, 다시 수백 마리, 그러다 마흔 마리…… 그러고도 계속되는 카운트다운. 수천 년 동안 이 새의 주요 서식지였던 여기 피오르드랜드에는 지금 한 마리도 남아 있지 않다는 게 정설이다.

　이 세상 그 누구보다 이 새에 대해 많이 아는 돈 머튼은 가이드 자격으로 우리와 동행하긴 했지만, 피오르드랜드에서 마지막 카카포가 정말 완전히 사라진 건지 다시 한번 확인해 보고 싶어서 동행한 이유도 있었다.

　높은 바위 등성이에 현기증 나는 각도로 내려앉은 헬리콥터는 바람만 한번 훅 불어도 낙엽처럼 저 아래 계곡으로 굴러 떨어질 것 같았다. 마크와 나는 다리에 쥐라도 난 듯이 뻣뻣하고 부자연스러운 걸음으로 슬금슬금 걸어 나왔다. 어떤 동작이든 일단 머리로 따져본 후에야 간신히 몸을 움직였다. 빌 블랙은 날개가 퇴화해 버린 이 가련한 도시내기들을 향해 밉살맞게 씩 웃었다.

　"걱정 말라니까요." 빌의 목소리는 명랑했다.

　"내릴 만해서 내린 거니까. 여기는 머튼이 오자고 해서 온 거예요. 바람이 심했으면 나도 내키지 않았을 텐데, 그렇지 않잖아요." 그는 작은 바위에 걸터앉아 담배를 피워 물었다.

　"아무튼 지금은 안 부니까." 그는 이렇게 덧붙이고는 먼 곳으로 시선을 옮겼고, 갑자기 돌풍이 불어닥친다면 우리 모두가 겪게 될 한바탕 소동을 즐겁게 상상했다.

　게이너는 당분간 헬리콥터에서 멀리 떨어지기 싫은 눈치였고, 지금이 빌을 인터뷰하기 좋은 때라고 판단했다. 그녀는 숄더백에서 녹음기 케이블을 꺼내더니 머리에 작은 헤드폰을 썼다. 그러는 동안 좌우 어느 쪽으로도 눈길 한번 돌리지 않았다. 그녀는 빌에게 마이크를 내밀고 다른 손으로는 불안스레 땅을 짚어 몸의 중심을 잡았다.

"피오르드랜드 상공을 15년째 날고 있어요." 녹음 준비가 모두 끝나자 빌이 말했다.

"대부분 방송국 일이지만 건설 관련 일도 있었죠. 관광객들은 대체로 상대하지 않아요. 그런 일로 골치 아프기는 싫거든요. 그것 말고는 뉴질랜드에서 가장 가기 힘든 지역으로 관리원들을 태워다 주는 걸 비롯해서 카카포 이주 프로그램 일을 많이 해요. 그런 일에는 헬리콥터가 아주 유용하죠. 도무지 갈 수 없을 것처럼 보이는 곳에도 헬리콥터는 착륙할 수 있으니까. 저기 바위 봉우리 보이죠?"

"아니요!" 게이너는 여전히 땅에 시선을 고정한 채 말했다.

"아직은 쳐다보고 싶지 않아요. 그냥…… 말씀해 주세요. 그러니까…… 재미난 일화 같은 것 좀 얘기해 주세요."

"재미난 일화라." 빌은 계곡을 바라보며 생각에 잠긴 듯이 담배를 한 모금 깊이 빨아들였다.

"글쎄요. 한 번은 헬리콥터에서 손에 불이 붙었어요. 장갑이 기름에 흠뻑 젖은 줄도 모르고 성냥을 그었거든요. 이런 얘기를 말하는 건가요?"

그 사이 돈 머튼은 말없이 앞으로 걸어가더니 덤불이 자란 곳을 근심스러운 눈으로 살폈다. 쪼그리고 앉아서 얕게 파인 구덩이의 흙이며 풀을 조심스레 쓸어내고는 뭔가를 집어 들었다. 얼핏 보니 작은 타원형에 가까웠고 색은 희끄무레했다. 그걸 한참 쳐다보던 그의 어깨가 축 처졌다. 그가 우리에게 와보라고 손짓을 했다. 여전히 신경이 곤두선 채 가까이 다가간 우리는 그가 손에 들고 더없이 슬픈 표정으로 바라보는 걸 쳐다봤다. 그건 좀 오래된 고구마였다. 뭐라고 해야 할지 갈피가 잡히지 않았다. 그는 한숨을 쉬며 고구마를 다시 땅에 내려놨다.

"우리는 여기를 카카포성城이라고 불러요." 그가 고개를 들더니 차갑고 밝은 햇살에 눈이 부신지 실눈을 뜨고 우리를 쳐다봤다.

"뉴질랜드 본토에서 카카포가 대규모로 서식한다고 알려졌던 마지막 지역이죠. 여기 이 야트막한 구덩이가 바로 통로와 사발의 한 부분이에요."

통로와 사발 시스템이 뭔지는 곧 설명하겠다. 거기엔 야트막하게 파인 구덩이뿐이었다. 풀이 수북하고 어수선했다. 고개를 들어 숨을 멎게 하는 주위 풍경을 다시 한번 둘러보는데 어리둥절한 기분이었다. 이 안쓰러운 꼬락서니를 보자고 넋을 빼놓는 광활한 지역을 날아 이 구석까지 온 거란 말인가. 새의 알도 아닌 고구마나 보자고?

나는 이런 맥락의 이야기를 중언부언 늘어놨다. 마크가 나를 향해 인상을 구겼고 돈의 얼굴엔 그늘이 졌다.

"맞습니다. 알은 기대하지도 않았어요. 알이라뇨. 여기선 어림없어요. 맞습니다, 그건 전혀 기대하지 않았어요.”

“아, 나는 당신이 고구마를 집어 들었을 때 혹시…….”

“돈이 헬기 안에서 다 설명했잖아요.” 마크는 입을 다문 채 복화술을 하듯 말했다.

“헬기 안에서는 아무 소리도 안 들렸단 말이에요.”

“통로와 사발 시스템에서는 알을 찾을 수 없어요.” 돈이 차분하게 설명했다.

“여기는 다만 구애와 짝짓기를 위한 장소죠. 이 고구마는 작년에 내가 마지막으로 여기 왔을 때 놓고 간 거예요. 근방에 카카포가 있다면 이 고구마를 먹었을 겁니다.” 그는 그걸 다시 집어서 내게 건넸다.

“그런데 아무 자국도 없잖아요. 갉아먹은 흔적도 없어요. 그리고 카카포가 있다면 번식을 위한 이 사발도 깔끔하게 정돈했겠죠. 아주 꼼꼼한 새거든요. 여기 살던 마지막 카카포에게 무슨 일이 있었는지 모르겠네요. 잡아먹혔을 수도 있어요. 고양이 같은 것한테. 고양이도 가끔은 이렇게 높은 곳까지 올라올 수 있거든요. 피오르드랜드에는 고양이가 우글우글하니까. 카카포에겐 나쁜 소식이죠. 물론 모든 고양이가 카카포를 노리는 건 아니에요. 하지만 키위새를 잡으려다 실패하고는 카카포로 목표를 수정하기도 할 거예요. 그러다가 식은 죽 먹기라는 걸 깨닫고 재차 시도할 수도 있죠. 카카포는 보통 자기방어에 익숙하지 않거든요. 고양이가 다가오는 걸 보면 그냥 굳어버려요. 튼튼한

다리와 발톱이 있는데도 그걸 방어용으로 쓰지 않아요. 반면에 키위새는 고양이를 냅다 차버리죠. 키위새는 자기들끼리도 싸우거든요. 두 마리를 한 우리에 넣었다간 아침에 한 마리가 죽어 있는 걸 보게 될 겁니다.

어쩌면 여기 살던 카카포가 그저 늙어서 죽었을 수도 있어요. 오래 사는 것 같기는 하지만 정확한 수명은 우리도 몰라요. 인간만큼 길지도 모르죠. 뭐가 됐든 더 이상 이 지역에 카카포가 남아 있지 않다는 건 거의 확실한 것 같습니다. 피오르드랜드에는 이제 어디에도 카카포가 없어요. 한 마리도."

그렇게 말하면서도 돈은 고구마를 받아들더니 그걸 다시 움푹 파인 구덩이 가장자리에 조심스레 내려놓았다. 구제불능 낙관주의자의 마지막 시도였다.

비교적 최근까지(어디까지나 진화의 차원에서) 뉴질랜드의 야생동물은 조류가 거의 대부분이었다. 여기까지 올 수 있는 건 새뿐이었다. 현재 뉴질랜드에 서식하는 많은 조류의 조상은 원래 그렇게 이곳으로 날아온 것들이었다. 포유류인 박쥐가 몇 종류 있지만, 중요한 건 포식자가 없었다는 점이었다. 개도 없고 고양이도 없고 족제비도 없고, 하여간 새들이 도망쳐 달아나야 하는 대상은 아무것도 없었다.

물론 날아가면 된다. 그건 도피의 수단이며 생존의 방법이지만, 뉴질랜드의 새들은 별로 날 필요가 없다는 걸 알게 됐다. 나는 건 힘들고 많은 에너지를 소모한다.

그뿐만이 아니다. 이들은 먹는 것과 나는 것을 맞바꿨다. 많이 먹으면 하늘을 날기 힘들다. 그래서 가볍게 먹고 하늘을 나는 대신 배불리 먹고 땅에서 뒤뚱거리는 쪽을 선택하는 새들이 점점 늘어났다. 그러다 마침내 유럽에서 사람들이 건너와 정착하면서 고양이와 개와 담비와 주머니쥐를 데려왔을 때, 키위새와 타카히 그리고 밤앵무새인 카카포까지, 뉴질랜드의 날지 못하는 많은 새들은 갑자기 죽기살기로 뒤뚱거리며 달려야 하는 상황에 처했다.

그중에서도 제일 별난 건 카카포다. 별나기로 치면 펭귄도 상당히 독특하지만, 펭귄의 독특함은 꽤 안정적이며 주변 환경에도 완벽하게 적응한 반면, 카카포는 그렇지 못했다. 이 녀석은 시대에 뒤떨어진 새다. 아무것도 모른다는 듯이 순진무구한 표정을 짓고 있는 녀석의 커다랗고 둥그런 녹갈색 얼굴을 보고 있으면, 상황이 그렇지 않다는 걸 뻔히 알면서도 녀석을 끌어안고 모든 게 다 잘 될 거라고 말해주고 싶어진다.

그리고 이 녀석들은 이루 말할 수 없이 뚱뚱하다. 어지간한 크기의 어른 새는 무게가 3킬로그램 안팎이며, 날개는 뭔가에 걸려 넘어질 것 같을 때 좌우로 흔들어 균형을 잡는 데나 쓸뿐, 그걸로 하늘을 나는 건 이제 불가능하다. 그런데 안타깝게도 카카포는 나는 법을 잊어버렸을 뿐만 아니라, 자신이 나는 법을 잊어버렸다는 사실까지 잊어버린 것처럼 보인다. 어쩌다 근심 걱정이 많은 카카포가 나무 위로 올라가 뛰어내리더라도, 벽돌처럼 날다가 볼썽사납게 쿵 떨어지고 말 것이다. 하지만 카카포들은 걱정하는 법도 배우지 못했다. 이들은 걱정거리를 가져 본 적이 없었다.

대부분의 새라면 포식자와 마주쳤을 때 최소한 이게 심상찮은 상황이라는 걸 감지하고 설사 둥지의 알과 새끼를 내버려야 하더라도 일단 안전한 곳으로 꽁무니를 뺄 텐데, 카카포는 그렇지 않다. 포식자와 마주친 카카포의 반응은 단지 저게 뭔지 모르겠다는 것뿐이다. 카카포에게는 뭔가가 자신을 해칠지 모른다는 개념 자체가 없고, 그렇기 때문에 어리둥절한 채 그냥 둥지에 앉아 상대방이 다음 동작을 취하기를 기다리는 경향이 있다. 물론 그러면 으레 눈 깜짝할 사이에 상황은 종료된다.

언어가 낳았을 차이를 생각하면 속이 상한다. 자연선택이 여러 세대에 걸쳐 아무도 모르게 행로를 정하며 천년의 세월이 느릿느릿 흘러가는 동안 무리에서 좀 더 예민한 변종 카카포를 선호했더라면, 그래서 결국 종 전체가 그 개념을 이해했더라면, 그래서 그중 한 마리가 이렇게 말했다면, 상황은 여기까지 오지 않았을 텐데. "수염이 나고 이빨이 날카로운 놈이 나타나면 죽어라 도망쳐!"

하기야 거의 유일무이하게 타산지석의 능력을 가진 인간도 그 능력을 이만저만 싫어하는 게 아니니까.

뉴질랜드에서 포식자 문제는 다소 느닷없이 전개됐고, 자연이 좀 더 예민하고 발 빠른 카카포를 선호하기 시작할 때쯤엔, 인간이 신중하게 개입해서 스스로 대처할 수 없는 상황으로부터 그들을 보호하지 않는 한, 지구상에 카카포는 한 마리도 남아 있지 않을 것이다. 새끼라도 많이 낳으면 도움이 될 텐데, 그것도 문제가 심각하다. 카카포는 고독을 즐기는 동물이다. 다른 동물을 좋아하지 않는다. 심지어 카카포끼리 어울리는 것도 좋아하지 않는다. 우리가 만난 한 동물 보호 활동가는 수컷이 짝짓기를 하려고 내는 소리가 오히려 암컷을 쫓아버리는 건 아닌가 의구심이 들 때도 있다고 털어놓았다. 만약 그렇다면 그건 디스코텍에서나 발견할 수 있는 생물학적인 부조리가 아닐 수 없다. 카카포의 짝짓기는 대단히 이상야릇하고, 이례적으로 오래 걸리며, 효율성이라곤 찾아볼 수 없다.

이런 식이다. 수컷은 직접 통로와 사발 시스템을 만드는데, 이건 얕은 구덩이를 파고 덤불 사이로 그곳에 이르는 길을 한두 개 내놓은 것을 말한다. 주변을 얼쩡거리는 다른 동물들이 만든 것과 카카포의 길을 구분해 주는 특징은 길 양쪽으로 풀이 대단히 깔끔하게 다듬어져 있다는 점이다.

카카포는 음향시설이 좋은 곳을 선호하기 때문에 통로와 사발 시스템은 바위를 등지고 계곡을 바라보는 위치일 때가 많고, 짝짓기 철에 수컷은 그 사발에 들어앉아 웅웅 운다. 그때의 행동 역시 무척 별나다. 수컷은 양쪽 가슴의 커다란 공기주머니를 잔뜩 부풀려서 그 사이에 머리를 묻고 자기 딴에는 섹시하다고 느끼는 소리를 내기 시작한다. 그 소리는 음을 점점 낮춰가며 두 개의 공기주머니에서 공명을 일으키고, 밤의 대기 속에서 심장이 고동치는 것 같은 오싹한 소리가 몇 킬로미터 밖까지 계곡을 가득 채운다.

웅웅거리는 그 소리는 실제로 귀가 듣고 감지할 수 있는 한계 주파수를 간신히 상회하는 정도의 저음이다. 다시 말해, 대단히 멀리까지 들리긴 하는데 어디서 들리는지 알 수 없다는 뜻이다. 오디오 장치에 익숙한 사람이라면 베이스 주파수만 전달하는 서브우퍼라는 별도의 스피커가 있다는 걸 알 텐데, 원론상 이 스피커는 어디에 놓아도 상관없다. 심지어 소파 뒤에 설치해도 된다. 원리는 같다. 저음의 베이스 소리는 어디서 들려오는지 알 수가 없다.

암컷 카카포도 웅웅 울리는 그 소리가 어디서 들리는지 갈피를 못 잡는데, 짝짓기 신호로는 치명적인 단점이 아닐 수 없다. 인간의 상황에 대입해 보면 이런 식이다.

"나 찾아봐라!"

"자기 어디 있는데?"

"나 찾아봐라!"

"대체 어디 있냐니까?"

"나 찾아봐라!"

"아니, 오라는 거야 말라는 거야?"

"나 찾아봐라!"

"이런 제기랄!"

"나 찾아봐라."

"가서 딸딸이나 쳐!"

수컷은 무척 다양한 소리를 낼 수 있는데, 그게 무슨 용도인지는 알려져 있지 않다. 물론 나야 전해 들었을 뿐이지만, 오랫동안 새를 연구한 학자들도 그게 전부 뭘 위한 소리인지 모른다고 한다. 고음, 금속성, '칭'하는 비음, 콧노래, 금전출납부통을 여닫는 듯한 소리, 스크라크(이건 들리는 그대로 옮긴 것인데, 카카포는 스크라크라는 소리를 자주 낸다), 날카롭고 새된 소리, 꿀꿀 꾸웩꾸웩거리는 돼지 소리, 꽥꽥대는 오리 소리, 히잉거리는 당나귀 소리 등등이다. 새끼가 뭔가에 걸려 넘어지거나 나무에서 떨어질 때 내는 안쓰러운 소리도 있는데, 길게 잡아끌면서 진동하는 불만에 찬 이 소리도 상당히 다채롭다.

녹음해 놓은 걸 들어 봤는데 그게 새의 소리, 심지어 동물이 내는 소리라는 게 믿기지 않았다. 핑크플로이드의 녹음실에서 걷어낸 테이프라면 모를까, 앵무새가 낼 법한 소리는 아니었다.

그 중에 어떤 소리는 구애의 마지막 단계에 등장한다. 예를 들어 비음은 멀리까지 전달되지 않고 일정한 방향으로만 울리기 때문에, 밤새(석 달에 걸쳐 길게는 하룻밤에 일곱 시간씩) 웅웅거리는 소리만 듣던 암컷이 짝을 찾아 나서도록 자극하기에 적당하다. 하지만 늘 효과가 있는 건 아니다. 짝짓기 철에 암컷이 빈 사발에서 한동안 기다리다 다시 돌아가는 경우도 많다.

마음이 없는 건 아니다. 짝짓기 상태가 된 암컷의 욕구는 대단히 강하다. 한 암컷 카카포는 밤에 짝을 찾아 32킬로미터를 걸어갔다가 아침에 다시 걸어왔다고 알려지기도 했다. 하지만 안타깝게도 암컷이 이런 식으로 행동하는 기간은 상당히 짧다. 안 그래도 힘든 상황인데 암컷은 특정한 식물, 예를 들어 포도카르푸스podocarpus가 열매를 맺을 때만 짝짓기를 하려 한다. 그런데 이 나무는 2년에 한 번만 열매를 맺는다. 그때까지는 수컷이 아무리 웅웅거려봐야 소용없다.

카카포의 까다로운 식습관도 속이 터질 정도로 상황을 힘들게 만드는 요인이다. 생각만 해도 맥이 빠지는 얘기니까 잽싸게 언급하고 지나가자. 무슬림과 유대인, 평범한 채식주의자와 철저한 채식주의자, 그리고 당뇨병 환자가 가득한 비행기에서 식사를 내야 하는데 크리스마스 시즌이라 메뉴가 칠면조뿐인 상황이라면 대충 감을 잡을 수 있을 것이다.

그러니 수컷은 몇 달씩 구덩이에 앉아 웅웅 울면서 특정한 나무에 열매가 열리길 기다리는 짝을 기다리느라 안달이 난다. 카카포가 웅웅거릴 때 공원 관리인이 우연히 모자를 떨어뜨렸다가 나중에 찾으러 가봤더니 카카포가 그걸 타오르려 하고 있었단다. 또 한번은 짝짓기 지역에서 어지럽게 널린 주머니쥐의 털을 봤는데, 카카포가 또 안타까운 실수를 저질렀다는 증거였다. 양쪽 모두에게 흡족할 리 없는 경험이었을 것이다.

몇 달에 걸쳐 땅을 파고 울고 걷고 스크라크거리고 열매를 놓고 호들갑을 떨어봐야 암컷이 3~4년에 한 번 달랑 한 개의 알을 낳는 게 고작인데, 그마저도 족제비가 날름 먹어치우기 일쑤다.

그렇다면 차라리 궁금한 건 따로 있다. 카카포는 대체 무슨 수로 그렇게 오랫동안 살아남을 수 있었던 걸까?

이 새를 접해 본 비동물학자의 관점에서 말하자면, 자연이 치열한 경쟁에서 살아남을 개체를 만들어야 한다는 압박감에서 벗어나 그냥 되는 대로 만들어 본 게 아닌가 의심하지 않을 수 없다. 말하자면 심심풀이로 만지작거려본 것이다. "이걸 한 번 꽂아볼까? 그래도 괜찮을 거야. 아주 재미있겠는 걸."

사실 카카포를 보면 어떤 면에서 영국의 모터사이클 업계가 연상된다. 그들도 너무 오랫동안 자기만의 방식을 고수하다가 괴짜가 되어 버린 경우다. 그들은 시장의 요구에 반응하지 않았다. 아예 개의치 않았다. 일정한 수의 모터사이클을 생산해서 일정한 수의 고객이 그걸 구입하면 그걸로 끝이었다. 소음이 심하고 관리가 힘들고 여기저기 기름을 흘리고, T. E. 로렌스◆가 죽는 순간에야 깨달았듯이 커브를 트는 방식이 아주 독특하다는 것 따위는 아무 문제가 되지 않는 듯했다. 그런 게 모터사이클이었고, 모터사이클을 원한다면 그걸 받아들여야 했다. 그걸로 끝이었다. 더 왈가왈부할 게 없었다. 그리고 어느 날 문득 일본인들이 모터사이클이란 그래서 안 된다는 걸 깨닫자, 영국의 모터사이클 산업도 그걸로 끝이었다. 모터사이클도 얼마든지 날렵할 수 있고 깨끗할 수 있고 안전하고 얌전할 수 있으며, 그렇다면 일요일 오후에 기름걸레를 들고 창고에 틀어박히거나

◆ 영화 〈아라비아의 로렌스〉의 원작인 『지혜의 일곱 기둥』을 쓴 토머스 에드워드 로렌스

아카바 항구로 줄줄이 행진하는 걸 재미로 여기는 사람들 말고도 새로운 소비자를 창출할 수 있다는 걸 그들은 깨달았던 것이다.

경쟁력이 뛰어난 이런 제품이 영국 섬에 들어오자 영국의 모터사이클 산업은 그야말로 거의 하룻밤 새에 죽어 버렸다. (치열하게 경쟁하는 법을 끝끝내 배우지 못한 건 이번에도 섬에 서식하는 종이었다. 물론 일본도 섬나라지만 효과적인 비유를 위해 그 점은 잠시 무시하도록 하자.)

그래도 완전히 죽은 건 아니었다. 노튼과 트라이엄프가 까다롭고 괴팍한 짐승이기는 해도 배짱이 두둑하고 개성이 넘치므로 그 동물들이 사라진다면 이 세상이 훨씬 빈약해질 거라고 믿는 일단의 애호가들 덕분에 명맥이 유지되었다. 그 동물들은 지난 10여 년간 힘겨운 변화를 수없이 거쳤지만, 이제 모터사이클 애호가들이 사랑하는 최고급 모터사이클로 거듭났다. 이 비유는 이제 심각하게 와해될 위험에 처했으니 이쯤에서 그만두는 게 좋겠다.

나는 정말로 이 새를 꼭 찾고 싶었다. 며칠 전엔 꿈을 꿨다. 꿈속에서 눈을 떴는데 분홍색과 하늘색 자갈이 깔린 외딴 해변에 큰대자로 누워 옴짝달싹 못하는 상태였고, 머릿속에서는 바다의 느릿한 포효가 메아리쳤다. 이런 꿈을 꾸다 깨어보니 내가 분홍색과 하늘색 자갈이 깔린 외딴 해변에 큰대자로 누워 있는

데 뭐가 어떻게 된 건지 천지분간을 할 수 없었다. 목에 건 카메라가방이 자갈에 눌려 몸이 움직이지 않았다.

간신히 몸을 일으킨 나는 바다를 바라보며 대체 여기가 어디인지, 내가 아직도 꿈을 꾸고 있는 건 아닌지 따져 봤다. 어쩌면 아직도 비행기에서 기내 영화를 보고 있는 건 아닐까. 승무원을 찾아 주변을 둘러봤지만 음료수 쟁반을 들고 해변을 걸어오는 사람은 없었다. 부츠를 내려다보니 뭔가 떠오르는 것 같기도 했다. 부츠를 뚫어지게 들여다봤을 때 선명하게 떠오른 가장 최근의 기억은 자이르에서 습지를 건너다가 아프리카의 진흙이 잔뜩 묻었던 일이었다. 초조한 심정으로 주변을 둘러봤다. 해변에는 코뿔소도 보이지 않았다. 그 해변은 당연히 자이르가 아니었는데, 자이르는 내륙에 있어서 해변이 없기 때문이다. 다시 한번 부츠를 내려다봤다. 이상할 정도로 깨끗했다. 이게 어떻게 된 영문일까? 누군가 내 부츠를 가져가서 깨끗하게 닦아다 준 게 기억났다. 대체 왜 그랬지? 그리고 누가 그랬을까? 그러자 이번엔 공항이 떠올랐다. 사람들이 부츠에 대해 묻고, 어디서 오는 길이냐고 물었다. 자이르라고 대답했다. 그랬더니 내 부츠를 가져갔다가 몇 분 후에 티끌 하나 없이 깨끗하게 닦고 소독까지 해서 가져다 줬다. 그때 앞으로 부츠를 닦을 일이 있으면 비행기를 타고 뉴질랜드로 와야겠다고 생각했던 기억이 났다.

뉴질랜드. 이 나라는 세계에서 가장 외지고, 그렇기 때문에 오염되지 않은 이 땅에 외부의 박테리아가 유입될까 노심초사

한다. 그건 당연한 일이었다. 뉴질랜드를 떠난 기억을 떠올려 보려 했지만 생각나지 않았다. 그렇다면 아직 뉴질랜드에 있는 게 틀림없었다. 좋았어. 범위를 상당히 좁혔군. 하지만 대체 여기가 어디지?

나는 환각 효과를 일으키는 자갈밭을 조금 멍한 상태로 비틀비틀 걸어 올라갔다. 그러자 저 멀리서 무릎을 꿇고 오래된 통나무 속을 들여다보는 마크가 눈에 들어왔다.

"작은 쇠푸른펭귄이 털갈이를 하고 있어요." 내가 마침내 그 옆으로 다가갔을 때 마크가 말했다.

"뭐라고요? 어디서?"

"통나무 안에서요. 직접 봐요."

안을 들여다봤다. 파란색 보풀이 일어난 까만 뭉치 속에서 작고 까만 눈동자 한 쌍이 불안스레 내 눈을 응시했다.

나는 바위에 털썩 주저앉았다.

"아주 근사하네요. 그런데 우리가 지금 어디 있는 거죠?"

마크가 씩 웃었다. "시차 때문에 힘든 모양이네요. 한 20분쯤 잤어요."

"알겠어요." 나는 까칠하게 되받았다. "그런데 여기가 어디냐고요? 뉴질랜드까지는 범위를 좁혔는데."

"리틀배리어섬이요. 기억 안 나요? 오늘 아침에 헬리콥터로 도착했잖아요."

"아. 그렇다면 다음 질문에 대한 답도 나왔군요. 지금은 오후죠?"

"그래요. 한 네 시쯤 됐고 조금 있으면 차를 마실 거예요."

나는 그 말에 놀라 해변을 두리번거렸다.

"차라고요?"

"마이크랑 도비하고."

"누구요?"

"일단 그냥 아는 척해요. 오늘 아침에 한 시간이나 얘기를 나눈 사람들이니까."

"내가 그랬어요?"

"도비는 이 섬의 관리인이에요."

"마이크는?"

"그의 부인이고."

"그렇군요." 나는 잠시 생각을 하다가 불쑥 말했다. "알았어요. 우리는 카카포를 보러 온 거예요. 그렇죠?"

"맞아요."

"여기서는 볼 수 있을까요?"

"그럴 것 같지 않아요."

"그렇다면 다시 한번 말해줘 봐요. 우리는 대체 여기 왜 온 거죠?"

"왜냐면 카카포의 확실한 서식지로 알려진 두 곳 중 하나니까요."

"하지만 보지 못할 것 같다면서요?"

"그래요."

"그래도 아무튼 차는 마실 수 있는 거죠?"

"네."

"그럼 가서 좀 마십시다. 가는 길에 처음부터 다시 얘기해 줘요. 좀 천천히."

"그러죠."

마크는 쇠푸른펭귄의 사진을 몇 장 더 찍었다. 나는 그 새에 대해서는 더 자세히 알 처지가 아니었다. 마크는 카메라를 가방에 넣었고, 우리는 함께 관리인의 집으로 향했다.

"현재 뉴질랜드는 온갖 포식자로 골머리를 앓고 있어요. 카카포의 유일한 안식처는 섬이고, 그것도 보호지역이어야 하죠. 카카포 한두 마리가 아직 발견되는 남쪽의 스튜어트섬은 사람이 살고 있어서 이제 안전과는 거리가 멀어요. 거기서 발견되는 카카포는 전부 포획해서 인근의 코드피시섬으로 보냅니다. 그곳에서 연구하고 보호하죠. 실제로 보호가 너무 잘 되고 있어서 방문허가를 받을 수 있을지 의문이에요. DOC에서 격론이……."

"DOC요?"

"뉴질랜드 자연보호국의 약자예요. 우리를 섬에 보낼지를 놓고 이견이 있는 모양이에요. 한쪽에서는 이 프로젝트를 널리 알리는 데 도움이 될 거라고 생각하는 반면, 다른 쪽에서는 어떤 경우에도 카카포의 환경을 교란해서는 안 된다고 고집한답니다. 우리가 그 새를 찾도록 도와줄 수 있는 사람이 딱 한 명 있는

데, 그는 우리를 맡기 싫어해요."

"그게 누군데요?"

"아랍이라고, 프리랜서 카카포 수색자예요."

"그렇군요."

"카카포 수색견도 한 마리 가지고 있어요."

"흠. 우리한테 필요한 사람인 것 같군요. 프리랜서 카카포 수색자가 할 일이 많은가요? 내 말은, 추적할 카카포가 많지 않잖아요."

"마흔 마리죠. 실제로 카카포 수색자는 서너 명……."

"그러면 카카포 수색견도 서너 마리 되나요?"

"맞아요. 카카포 냄새를 감지하도록 특수 훈련을 받은 개들이에요. 새를 해치지 못하게 재갈을 씌우죠. 스튜어트섬에서 카카포 수색 훈련을 시키고, 그런 다음 헬기에 태워서 코드피시섬이나 여기 리틀배리어섬으로 데려오는 거예요. 개가 날아가는 건 수천, 어쩌면 수백만 년 만에 처음일 걸요."

"카카포 수색자들은 카카포를 찾아다니지 않을 때는 뭘 하나요?"

"고양이를 죽여요."

"욕구불만 때문에?"

"아니요. 코드피시섬에는 야생고양이가 우글거리거든요. 엄밀히 말하자면 야생으로 돌아간 고양이들이죠."

"옛날부터 생각한 건데 그건 작위적인 구분이에요. 고양이는 전부 야생이거든요. 우유를 얻어먹으려고 길들여진 척 할 뿐이죠. 아무튼, 그래서 그 사람들이 코드피시섬에서 고양이를 죽인다는 얘긴가요?"

"죽였어요. 한 마리도 남김없이. 그리고 주머니쥐와 족제비도. 사실상 섬을 돌아다니는 새 아닌 것들은 전부 다. 별로 유쾌한 얘기는 아니지만, 그 섬이 원래 그랬으니까. 그리고 카카포가 살아남을 수 있는 길은 그것뿐이니까. 뉴질랜드에 사람이 발을 들이기 전의 환경. 포식자가 전혀 없는. 여기 리틀배리어섬에서도 똑같이 했어요."

바로 그때 조금 놀랄 만한 일이 벌어졌고, 마침내 그 상황이 그날 이미 한 번 벌어졌으며 시차의 몽롱함 속에서 잠시 망각했다는 사실을 깨달았다.

해변을 벗어나 울창한 관목숲을 지나고 거친 흙길을 걸어 양떼가 노니는 풀밭도 두 번쯤 가로지르자, 갑자기 눈앞에 정원이 펼쳐졌다. 그냥 정원이 아니라 잔디를 깔끔하게 자르고 나무를 다듬고, 흠잡을 데 없이 단정한 화단과 말쑥한 나무와 관목, 장식용 바위, 아담한 다리가 놓인 작은 개울까지 흐르는 정원이었다. 그건 마치 여덟 번째 날에 갑자기 업무에 복귀한 조물주가 자동 제초기와 전지가위와, 이름은 기억할 수 없지만 아무튼 전기로 작동하는 것들을 창조하기 시작해서 탄생한 교외의 에덴동산에 들어서는 기분이었다. 그리고 저만치서 찻쟁반을 들고 잔디밭에 내려서는 사람은 관리인의 아내인 마이크였고, 그 모습에 나는 기뻐서 탄성을 지르며 인사를 했다.

그러는 사이 마크는 완전히 잊어버렸다. 그는 몇 미터 떨어진 곳에서 골몰한 표정을 짓고 있었지만, 나는 일단 차부터 제대로 한 잔 마신 후에 무슨 영문인지 알아보자고 마음먹었다. 그는 무슨 새를 보고 있는 것 같았는데, 아닌 게 아니라 정원에는 새가 굉장히 많았다.

나는 마이크와 기분 좋게 이야기를 나누며, 그날 아침에 헬기에서 내려 어벙벙하게 돌아다니던 그 둔한 네안데르탈인이 나였다고 다시 한번 인사를 했다. 그리고 자연을 사랑하는 관광객이나 어쩌다 한번 찾아올 뿐인 이 고립된 섬에서 벌써 도비와 11년 반을 살고 있다는데 어떻게 지내느냐고 물었다. 그녀는 하루에도 자연을 사랑하는 관광객들이 꽤 많이 온다면서, 오히려 너무 많아 걱정이라고 했다. 그러다 보면 무심코 포식자를 섬에 들이기 쉬운데, 그로 인한 피해는 어마어마했다. 단체 관광객들은 엄격하게 통제할 수 있지만, 배를 몰고 해변에 와서 바비큐 잔치를 벌이는 사람들은 위험했다. 쥐 두어 마리나 새끼를 밴 고양이 한 마리면, 여러 해 동안 공들인 노력이 한 순간에 물거품이 될 수 있었다.

나는 해변에서 바비큐를 해먹을 사람들이 새끼를 밴 고양이를 데려올 생각을 한다는 데 깜짝 놀랐지만, 그녀는 그런 일이 흔하다고 했다. 그리고 배에는 거의 예외 없이 쥐가 살았다.

그녀는 명랑하고 유쾌하며 씩씩한 사람이었고, 나는 섬의 거친 땅을 이렇게 멋진 정원으로 바꾸어 놓은 강철 같은 의지의 소유자가 그녀일 거라고 확신했다.

그때 깔끔한 흰색 떡갈나무 집에서 게이너와 도비가 나왔다. 지금까지 인터뷰를 한 모양이었다. 도비는 초창기 고양이 박멸 프로그램의 일환으로 11년 반 전에 이 섬에 왔다가 관리인으로 눌러앉았고, 18개월 후면 은퇴할 예정이었다. 그는 은퇴가 조금도 달갑지 않았다. 그들만의 작은 낙원에서 살다가 본토로 돌아가 작은 집에서 살 생각을 하니 견딜 수 없이 비좁고 단조롭게 느껴졌다.

잠시 한담을 나누다가 게이너가 정원에 대한 인상을 말해달라며 녹음기를 들고 마크에게 다가갔지만, 그는 일언반구 없이 손짓만으로 그녀를 쫓아버리곤 다시 골몰한 표정으로 돌아갔다. 벌써 몇 분째 그러고 있었다. 평소 다정하고 상냥한 마크답지 않은 행동이어서 나는 무슨 일이냐고 물었다. 그는 새에 대해 뭐라고 웅얼거릴 뿐, 여전히 우리에겐 관심을 두지 않았다. 다시 한번 주위를 둘러봤다. 정원에는 정말 새가 많았다.

이쯤에서 고백할 게 한 가지 있다. 앵무새를 보겠다고 2만 킬로미터 가까이 날아갔다가 돌아온 사람의 입에서 나오기엔 좀 이상한 소리지만, 나는 사실 새를 그다지 좋아하지 않는다. 새는 여러 면에서 흥미롭지만, 새 자체에는 별로 끌리지 않는다. 하마는 좋다. 하마가 나한테 싫증을 내고 짜증이 나서 발길을 돌리지만 않는다면, 나는 언제까지라도 행복하게 하마를 바라볼 수 있다. 고릴라, 여우원숭이, 돌고래는 눈동자 때문에라도 몇 시간이고 넋을 잃을 것이다. 하지만 제아무리 진귀한 새들로 가득한 정원을 보여준들, 나는 사람들과 차를 마시며 한담을 나누는 게 더 좋다. 어쩌면 마크 역시 이것 때문에 그럴지도 모른다는 데 생각이 미쳤다.

"여기는 정말." 마크는 마침내 낮고 기운 없는 목소리로 입을 열었다. 잠자코 다음 말을 기다렸다.

"굉장하네요!" 한참 만에 마크가 말했다.

게이너는 결국 마크를 자신만의 삼매경에서 끌어냈고, 마크는 투이*, 뉴질랜드비둘기, 방울새, 북섬울새, 뉴질랜드물총새, 붉은이마앵무, 뉴질랜드황오리, 그리고 정원의 수반에 몰려들어 자리다툼을 벌이는 한 무리의 커다란 카카앵무에 대해 신이 나서 이야기하기 시작했다. 내가 그의 흥겨움을 공유할 수 없다는 사실이 묘하게 우울하면서 어쩐지 그를 속이는 듯한 기분이 들었다. 그날 저녁에 나는 카카포를 찾는 일에는 혈안이면서 다른 새들에 대해서는 별 관심이 없는 이유를 따져봤다.

그건 카카포가 날지 못해서인 것 같았다. 최초의 인간이 고개를 들어 하늘을 본 순간부터 거의 모든 인류가 열망해 온 그것을 이 동물이 포기했다는 사실에는 뭔가 마음을 사로잡는 힘이 있었다. 나는 다른 새들이 대수롭지 않다는 듯 사뿐하게 하늘을 나

◆ 뉴질랜드에서만 서식하며, 꿀잡이새 중에 가장 큰 조류이다

는 모습을 보면 왠지 약이 오른다.

몇 년 전에 시드니 동물원에서 유유히 돌아다니는 에뮤[*]와 정면으로 마주쳤던 기억이 난다. 성질이 난폭하니까 너무 가까이 접근하지 말라는 주의를 단단히 받았지만, 녀석과 눈이 마주치자 나를 응시하는 녀석의 노기등등한 얼굴에서 도저히 눈을 뗄 수 없었다. 녀석의 눈을 직시하는 순간, 새의 모든 단점(우스꽝스러운 자세, 쓸모없는 깃털로 뒤덮인 꾀죄죄한 모습, 쓸모없는 두 다리)은 고스란히 지닌 채 새가 할 수 있어야 마땅한 일, 즉 하늘을 날지 못하게 된 것이 이들에게 어떤 영향을 미쳤는지 불현듯 깨달을 수 있었다. 그것 때문에 이 새의 꼭지가 돌아버렸다는 사실이 문득 명료해졌다.

주제에서 조금 벗어난 이야기지만, 잘 알려져 있지 않은 사실이 하나 있다. 아프리카에서 가장 위험한 동물 가운데 하나는 놀랍게도 타조다. 사람들은 타조 때문에 죽는다는 걸 상상하지 못하는데, 워낙 볼품없는 죽음이기 때문이다. 타조는 이빨이 없어서 물지 못한다. 발에 발톱이 없으니 살을 갈기갈기 찢어놓을 수도 없다. 그런데 이걸 어째. 타조는 사람을 발로 차서 죽인다. 하지만 누가 이 녀석들을 비난할 수 있단 말인가.

그러나 카카포는 화를 내지 않고 난폭하지도 않다. 그저 부지런히 그리고 소박하게, 자신만의 독특한 기행을 즐길 뿐이다.

---

[*] 호주에 서식하는 날지 못하는 새. 현존하는 조류 중에 두 번째로 크다

카카포와 관련된 일을 하는 사람을 붙잡고 이 새가 어떤 새냐고 물어보면, 나무에서 대책 없이 뛰어내리는 걸 설명할 때마저도 '순진'이니 '엄숙'이니 하는 말을 동원하는 경향이 있다. 내겐 이게 한없이 매력적이었다. 도비한테 이 섬의 카카포에게 어떤 이름을 붙여줬느냐고 물었더니, 그는 지체 없이 마태, 누가, 요한, 그리고 스나크◆라고 대답했다. 엄숙한 멍청이들에게 잘 어울리는 이름 같았다.

그것만이 아니었다. 우리가 간절히 원하는 열망을 포기했다는 사실뿐만 아니라 엄청난 실수를 저질렀다는 점도 녀석들을 더 매력적으로 만들었다. 이 새는 사람의 마음을 사로잡았다. 나는 정말로 이 새를 꼭 찾고 싶었다.

하지만 이틀이 지나고 사흘이 지나면서 나는 점점 시무룩해졌는데, 빗줄기를 뚫고 수없이 많은 언덕을 오르내렸건만 리틀배리어섬에서는 카카포를 찾을 가망이 없다는 게 갈수록 분명해졌기 때문이다. 우리는 수색을 멈추고 카카앵무, 긴꼬리뻐꾸기, 노란눈펭귄이나 감상했다. 얼룩가마우지의 사진을 한없이 찍었다. 어느 날 밤에는 끊임없이 돼지고기를 달라고 조른다고 해서 '돼지더줘morepork'라는 별명이 붙었다는 올빼미도 봤다. 그러나 카카포를 찾으려면 코드피시섬에 가야 한다는 걸 다들 알고 있었다. 우리에게는 프리랜서 카카포 수색자인 아랍이 필

◆ 루이스 캐럴의 시에 등장하는 괴물의 이름

요했고, 프리랜서 카카포 수색자의 카카포 수색견이 필요했다. 그런데 돌아가는 상황을 보면 그럴 가망이 없는 듯했다. 우리는 웰링턴으로 가서 하릴없이 시간을 보냈다.

자연보호국의 난감한 입장은 충분히 이해할 수 있었다. 카카포 보호를 최우선시해야 하는 상황에서 꼭 필요한 사람이 아니면 코드피시섬에 발을 들이지 못하게 하는 게 옳았다. 그런 반면, 이 새를 아는 사람이 늘어나면 보호기금을 마련할 기회도 늘어난다. 이 딜레마를 놓고 골머리를 앓고 있는데, 갑자기 기자회견을 하라는 요청이 들어왔고 우리는 기꺼이 응했다. 기자들 앞에서 우리의 프로젝트에 대해 진지하면서도 유쾌하게 이야기했다. 여기 어떤 새가 있는데 세상에서 가장 유명한 멸종동물(도도새)만큼이나 특이하고 독특하며, 이 새 또한 멸종위기에 직면해 있다. 도도처럼 세상에서 가장 안타까운 동물로 만들 것인가, 아직 우리 곁에 있을 때 널리 사랑받는 유명한 동물로 만들 것인가.

자연보호국이 술렁였고, 우리를 지지하는 입장이 우세해졌다는 소식이 들렸다. 그리고 하루 이틀 뒤, 우리는 남섬 최남단에 있는 인버카길 공항 활주로에서 헬기를 기다리고 있었다. 그리고 아랍도 기다렸다. 결국 우리의 뜻이 관철됐고, 우리는 조금 긴장된 심정으로 이게 부디 잘못된 행동이 아니길 빌었다.

일행 중에는 자연보호국 소속인 론 틴덜이 있었다. 그는 스코틀랜드 사람답게 자연보호국의 상황을 정중하지만 가감 없이 전해 주었다. 현장 직원들 사이에는 우리를 코드피시에 보내기로 한 결정에 분노하는 분위기가 팽배하지만, 지시는 지시라서 이렇게 가게 된 거라고 했다. 그리고 특히 격렬하게 반대한 사람이 아랍이라며, 그가 마지못해 따라간다는 사실을 알고 있는 게 좋을 거라고도 했다.

몇 분 후, 아랍이 도착했다. 그 전까지 내가 프리랜서 카카포 수색자의 생김새를 어떻게 상상했었는지는 모르겠지만, 그를 보는 순간 천 명의 사람들을 모아 놓고 찾으라고 해도 그가 프리랜서 카카포 수색자라는 걸 알 수 있을 것 같다는 생각이 들었다. 큰 키에 호리호리한 체구에 야외에서 많은 시간을 보내는 티가 역력했다. 희끗희끗한 수염은 데리고 다니는 개에 닿을 정도였다. 개의 이름은 보스였다.

퉁명스럽게 고개만 끄덕인 그는 개 옆에 쪼그리고 앉아 부산을 떨었다. 그러다가 너무 퉁명스러웠다고 생각했는지 보스 위로 몸을 기울여 악수를 청했다. 그러다가 이번엔 그게 또 너무 과했다고 생각했는지 고개를 들고 날씨가 못마땅하다는 듯이 얼굴을 일그러뜨렸다. 짧은 시간에 정제되지 못한 사교의 난맥상을 드러냈지만, 그래서 더 매력적이고 호감이 갔다.

그래도 헬기로 코드피시섬까지 날아가는 30분은 무척 어색했다. 가벼운 이야기를 나눠 보려 해도 귀가 먹먹해지는 프로펠러 소음 속에서는 도저히 불가능했다. 상대방에게 들을 마음만 있다면 헬기에서도 얼마든지 하고 싶은 말을 할 수는 있지만, 서

먹한 분위기를 누그러뜨리기에 최적의 장소는 아니었다.

"뭐라고요?"

"뭐라고 했냐고요."

"아. 뭐라고 했냐고 하기 전에 뭐라고 했냐고요."

"뭐라고 했냐고 했어요."

"뭐라고 했냐면, 여기 자주 오느냐고 했는데, 뭐 됐어요."

결국 어색하고 귀가 먹먹한 침묵에 잠겼고, 바다 위로 찌뿌듯하게 내려앉은 폭풍 구름 때문에 분위기는 한층 더 묵직해졌다.

이윽고 뉴질랜드에서 가장 철저하게 보호되는 철옹성의 방주가 찬란한 어둠 속에서 어렴풋이 모습을 드러냈다. 코드피시섬. 이 세상 다른 어디에서도 찾아볼 수 없는 수많은 새들의 마지막 안식처. 리틀배리어섬처럼 이곳에서도 원래 없었던 것들은 철저하게 제거됐다. 심지어 날지 못하는 호주뜸부기마저도 예외는 아니었다. 오리만한 크기의 사납고 난폭한 그 새는 비록 이 섬은 아니지만 뉴질랜드가 원산지인데도 제거됐다. 호주뜸부기는 코드피시섬 토종이 아니고, 토종인 쿡제비슴새를 공격했기 때문이다. 섬 주변의 파도가 험하고 해류가 사나워 3킬로미터 떨어진 스튜어트섬에서 쥐가 건너올 가능성은 없다. 섬에서 일하는 사람들을 위해 음식물을 공수할 때도 쥐가 숨어 들어갈 수 없는 용기에 담고, 수송 전후에 철저한 검수를 거친다. 배가 정박할 수 있는 곳에는 빠짐없이 쥐약을 놓는다. 배가 난파되면 이곳에서 일하는 모든 사람이 쥐의 침입에 맞서는 특공대로 변신한다.

헬기가 육중하게 착륙했고, 우리는 빙빙 돌아가는 프로펠러 밑으로 몸을 숙인 채 거북하게 헬기에서 내렸다. 재빨리 짐을 내리고, 관리인의 숙소를 향해 언덕을 내려갔다. 그러다 마크와 눈이 마주쳤는데, 우리는 둘 다 여전히 몸을 수그린 채 구부정한 자세로 걷고 있었다. 우리는 쥐가 아닌데도 쥐만큼이나 박대를 당하는 느낌이었고, 이번 탐험이 끔찍한 잘못으로 드러나지 않기만을 간절히 빌었다. 아랍은 어느 틈에 재갈을 물린 보스를 데리고 우리 뒤를 성큼성큼 따라왔다. 개들은 카카포를 발견해도 해를 가하지 않도록 철저하게 훈련 받지만, 간혹 열의가 지나친 경우가 있다. 심지어 재갈을 물려 놓았는데도 새한테 달려들어 상처를 입힐 수 있다.

관리인 숙소는 부엌 겸, 식당 겸, 거실 겸 사무실로 쓰는 커다란 공간 외에 침상이 빼곡한 공동 침실이 두 개인 단순한 나무집이었다. 그곳엔 현장 직원이 두 명 있었는데 트레버, 그리고 도비와 마이크의 아들인 프레드였다. 두 사람은 아무 감정도 드러내지 않고 조용히 인사를 하더니 짐을 풀라고 말하고는 자리를 떴다.

잠시 후 점심을 먹으라고 부르기에, 우리는 지금이 이 섬에서 우리의 위상을 개선해 볼 절호의 기회라고 판단했다. 여기 사람들은 섬을 휘젓고 다니며 비디오카메라와 시스템수첩 따위로 새들을 위협하는 언론 나부랭이를 좋아하지 않는 게 분명했다.

그래서 우리한테는 작은 워크맨 수준의 녹음기가 고작이고, 우리는 말 잘 듣는 순둥이들이며 진토닉을 입에 달고 지내지도 않는다고 열변을 토했지만, 그들의 마음은 누그러질 기색을 보이지 않았다. 우리가 맥주와 위스키를 조금 챙겨왔다는 사실도 그다지 도움이 되지 않았다.

참 이상도 하지. 그러자 나는 갑자기 말할 수 없이 기분이 유쾌해졌다. 사실은 뉴질랜드에 온 이후로 제일 기분이 좋았다. 일반적으로 뉴질랜드 사람들은 지나치게 친절하다. 지금까지 만난 뉴질랜드 사람들은 하나같이 우리에게 지나치게 친절했다. 다정하게 굴면서 환심을 사려 했다. 나는 그제야 그들의 과도한 친절과 상냥함이 못마땅했다는 걸 깨달았다. 뉴질랜드 사람들의 친절함은 단순히 경계심을 푸는 정도가 아니라 아예 눈을 감으면 코를 베어가겠다는 수준이어서, 한 사람만 더 다정하고 상냥하게 굴었다간 한 대 치고 싶은 심정이었다. 그런데 갑자기 상황이 완전히 돌변했고, 이제 우리가 환심을 사기 위해 애를 써야 했다. 나는 무슨 수를 써서라도 이 쌀쌀맞은 인간들이 우리를 좋아하게 만들겠다고 다짐했다.

햄 통조림과 삶은 감자에 맥주를 곁들여 점심을 먹으며 선제공격에 나섰다. 우리의 프로젝트와 그것의 취지, 지금까지 어디어디를 다녔으며 어떤 동물을 보고 보지 못했는지, 그러면서 또 누구를 만났는지, 카카포를 꼭 보려 하는 이유가 무엇인지에 대해 전부 털어놓았고, 그들의 도움에 무척 감사하며 우리가 이 섬에 오는 것을 꺼린 이유를 충분히 이해한다고 얘기한 후, 그들의 업무와 이 섬, 그리고 새와 보스에 대해 지적이고 냉철한 질문을 퍼부었고, 마지막으로 집 밖의 나무에 죽은 펭귄을 걸어놓은 이유를 물었다.

이게 분위기를 조금 바꿔 놓은 것 같았다. 그들은 우리의 입을 막으려면 자기들이 얘기를 하는 수밖에 없다는 걸 재빨리 간파했다. 프레드가 그 펭귄은 전통이라며 매년 2월 28일이면 나무에 죽은 펭귄을 건다고 설명했다. 그 전통이 올해 시작됐고 앞으로도 계속 이어질지는 의문이지만, 아무튼 지금 당장은 펭귄에 파리가 꾀지 않게 해 줬다.

흠잡을 데 없이 탁월한 설명이었다. 우리는 맥주를 한 잔씩 더 따라서 축배를 들었고, 마침내 분위기가 조금 달아오르기 시작했다. 그렇게 한결 누그러진 마음으로 2만 킬로미터 가까이 날아온 목적을 달성할 수 있을지 확인하기 위해 아랍과 보스를 따라 숲에 들어갔다.

숲은 고약했다. 어찌나 습한지 쓰러진 나무둥치는 발을 대기 무섭게 으스러졌고, 발을 헛디뎌서 나뭇가지를 잡으려 하면 뚝뚝 부러지기 일쑤였다. 우리가 진흙과 젖은 덤불에서 요란하게 미끄러지고 넘어지는 동안 아랍은 성큼성큼 앞질러 갔다. 나무 사이로 파란색 격자무늬 울 방한복만 얼핏얼핏 보였다. 보스는 그 주변을 어지럽게 맴돌았고, 어쩌다 덤불 속에서 검은 형상이 휙 지나가는 걸 제외하면 거의 볼 수가 없었다.

하지만 소리는 그치지 않았다. 보스의 목에는 작은 방울이 달려 있었고, 그 소리는 정신 나간 캐럴 가수가 숲속 어딘가에 숨어서 노래를 부르기라도 하는 것처럼 맑고 축축한 대기 속에서 청명하게 울렸다. 방울의 목적은 보스의 위치와 행동을 파악하기 위해서였다. 방울이 정신없이 울리다가 잠잠해지면 카카포를 찾아서 지키고 있다는 뜻이었다. 그래서 어쩌다 소리가 멈출 때면 우리도 함께 숨을 죽였지만, 번번이 덤불 틈으로 새로운 길을 찾아낸 보스의 방울 소리가 다시 들려왔다. 이따금 방울 소리가 유난히 크고 선명하게 울리면 아랍이 큰소리로 보스를 불러들였다. 아랍은 그럴 때나 잠시 걸음을 멈췄고, 마크와 게이너와 나는 그 틈을 타서 둘을 따라잡았다.

땀범벅이 된 채 숨이 턱에 차서 헐떡거리며 숲을 벗어나자 작은 공터가 나왔는데, 아랍이 보스 옆에 쪼그리고 앉아 소리를 조금 줄이기 위해 이끼로 방울을 틀어막고 있었다. 그는 우리를 올려다보며 수줍게 살짝 웃었다.

"방울 소리가 이렇게 크면 카카포가 놀라서 도망가거든요. 카카포가 주변에 있다면 말이죠."

"주변에 카카포가 있다고 생각하세요?" 마크가 물었다.

"물론 있죠." 아랍이 손가락으로 수염을 쓸어서 진흙을 털어냈다.

"아무튼 오늘 이 근처에 있기는 했어요. 냄새가 많이 나거든요. 보스가 냄새를 잘 찾고 있지만, 냄새도 식어요. 최근에 카카포가 여기서 상당히 많은 행동을 했었는데, 아주 최근은 아니에요. 그래도 보스가 대단히 흥분했어요. 카카포가 틀림없이 이 주변에 있다는 걸 아는 거죠."

잠시 보스를 칭찬하며 호들갑을 떨던 그는 카카포 수색견은 훈련시키기 대단히 어려운데, 무엇보다 훈련을 시킬 카카포가 턱없이 부족하기 때문이라고 설명했다. 차라리 카카포 말고는 아무것도 수색하지 않도록 훈련시키는 게 더 현실적이라고 했다. 훈련은 그렇게 수색 대상을 하나씩 제거해 나가는 길고 지루한 과정이며, 개의 입장에서는 대단히 곤혹스러운 일이었다.

마지막으로 한 번 더 쓰다듬고 놔주자 보스는 얼른 덤불 속으로 들어가서 수색하지 않도록 훈련받지 않은 새의 흔적을 찾아 코를 킁킁거렸다. 몇 분 뒤에는 시야에서 사라졌고, 조금 잦아든 방울 소리가 멀리서 울려 왔다.

잠시 평평한 길이 이어진 덕분에 아랍과 보조를 맞춰 걸어갈 수 있었고, 그 사이에 그는 포식자를 제거하기 위해 사냥용으로 훈련시켰던 다른 개들의 이야기를 들려주었다. 그중에서 특히 아꼈던 개가 있었는데, 짐승을 가차 없이 물어 죽이는 최고의 사냥개였다. 몇 년 전에는 그 개를 데리고 토끼 박멸 프로그램을 지원하기 위해 모리셔스 인근의 로드아일랜드에 갔었다. 그런데 기껏 그곳에 갔더니 토끼가 무서워 벌벌 떠는 바람에 다시 데리고 돌아와야 했다.

최근에 아랍은 거의 대부분의 시간을 이 섬에서 지내는 모양이었는데, 그건 그럴 수밖에 없었다. 섬의 생태계가 너무 위태로워져서 많은 토착종이 멸종위기에 몰렸고, 본토 동물들에게 섬은 마지막 피난처일 때가 많았다. 스튜어트섬에서 방음 상자에 담아 코드피시섬으로 공수한 스물다섯 마리의 카카포를 대부분 찾아낸 건 아랍이었다. 카카포는 새로운 곳에서 조금이라도 쉽게 적응할 수 있도록 원래 발견한 지역과 최대한 비슷한 환경에 풀어놓는 게 원칙이었다. 하지만 그중에 몇 마리나 새로운 환경에 적응했는지, 더 나아가 몇 마리나 살아남았는지 파악하는 건 대단히 힘들다.

해가 넘어가면서 그림자가 길어졌다. 카카포 똥을 발견한 우리는 신이 나서 그걸 손으로 비벼가며 냄새를 맡았는데 뉴질랜드 북섬의 고급 샤르도네 와인을 음미하는 소믈리에가 울고 갈 풍경이었다. 똥에서는 신선하고 깨끗한 풀 냄새가 났다. 카카포가 뜯어먹은 것처럼 보이는 양치류를 찾았을 때도 가슴이 뛰었다. 힘센 부리로 잡아당겨서 끝에 섬유질이 드러난 채 돌돌 말려 있었다.

하지만 정작 카카포는 보지 못한 채 하루를 마감해야 하는 건 별로 신나는 일이 아니었다. 저녁이 되자 비가 부슬부슬 내리기 시작했고, 우리는 갔던 길을 되돌아왔다. 저녁에는 숙소에서 위스키와 니콘 카메라를 미끼삼아 친구를 사귀는 일에 매진했다.

슬슬 자리를 마무리하려는데 아랍이 사실은 그날 카카포를 찾는 걸 기대하지 않았다고 털어놓았다. 카카포는 야행성이라서 낮에 보기가 무척 힘들었다. 카카포를 보려면 사물을 간신히 분간할 수 있을 정도로만 날이 밝고 땅 냄새가 아직 선명할 때 찾아나서야 했다. 아침 대여섯 시 정도가 적당했다. 그는 그 시간이 괜찮냐고 묻고는 수염을 휘날리며 방으로 들어갔다.

새벽 다섯 시면 가장 끔찍한 시간이고, 위스키 반병이 출렁거리는 속을 진정시키려고 안간힘을 쓰고 있다면 더 말할 나위가 없다. 춥고 쓰리고 쑤시는 몸을 간신히 일으켰다. 거실에서 들리는 경기관총 소리는 알고 보니 베이컨 굽는 소리였고, 그걸로 속을 다스리려 애를 쓰는 사이에 밖에서는 슬그머니 회색빛 아침 햇살이 번지기 시작했다. 나는 새벽을 찬미하며 호들갑을 떠는 사람들을 도무지 이해할 수 없었다. 새벽을 몇 번 맞아 본 적은 있지만 사진처럼 근사하지 않았다. 사진은 제정신이 들 무렵, 이를테면 점심때쯤 봤으니 더 근사해 보였을지도 모른다.

시무룩한 마음으로 꾸물꾸물 부츠를 신고 카메라를 챙겨서 간신히 집 밖으로 나간 시간은 6시 30분이었다. 터벅터벅 숲으로 들어갔다. 마크는 금세 신이 나서 희귀한 새를 가리켰고, 나는 그에게 저리 꺼지라고 말했다. 사실상 조류학 강좌의 날이 된 그날은 그렇게 시작됐다. 숲을 걸어가는데 게이너가 경치를 묘사해 달라고 했다. 나는 한 번만 더 마이크를 들이밀었다간 거기에 토를 할지 모른다고 대답했다. 머잖아 내 주변엔 아무도 없었다.

그래도 얼마쯤 걸어가자 숲이 그렇게 나쁘지만은 않다는 걸 인정해야 했다. 춥고 축축하고 미끄럽고, 빌어먹을 나무뿌리 같은 것들이 끊임없이 엉키면서 내 다리를 무릎에서 비틀어내겠다고 덤볐지만, 아무리 무섭게 눈을 부릅떠도 좀처럼 사라지지 않는 신선하고 눈부신 기운이 어려 있었다. 이날은 론 틴덜도 합류해서 민망할 만큼 씩씩한 스코틀랜드 걸음으로 정신 사납게 성큼성큼 걸어갔는데, 반짝이는 숲의 기운이 마음을 차분하게 달래주는 무슨 마법이라도 걸었는지, 얼마쯤 지나자 그 모습마저도 더 이상 골치를 지끈거리게 만들지 못했다. 저만치 안개 낀 나무들 사이로 보스의 부산한 방울 소리를 따라가는 파란색 격자무늬 울 방한복이 유령처럼 희미하게 보였다.

한참 후에야 간신히 아랍을 따라잡았을 때, 그는 이번에도 좁은 길에서 축축한 잔디에 쪼그리고 앉아 있었다.

"굉장히 최근의 배설물이에요." 그는 반점이 찍힌 부드러운 검은색 덩어리를 내밀었다.

"흰 점은 요산인데, 비에 씻기지도 않고 햇볕에 마르지도 않았잖아요. 보통 하루면 사라지는데 그렇다면 간밤에 싼 게 틀림없어요. 어제 우리가 지나갔던 그 자리니까, 아슬아슬하게 지나친 모양이네요."

얼씨구. 어제 조금만 더 오래 있었으면 오늘 더 늦게까지 잘 수 있었다는 얘기였다. 하지만 나무들 사이로 아침 햇살이 번지고 잎사귀에 맺혀 덧없는 아름다움을 자랑하는 이슬방울을 보자 이것도 그렇게 나쁘지 않다는 생각이 들었다. 실제로 너무나 많은 게 반짝이고 번쩍이고 빛을 내며 번뜩여서, 아침 햇살을 묘사하는 표현 중에 왜 이렇게 '비읍'으로 시작되는 말이 많은지 궁금해졌고, 이 얘기를 마크에게 했더니 그는 저리 꺼지라고 했다.

이런 대화로 기분이 좋아진 우리는 다시 길을 걸어갔다. 5미터나 갔을까, 이미 15미터는 족히 앞서 가던 아랍이 다시 걸음을 멈췄다. 이번에도 쪼그리고 앉아서 땅을 조금 파헤친 자국을 가리켰다.

"얼마 전에 판 거예요. 간밤인 것 같네요. 난초 뿌리를 먹으려 한 거예요. 여기 이 아래쪽에 부리 자국이 나 있어요."

이 정도면 오늘의 탐험 결과를 낙관해도 되는 건지 궁금했지만, 그걸 따지기 시작하자 머리가 지끈거려서 그만뒀다. 이 빌어먹을 새는 우리를 질질 끌고 다녔고, 오늘 저녁에는 또 다시 오두막에서 렌즈를 닦으며 모든 걸 긍정적으로 생각하려 애쓰고 있을 것 같았다. 게다가 위스키도 어제 다 마셔버렸으니 내일 코드피시섬을 떠날 때는, 우리를 맞아 주지 않은 새를 만나자고 2만 킬로미터 가까이 날아왔으며 이제 남은 건 다시 2만 킬로미터를 날아가 뭐든 쓸 거리를 찾아내는 일뿐이라는 사실을 멀쩡한 정신으로 깨달을 수 있을 것이다. 지금까지 살면서 더 어리석은 일도 많이 했겠지만, 그게 언제였는지 기억이 나지 않았다.

그 다음에 아랍이 걸음을 멈춘 이유는 깃털이었다.

"카카포 깃털이 떨어져 있네요." 덤불 옆에서 그걸 가볍게 집어 올리며 말했다. "상당히 노란 빛을 띠는 것으로 보아 가슴 언저리 털인 것 같아요."

"굉장히 부드러운데요." 마크가 그것을 받아 쥐고 빙빙 돌리며 희미한 햇빛에 비춰 봤다. "이것도 최근에 떨어진 건가요?" 목소리가 기대에 차 있었다.

"네, 굉장히 신선하네요." 아랍이 말했다.

"그렇다면 가장 가까이 근접했다는……?"

아랍이 어깨를 으쓱했다. "네, 그런 것 같아요. 그렇다고 해서 꼭 찾게 될 거라는 뜻은 아니에요. 발치에 두고서도 보지 못할 수 있으니까요. 지금까지의 증거로 볼 때 카카포는 초저녁, 그러니까 우리가 다녀간 직후에 활발한 활동을 한 것 같아요. 그리고 그건 안 좋은 소식인데, 간밤에 비가 내려서 냄새가 적잖이 씻겨 나갔잖아요. 냄새가 많이 남아 있기는 하지만 결정적이지 못해요. 그래도 운이라는 건 알 수 없으니까."

우리는 무거운 발걸음을 떼어 놓았다. 아니, 사실은 그렇게 무겁지 않았다. 오히려 조금 가벼워졌지만, 삼십 분이 흐르고 한 시간이 지나서 해가 중천에 떠오르자 아랍은 다시 한번 저 멀리 나무들 사이로 떠도는 유령이 되었고, 그러다가 완전히 사라져 버렸다. 발걸음의 가벼움도 사라졌다. 한동안은 나무 사이로 가벼운 바람에 실려 오는 보스의 희미한 방울 소리를 듣고 그럭저럭 따라갔지만, 그마저도 뚝 끊기자 길을 잃은 신세가 됐다. 론은 우리보다 조금 앞서 갔는데, 걸음걸이에서는 여전히 스코틀랜드 사람 특유의 활력이 넘쳤어도 어디로 가야 할지 난감하기는 그도 마찬가지였다.

양치류와 썩은 둥치가 빽빽한 제방으로 올라갔다. 론이 넓고 얕은 도랑 한복판에 어쩔 줄 모르는 표정으로 서 있었다. 게이너는 진흙 비탈에서 발을 헛디뎌 우아하게 엉덩방아를 찧으며 도랑으로 미끄러졌다. 손을 대자마자 부러지지 않는 유일한 나뭇가지에 내 카메라 줄이 걸렸다. 마크가 걸음을 멈추고 그걸 풀어주었다. 론은 금세 활력을 되찾았고, 도랑 반대편으로 훌쩍 뛰어올라 아랍을 불렀다.

"그들이 보여요?" 마크가 소리쳤다.

이때 한 가지 생각이 뇌리를 스쳤다. 우리가 길을 잃은 건 보스의 방울 소리가 들리지 않기 때문인데 그렇다면……, 마크도 동시에 같은 생각을 했고 우리는 한 목소리로 외쳤다.

"카카포를 찾은 거예요?"

뭐라고 대답하는 소리가 들렸다. 게이너가 우리 쪽을 보고 소리쳤다.

"카카포를 찾았대요!"

갑자기 모두가 활력을 찾았다. 소리를 치고 환호성을 지르며 넘어지는지 미끄러지는지도 모르고 도랑 바닥을 가로질러 맞은편 제방을 다시 넘어갔더니, 저 건너 가파른 비탈로 이어지는 이끼 덮인 제방 위에 세상에서 가장 기이한 장면이 펼쳐져 있었다. 그 장면과 비슷한 게 무엇인지 떠올리기까지는 잠시 시간이 걸렸고, 그걸 깨닫는 순간 흠칫 걸음을 멈췄다가 좀 더 조심스럽게 다가갔다. 그건 피에타, 성모자聖母子였다.

아랍은 이끼 덮인 제방에 책상다리로 앉아 있었고 축축하게 젖은 희끗한 수염이 무릎 위에서 나부꼈다. 그리고 그의 품에 안겨 수염에 가볍게 부리를 비비고 있는 것은 크고 뚱뚱하고 더러운 녹색 앵무새였다. 옆에서는 여전히 재갈을 단단히 물린 보스가 가만히 서서 고개를 한쪽으로 기울인 채 그 모습을 뚫어져라 쳐다보고 있었다. 그 기운에 눌린 우리는 조용히 그들에게 다가갔다. 마크는 나지막하게 앓는 소리를 냈다.

새는 매우 조용했고 꼼짝도 하지 않았다. 겁을 먹은 것처럼 보이지는 않았지만, 어찌된 영문인지 상황을 제대로 파악하고 있는 것 같지도 않았다. 아무 표정도 없는 커다란 검은 눈동자가 허공을 응시했다. 부리로는 아랍의 오른손 검지를 가볍게, 하지만 꽉 물고 있었고, 아랍의 손가락에서는 피가 났는데 새에게는 그게 진정 효과가 있는 모양이었다. 아랍이 슬그머니 손가락을 빼려 했지만 카카포는 그 손가락을 좋아했고, 그래서 결국 그대로 뒀다. 손에서 피가 조금 더 흘렀고, 어느새 모든 걸 적시고 있던 빗물에 섞여 방울방울 떨어졌다.

오른쪽에 서 있던 마크가 카카포에게 물리는 것도 영광이라는 취지의 말을 웅얼거렸는데, 나로서는 도저히 이해할 수 없는 시각이었지만 꼬투리는 잡지 않기로 했다.

아랍에게 어디서 발견했느냐고 물었다.

"보스가 찾았어요. 이 언덕 위로 10미터쯤 떨어진 곳에 있는 기우뚱한 나무 밑이었을 거예요. 개가 다가가자 도망쳐서 내려오는 걸 내가 여기서 붙잡았어요. 그래도 건강해요. 가슴이 폭신폭신한 걸로 봐서 올해 짝짓기 철이 가까워졌다는 걸 알 수 있어요. 좋은 소식이죠. 이곳에 이주해서 잘 정착했다는 뜻이니까."

카카포는 아랍의 무릎 위에서 자세를 조금 고쳤고 얼굴을 수염에 더 바짝 댔다. 아랍은 젖어서 헝클어진 녀석의 깃털을 부드럽게 쓰다듬었다.

"조금 긴장했어요. 무엇보다 소음에 특히 민감하거든요. 젖어서 아주 지저분해 보이죠. 처음에 보스가 찾아냈을 때에는 마른 둥지에 있었을 텐데, 방울소리가 들리고 개가 너무 가까이 다가오니까 도망쳐서 언덕을 달려 내려갔고, 내가 붙들었는데도 계속 도망치려 했어요. 이건 가볍게 문 거예요. 힘을 주려고 마음만 먹으면……."

그가 어깨를 으쓱했다. 카카포는 실제로 대단히 힘이 센 부리를 가졌다. 뿔로 만든 깡통 따개를 얼굴에 붙여 놓은 것 같았다.

"다른 새들처럼 느긋하지 못한 건 확실하죠." 아랍이 조용히 말했다.

"이렇게 붙들리면 많은 새들이 사실상 힘을 빼거든요. 물이 살까지 스며들면 다 젖어서 추울 테니까 너무 오래 데리고 있으면 안 되겠어요. 이제 놔주는 게 좋겠네요."

우리는 뒤로 물러섰다. 아랍은 조심스럽게 몸을 기울여 새를 앞에다 내려놓았다. 크고 힘센 발톱은 땅에 닿기도 전에 그걸 움켜쥐려는 듯이 허공을 할퀴어댔다. 마침내 아랍의 손가락을 놔준 카카포는 땅에서 중심을 잡더니 고개를 숙인 채 허둥지둥 달려갔다.

흥에 겨운 우리는 그날 밤 관리인 숙소에서 남은 맥주를 모두 비우고, 카카포의 코드피시섬 이주 기록을 훑어봤다. 아랍이 새의 발에 채운 인식번호를 적어왔다. 8-44263. 이름은 랠프였다. 스튜어트섬의 페가수스항에서 코드피시섬으로 온 건 약 일 년 전이었다.

"정말 반가운 소식이네요." 론이 탄성을 질렀다.

"정말 아주, 아주 좋은 소식이에요. 이주하고 불과 1년 만에 짝짓기 상태가 되었다는 건 우리의 이주 프로그램이 실효를 거두고 있다는 확실한 증거니까요. 우리는 여러분이 여기 오는 게 싫었고, 카카포를 추적하다 카카포를 자극하는 걸 원치 않았지만, 막상 이렇게 되고 나니…… 아주 유용한 정보를 얻게 됐어요. 정말 고무적인 상황이네요."

며칠 뒤, 피오르드랜드의 카카포 성에서 만난 돈 머튼에게 우리가 용서를 받은 것 같다고 말했다.

"네, 나도 그렇게 생각해요. 여러분이 논란을 일으키고 성가시게 굴었을지는 모르지만, 분위기를 쇄신한 것도 사실이에요. 기자회견은 대단히 효과적이었고 카카포 보호 프로그램을 보호국의 우선 과제로 재조명하는 결정이 임박했다고 하더군요. 그렇게 되면 더 많은 지원을 받게 되겠죠. 너무 늦은 게 아니기만을 바랍니다.

코드피시섬에는 현재 스물다섯 마리의 카카포가 있지만 그중에 암컷은 다섯 마리뿐이고, 그건 아주 심각한 문제예요. 우리가 파악한 바에 따르면 스튜어트섬에 남은 카카포는 단 한 마리뿐이고 수컷이에요. 계속해서 암컷을 찾고 있지만 별로 가망이 있을 것 같지 않아요. 리틀배리어섬의 열네 마리를 더한다 해도 남은 건 그 마흔 마리가 전부죠.

그리고 이 녀석들을 번식시키는 건 여간 힘든 일이 아니에요. 예전에는 개체수를 안정적으로 유지할 다른 방법이 없어서 번식을 굉장히 천천히 했었죠. 동물의 개체수가 너무 급격하게 증가하면 서식지가 감당할 수 있는 한계를 넘어서기 때문에 다시 급격하게 줄어들고, 다시 늘었다가 줄어들기를 반복하죠. 개체수가 크게 요동치면 재난에 버금가는 상황이 벌어지지 않더라도 멸종위기에 처할 수 있어요. 그러니까 카카포의 독특한 짝짓기 습성은 다른 행동들처럼 생존을 위한 메커니즘이었던 거예요. 하지만 그건 순전히 외부의 경쟁이 없었기 때문에 가능했었죠. 지금은 포식자에 둘러싸여 있기 때문에 인간이 직접적으로 개입하지 않고서는 오래 생존할 여지가 없어요. 그러니 이 노력을 계속해야죠."

이 얘기를 듣자 모터사이클의 비유가 다시 떠올랐지만 다행히 입 밖에는 내지 않았다. 모터사이클 엔지니어들에게는 동물학자에게 없는 해결책이 있었다. 산등성이를 따라 조심조심 헬기로 돌아갈 때 돈에게 카카포 프로그램의 장기대책이 뭐냐고 물었다. 그의 대답은 놀랍도록 적절했다.

"글쎄요." 그는 예의 그 조용하고 정중한 목소리로 말했다.

"뭐든 가능하고 유전공학도 있잖아요. 우리 세대가 끝날 때까지 잘 지켜서 다음 세대에 넘겨주면, 새로운 도구와 기술과 과학이 개발되겠죠. 우리가 할 수 있는 일은 더 이상 훼손하지 않고 최대한 좋은 상태로 다음 세대에게 물려주면서, 그들의 마음도 우리와 같기를 바라는 것뿐이에요."

몇 분 후에 헬리콥터는 카카포성 위로 날아올라 기수를 낮추더니 작은 구덩이에 아무도 건드리지 않은 쪼글쪼글한 고구마 하나를 남겨 놓은 채 밀포드 사운드를 향해 날아갔다.

5장

앞이 보이지 않는 공포

양쯔강돌고래

중국을 여행하면서 나를 가장 혼란스럽고 어리둥절하게 만든 건 귀에 들려오는 소리였다. 술집에서 그나마 조용한 구석을 찾고 있는데, 우리가 만나러 온 돌고래도 이와 똑같은 문제로 괴로워하고 있다는 생각이 뇌리를 스쳤다. 돌고래도 감각이 완전히 압도된 채 교란되어 있을 게 틀림없었다. …… 양쯔강돌고래는 소리에 의존해 살아간다. 청각이 놀랄만큼 예민하고, 작게 딸깍거리는 소리를 반복해서 소리 반응을 감지하는 음파 탐지 능력으로 주변을 '본다'. 다른 양쯔강돌고래와도 휘파람 같은 소리로 의사소통을 한다. 인간이 엔진을 발명한 이후 양쯔강돌고래가 사는 강은 끔찍한 악몽으로 변했다.

양쯔강

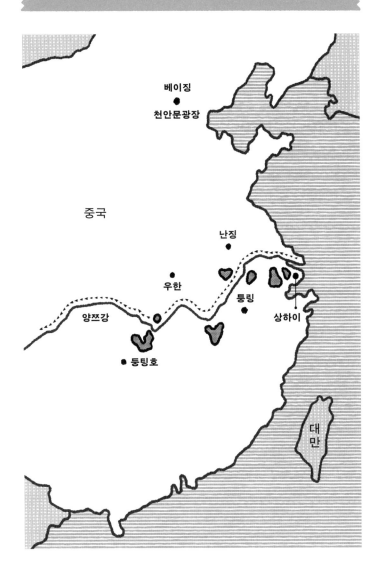

베이징
●
천안문광장

중국

난징
●

우한
●

퉁링
●

양쯔강

상하이
●

둥팅호
●

대
만

고정관념이라는 건 갖고 있으면서도 갖고 있는지 모를 때가 많아서, 호주에서 욕조의 물마개를 뽑았더니 물이 평소와 반대 방향으로 소용돌이치는 모습을 처음 보면 어리둥절해진다. 내가 집에서 굉장히 멀리 떠나와 있다는 사실을 물리법칙이 새삼 일깨워주는 것이다.

뉴질랜드에서는 심지어 전화기의 번호판마저도 시계 반대방향이다. 이건 물리법칙과는 아무런 상관이 없다. 그냥 뉴질랜드는 다를 뿐이다. 하지만 여기에 반대 방향이 있을 수 있다는 건 상상도 못했던 터라 적잖이 충격적이다. 생각도 못했던 생판 다른 상황이 버젓이 펼쳐져 있다. 땅이 푹 꺼지는 느낌이다.

번호판이 엉뚱한 곳에 붙어 있어서 뉴질랜드에서 전화를 걸 때는 정신을 집중해야 한다. 괜히 서둘렀다간 어김없이 엄한 곳에 전화를 걸게 된다. 어떻게 해볼 도리가 없는 오랜 습관이 몸을 지배하기 때문이다. 전화기 번호판을 누르는 습관은 뿌리가 너무 깊어서 고정관념이 되어 버렸지만, 우리는 그걸 당연시하는 것조차 깨닫지 못한다.

중국은 북반구에 있으니 마개를 뽑았을 때 물이 시계방향으로 소용돌이친다. 전화기의 번호판도 늘 보던 자리 그대로다. 두 가지는 아주 익숙하다. 하지만 이 두 가지를 제외한 나머지는 하나도 빠짐없이 죄 다르고, 그동안 당연시하는지도 몰랐던 고정관념으로 인해 곤란을 겪고 혼란에 빠지게 된다.

중국을 다녀온 사람들의 이야기를 간간이 주워들은 풍월 덕분에 중국이 이렇다는 걸 대충 알고 있었다. 나는 베이징으로 날아가는 장거리 비행기 안에서 오랜 습관을 끊고 고정관념을 지워야 한다는 생각에 조바심이 났다.

일단 애프터셰이브 로션을 잔뜩 사들이기 시작했다. 면세품 판매 카트가 지날 때마다 한 병씩 샀다. 살면서 이런 일은 처음이었다. 평소 같았으면 본능적으로 고개를 저은 후 보던 잡지로 다시 눈을 돌렸을 것이다. 그런데 이번엔 "네, 좋아요. 어떤 게 있죠?"라고 묻는 게 더 선㎢적인 행동 같았다. 이런 내 행동에 놀란 건 나뿐만이 아니었다.

"정신 나갔어요?" 내가 종류도 가지각색인 여섯 번째 로션을 손가방에 넣을 때 마크가 물었다.

"이성적인 행동의 구성 요소에 대한 뿌리 깊은 고정관념에 의문을 제기하며 그걸 뒤엎어 보려고 노력하는 중이에요."

"그러니까, 정신이 나갔다는 얘기죠?"

"그러니까, 긴장을 조금 완화하려 애쓰는 중이라는 거예요. 비행기에서 할 수 있는 임의적이고 대안적인 행동의 폭은 넓지 않으니 주어진 기회를 최대한 활용하는 것뿐이라고요."

"알았어요."

마크는 불편하게 자세를 틀고는 인상을 잔뜩 구긴 채 책을 들여다봤다.

"그건 다 어쩔 거예요?"

잠시 후 기내식을 먹을 때 마크가 물었다.

"낸들 알아요? 이거, 문제가 좀 있는 거죠?"

"말해 봐요. 뭔가 불안해서 그러는 거예요?"

"네."

"뭐가요?"

"중국이요."

세상에서 가장 넓고 길고 시끄럽고 더러운 하천의 중류에는 물에 빠져죽은 공주의 환생이 살고 있다. 한 200마리쯤 된다. 이게 같은 공주가 익사해서 200번 탈바꿈하며 환생한 것인지, 아니면 200명의 공주가 각각 환생한 것인지에 대해서는 전설이 조금 모호하고, 해당 지역에서 빠져죽은 공주에 대한 믿을 만한 통계치도 존재하지 않아서 궁금증을 명쾌하게 해결하기는 힘들

것 같다.

만약 그게 전부 똑같은 공주의 환생이라면, 현생에서 이런 고통을 되풀이하다니 어지간히 죄 많은 삶이었던 모양이다. 공주의 환생들은 지금 끊임없이 선박의 프로펠러에 난자당하고, 비늘이 주렁주렁 매달린 그물에 걸리고, 눈멀고 유해물질에 중독되면서 귀까지 먼 채 살아가고 있다. 여기서 말하는 하천이란 양쯔강이고 환생한 공주는 바이지白鱀豚, 그러니까 양쯔강돌고래다.

"우리가 돌고래를 볼 확률이 얼마나 되나요?" 마크에게 물었다.

"전혀 모르겠어요. 중국 밖에서는 어떤 것도 정보를 얻기 힘든데다가, 그나마도 대부분 내용이 엇갈리거든요. 하지만 이 돌고래는 양쯔강의 여러 지역에서 발견된답니다. 엄밀히 말하면 발견이 안 된다고 해야 하나. 아무튼 대표적인 곳은 안후이성의 퉁링銅陵이라는 마을을 중심으로 200킬로미터에 달하는 지역이라는군요. 양쯔강돌고래 보존 운동이 펼쳐지는 곳도 그곳이고, 우리가 지금 가는 곳도 거기예요. 난징에서 배를 타고 퉁링으로 갈 건데, 난징에는 이 돌고래의 세계적인 권위자인 저우 박사가 있어요. 난징까지는 상하이에서 기차를 타고 갈 예정이고요. 상하이까지는 베이징에서 비행기를 타고 갈 겁니다. 일단 베이징에 하루이틀 머물면서 분위기 적응도 하고, 우리가 계획한 일정이 실제로 가능한지도 가늠해 봅시다. 장장 수천 킬로미터를 이

동해야 하는, 아마 말도 안 되게 어려운 길이 될 거예요."

"만약 잘못되면 다른 대책이 있나요? 저우 박사라는 분이나 그 밖의 사람들과 만나기로 한 날은 언제예요?"

"만나기로 해요? 그게 무슨 소리예요? 그 사람들은 우리에 대해 들어본 적도 없는데. 중국에서는 누군가와 연락을 한다는 게 가능하지 않아요. 찾아내면 다행이고, 그 사람들이 우리를 만나 주겠다고 하면 그건 천운이죠. 사실 그 사람들이 실제로 있는지도 반신반의해요. 지금 우리는 완전한 미지의 세계로 들어가고 있는 겁니다."

우리는 약속이라도 한 것처럼 창밖으로 시선을 돌렸다. 세상에서 가장 큰 어둠이 내려앉아 있었다.

"이제 딱 한 병 남았는데요, 손님." 그때 승무원이 내게 말했다. "면세품 판매를 종료하기 전에 마저 구입하시겠어요? 그럼 모든 종류를 완벽하게 구비하실 수 있는데."

덜컹거리는 미니버스를 타고 베이징 외곽의 호텔에 도착했을 땐 밤이 꽤 깊은 시각이었다. 아무튼 나는 외곽이라고 생각했다. 거기가 어디쯤인지 판단할 기준 같은 게 우리에겐 없었다.

길은 넓고 가로수가 늘어서 있었지만, 오싹할 정도로 고요했다. 자동차라도 한 대 지나가면 다른 소음에 묻혀드는 법 없이 그 자동차 소리만 줄기차게 울렸다. 가로등엔 불투명 유리를 씌우지 않아서 강렬한 빛에 잎사귀와 나뭇가지가 도드라졌고, 벽에 비친 그림자도 선명했다. 자전거 탄 사람들이 지나가면 길 위에 그림자가 뒤엉켰다. 간간이 가로등 밑에 당구대를 세워 놓고 볼을 때리는 소리로 인해 기하학적인 거미줄 위에서 움직이는 느낌이 더해졌다.

좁은 골목이 교차하는 모퉁이에 자리 잡은 호텔의 전면은 붉은 용과 금빛 탑처럼 익숙한 중국의 상징들로 현란했다. 카메라 장비와 녹음기, 옷과 애프터셰이브가 가득 든 가방을 둘러메고 갖가지 모양으로 조각한 젓가락과 인삼, 정력에 좋은 약초들이 전시된 긴 유리 진열장을 지나 로비로 들어가서 체크인 수속을 기다렸다.

느낌이 묘했다. 뉴질랜드의 전화기 번호판처럼, 이번에도 머나먼 이국땅에 와 있다는 사실을 일깨워주는 건 작고 사소하고 어리둥절한 것들이었다. 중국인들이 우리가 담배를 쥐듯 탁구채를 쥔다는 건 알고 있었다. 하지만 담배를 우리가 탁구채 쥐듯 쥐는 줄은 몰랐다.

방은 작았다. 내 키의 절반쯤 되는 사람을 기준으로 만든 것 같은 침대에 걸터앉아, 머리맡 탁자에 놓은 붉은색과 금색의 커다란 보온병 사이에 싱숭생숭 심란한 애프터셰이브 컬렉션을 가지런히 늘어놓았다. 이걸 어떻게 할지 고민이 됐다. 자면서 생각해 보기로 했다. 그럴 수 있기를 바랐다. 호텔의 안내책자를 읽으니 왠지 마음이 불안해졌다. "조용하고 쾌적한 환경 조성을 위하여 춤, 고성방가, 말다툼, 주먹다짐, 과도한 음주로 공공에 불편을 주는 행위를 금합니다. 애완동물과 가금류의 호텔 반입을 금합니다."

아침이 되자 또 다른 문제가 발생했다. 이를 닦고 싶었지만, 세면대 수도꼭지에서 나오는 은은한 황토색 물이 아무래도 꺼림칙했다. 크고 요란한 보온병을 열어봤지만 차를 마시라고 들어 있는 물이 절절 끓었다. 물을 조금 따라서 식게 놔두고 마크와 음향기사인 크리스 뮈어를 만나 늦은 아침을 먹으러 갔다.

마크는 어느새 난징으로 전화를 걸어 양쯔강돌고래 전문가인 저우 박사에게 연락을 취했고 이래서 될 일이 아니라는 결론을 내렸다. 상하이행 비행기를 타기까지 이틀이라는 시간이 있으니 그동안은 여느 관광객들처럼 지내보기로 했다.

드디어 이를 닦을 수 있을 거라고 생각하면서 방으로 돌아왔건만, 어느 틈에 메이드가 들어와서 식으라고 따라 둔 물잔을 씻어서 엎어놓고 보온병에 절절 끓는 물을 다시 채워 놓았다.

맥이 빠졌다. 이 잔에서 저 잔으로 물을 따르며 식혀 보려 했지만, 한참이 지나도록 물은 여전히 뜨거웠고 칫솔을 물고 있는 입속이 바짝바짝 말랐다.

웬만큼 전략적인 생각을 하지 않고서는 이를 닦지 못하겠다는 걸 깨달았다. 나는 잔에 물을 따라서 찬장 깊숙한 곳에 보이지 않게 잘 숨겨 놓고는 애프터셰이브 한 병을 처리할 요량으로 침대 밑에 던져 넣었다.

우리는 선글라스를 끼고 카메라를 챙겨서 밖으로 나갔다. 베이징 외곽으로 한 시간 거리에 있는 바다링八達領 지역의 만리장성을 보며 하루를 보냈다. 그렇게 오래된 유적치고는 얼마 전에 지은 것처럼 보였는데, 어쩌면 우리가 본 부분만 그런 모양이었다.

언젠가 일본에서 교토로 금각사를 보러 갔다가 14세기에 지었다는 절이 오랜 풍상에도 불구하고 너무나 잘 보존되어 있어서 조금 놀랐던 기억이 난다. 그런데 알고 보니 풍상을 잘 견디기는커녕 이번 세기에만 두 번이나 화재로 전소됐다는 것이다.

"그러니까 원래 건물이 아니라는 건가요?" 내가 일본인 가이드에게 물었다.

"왜요? 당연히 그렇죠." 그는 내 질문이 놀랍다는 듯이 힘주어 말했다.

"하지만 전소됐다면서요."

"그래요."

"두 번이나."

"여러 번."

"그래서 다시 지었다면서요."

"당연하죠. 중요한 역사 유적이니까."

"완전히 새로운 자재로."

"물론이죠. 다 타버렸으니까."

"그런데 어떻게 같은 건물이라는 거죠?"

"예나 지금이나 같은 건물이에요."

단지 의외의 전제에서 도출됐을 뿐, 사실상 흠 잡을 데 없이 합리적인 시각이라는 걸 인정하지 않을 수 없었다. 건물의 개념, 그것의 의도와 설계는 전부 그대로이며 여전히 건물의 핵심이었다. 원래 그 건물을 지은 사람의 의도는 고스란히 이어졌다. 그 건물을 짓는 데 사용한 나무는 썩기도 하고 필요에 따라 교체되기도 한다. 과거의 감상적인 유물에 불과한 원래의 자재에 지나치게 집착하면, 살아 있는 건물 자체를 보지 못한다. 내가 지닌 서구인의 고정관념에 반하기 때문에 완전히 편안하게 받아들일 수는 없었지만, 논리의 요점만은 인정해야 했다.

만리장성의 재축조에도 이런 원칙이 적용됐는지는 알 수 없었다. 내 질문을 이해하는 사람을 찾지 못했기 때문이다. 새로 지은 구역에는 관광객과 코카콜라 판매점, 만리장성 티셔츠와 배터리로 움직이는 판다곰 인형 등을 파는 가게가 우글거렸는데, 이것도 그 원칙과 무슨 관련이 있는지 모를 일이다.

우리는 호텔로 돌아왔다. 메이드는 내가 숨겨놓은 물잔을 찾아서 씻어 놓았다. 침대 밑의 애프터셰이브 병도 찾아서 탁자 위다른 물건들 옆에 가지런히 놓은 걸 보면, 그걸 찾느라 구석구석 샅샅이도 뒤진 모양이었다.

"그러지 말고 그냥 쓰면 되잖아요?" 마크가 물었다.

"냄새를 맡아 봤는데 하나같이 지독하니까 그러죠."

"사람들한테 크리스마스 선물로 줘요."

"그때까지 저것들을 들고 전 세계를 돌아다니긴 싫어요."

"그걸 왜 샀다고 그랬죠?"

"기억 안 나요. 저녁이나 먹으러 갑시다."

우리는 바삭한 오리 튀김이라는 이름의 식당에 가서 저녁을 먹고 시내 중심가를 걸어서 천안문광장에 갔다.

이때가 1988년 10월이었다는 사실을 밝혀야겠다. 나는 천안문광장이라는 이름을 들어본 적이 없었고, 그때까지만 해도 세상 사람들 대부분이 마찬가지였다.

광장은 광활하다. 밤에 가면 저 멀리 까마득하게 소실되는 끝을 가늠할 수 없다. 한쪽에는 자금성으로 들어가는 천안문이 있고, 거기 걸린 마오쩌둥의 거대한 초상화는 광활한 광장을 가로질러 자신의 시신이 위엄 있게 안치되어 있는 반대편의 능을 바라본다. 그 사이에서 그의 시선을 받는 공간은 들뜬 분위기였다. 올림픽을 축하하기 위해 만화 주인공 모양으로 다듬은 정원수를 가져다 놓았다.

광장은 사람들로 가득하거나 붐비지는 않았지만(그러려면 수만 명도 모자라 수십 만 명은 있어야 할 테니까) 부산했다. 아이(대부분은 외동 아이 한 명)를 데리고 나온 가족 단위가 많았다. 다들 한가로이 거닐며 담소를 나눴고, 광장이 제집 안마당이라도 되는 것처럼 스스럼없이 돌아다녔으며, 아이들이 뛰어다니며 자기들끼리 어울려 놀아도 전혀 개의치 않았다. 유럽의 큰 광장에서는 상상하기 힘든 풍경이었고 미국에서는 생각도 할 수 없는 일이었다.

사실 부산한 공공장소에서 이렇게 편하고 여유로운 느낌을, 그것도 밤중에 누려본 적이 있는지 기억나지 않았다. 사위가 조용해지자 서구의 도시에서 집 밖에 나서는 순간 무의식적인 습관처럼 생각을 지배하는 편집증적인 경계심이 불현듯 모습을 드러냈다. 그건 정말이지 마법 같은 고요함이었다.

하지만 중국에서 그렇게 마음이 편했던 순간, 사실상 조금이라도 편한 마음이 들었던 순간은 아마 이때뿐이었다는 얘기를 하지 않을 수 없다. 중국은 대체로 번잡하고 짜증나고 종잡을 수 없는 나라였다. 그러나 그날 저녁의 천안문광장은 편안했다. 그랬으니 몇 달 후에 천안문광장이 모든 사람의 마음속에서 끔찍한 재앙의 현장으로 가혹하게 탈바꿈됐을 땐 너무나 당혹스러웠다. 그곳은 실재의 장소가 아닌 시간의 이정표가 되었다. 우리가 그곳에 갔던 건 '천안문 사태 이전'이었고, 탱크가 밀고 들어온 다음은 '천안문 사태 이후'가 됐다.

다음 날 아침 일찍 다시 광장으로 나갔다. 축축한 안개가 자욱한 가운데 장사진을 이루는 사람들 끝에 가서 줄을 섰다. 능에 들어가 방풍유리 속에 성장을 갖추고 누워 있는 마오 의장의 시신을 보려는 사람들이 아침마다 광장에 나와 줄을 섰다.

줄의 길이는 믿기지 않을 정도였다. 안개에 싸여 보이지 않는 곳까지 나갔다가 다시 돌아오는 식으로 구불구불 포개진 줄이 끝없이 이어졌다. 서너 명씩 나란히 선 사람들은 나팔바지에 노란색 방한복을 입은 관리들이 확성기에 대고 외치는 소리에 맞춰 한 걸음씩 앞으로 나아가며 광장을 가로질렀다가 다시 거슬러 되돌아왔다. 전날 저녁의 여유롭던 분위기는 음산한 아침 안개 속에 자취를 감췄고, 광장은 거대한 인간 야적장으로 변했다.

처음에 줄을 설 때는 하루 종일 걸릴까 싶어 조금 망설였지만, 고함을 지르는 완장들 덕분에 쉬지 않고 앞으로 나아갔고 입구에 다가갈수록 가속이 붙었다. 줄 끝에 붙어선 지 세 시간 만에 우리는 등을 떼밀리듯 붉은 카펫이 깔린 성스러운 능 안으로 들어갔고, 작고 통통한 밀랍 같은 시신을 최선을 다해 정중하게 스쳐지났다.

능으로 들어갈 때까지 그토록 빈틈없이 엄격하게 관리됐던 줄이 반대편으로 나오는 순간 우르르 흩어져 기념품 가게로 들어갔다. 그 모습을 보자 건물 위에서 이 광경을 내려다본다면 거대한 고기 다지는 기계 같겠다는 생각이 들었다.

광장 전체와 주변 거리에는 공공 스피커가 거미줄처럼 설치되어 하루 종일 음악을 틀어댔다. 대부분은 무슨 노래인지 알아듣기 힘든데, 음질이 워낙 떨어지는데다가 소리마저 쿵쿵 울리기 때문이다. 그런데 몇 분 뒤에 천안문 꼭대기에 올라갔더니 우리가 듣는 음악이 뭔지 좀 더 분명하게 알 수 있었다.

진작 설명했어야 했지만, 천안문은 크고 밋밋한 구조물로 아래의 홍예문을 통해 자금성으로 이어진다. 누각은 커다란 발코

니로 조성해 놓았으며 뒤쪽에는 접견실 같은 것도 마련되어 있다.

천안문은 명나라 때 황제가 백성 앞에 나가 칙령을 내리기 위한 용도로 지어졌다. 이 문도 광장처럼 중국 정치사에서 중요한 역할을 해왔다. 발코니에 올라가면 1949년 10월 1일에 마오쩌둥이 중국인민공화국 수립을 선포했다는 자리에 서 볼 수 있다. 그 자리는 분명하게 표시되어 있고, 그때의 사진들도 전시되어 있다.

거기서 내려다보는 광활한 천안문광장은 정말 특별하다. 마치 산기슭에서 평원을 굽어보는 느낌이다. 인구가 전 세계 4분의 1에 육박하는 이 나라에서, 이 문이 차지하는 정치적 위상을 감안하면 더 대단하다. 중국 역사의 상징이자 중심인 그곳에 서서, 그 힘에 압도되지 않기란 힘들다. 그와 더불어 인민의 이름으로 권력을 장악하고, 문화대혁명에서 보인 잔혹함에도 불구하고 여전히 인민들에게 건국의 아버지로 추앙받는 샤오산 출신 소작농의 비전에 깊이 감동하지 않기도 힘들다.

그런데 마오쩌둥이 중국인민공화국의 건립을 선포한 그 자리에 서 있을 때 스피커에서는 「비바 에스파냐」에 이어 「하와이 수사대」 주제곡이 흘러나왔다.

어디선가, 누군가, 또 요점을 잘못 짚었다는 느낌을 떨쳐내기 힘들었다. 그게 내가 아니라고 장담할 수 없었다.

우리는 다음날 상하이로 갔고, 중국을 가로질러 천천히 다가가고 있는 돌고래에 대해 생각하기 시작했다. 우리는 녀석들을 생각하기 위해 평화호텔의 술집에 들어갔다. 그곳은 자기가 하는 말조차 들리지 않을 정도로 시끄러워서 생각을 하기에 적합한 장소가 아니었지만 그래도 어떤 곳인지 알아보고 싶었다.

평화호텔은 상하이가 세계적인 도시였던 시절을 일깨워주는 상징 같은 곳이다. 30년대에 이 호텔은 케세이라는 이름으로 불렸고, 이 도시에서 가장 화려한 장소였다. 잘 차려입은 사람들이 자태를 뽐내고 과시하러 이곳에 모여들었다. 노엘 카워드는 이 호텔의 스위트룸에서 『사생활』의 초고를 썼다.

지금은 페인트가 벗겨지고 어두침침한 로비로 바람이 새어 들었으며 '세계적인 평화호텔 재즈밴드'의 홍보용 포스터는 매직으로 써서 스카치테이프로 붙여놓았다. 화려하던 케세이 시절의 유령은 먼지 자욱한 샹들리에 위에서 지난 40년 사이에 대체 무슨 일이 일어났는지 어리둥절할 뿐이었다.

로비 옆에 붙은 술집은 어둡고 천장이 낮았다. 세계적이라는 평화호텔 재즈밴드의 그날 공연은 이미 끝이 났고, 그 자리를 다른 밴드가 메우고 있었다. 포스터에서는 1930년대의 음악을 그 시절 그 자리에서 그 느낌 그대로 들을 수 있는 세계에서 유일한 곳이라고 장담했다. 세계적인 밴드는 그 약속을 지키는지 모르겠지만 대타 밴드는 그렇지 못했다. 그들은 「에델바이스」와 「그린슬리브스」, 「올드 랭 사인」을 하염없이 되풀이했고, 사이

사이에 「뉴욕뉴욕」과 「시카고」, 「내 마음을 샌프란시스코에 두고 왔네」를 뚱땅거렸다.

그건 두 가지 점에서 이상했다. 첫째, 이건 관광객만을 위한 선곡이 아니었다. 중국은 어딜 가나 이런 음악이 나왔는데, 처음 세 곡은 특히 심했다. 라디오에서, 상점에서, 택시를 타건 기차를 타건, 양쯔강을 쉼 없이 오르내리는 여객선에서도 이런 음악이 나왔다. 대개는 리처드 클레이더만의 연주였다. 대체 누가 리처드 클레이더만의 음반을 사나 했더니 중국 사람들이었다. 이 나라엔 십억 명이 살고 있었다.

또 한 가지는 이 음악이 이들에게도 낯설다는 점이었다. 물론 외국곡이니 그럴 수도 있겠지만 음악도 마치 외국말 하듯 연주하는 것 같았다. 트럼펫이나 드럼의 즉흥 연주는 처음부터 끝까지 끔찍할 정도로 엉망진창이었다. 1960년대에 조지 해리슨의 시타르 연주를 들은 인도 사람들의 심정이 이랬을까 싶었지만, 그때 조지 해리슨을 조금 만지작거리다 말았다. 인도 음악의 엉성한 흉내는 결국 서구 대중음악을 밀어내고 그 자리를 차지하지 못했다. 중국 사람들이 곤죽 같은 「올드 랭 사인」과 「리틀 브라운 저그」를 들을 때, 그들은 나와 전혀 다른 음악을 듣는 게 분명했고 그게 어떤 것인지 나로서는 알 길이 없었다.

중국을 여행하면서 나를 가장 혼란스럽고 어리둥절하게 만든 건 귀에 들려오는 소리였다. 술집에서 그나마 조용한 구석을 찾고 있는데, 우리가 만나러 온 돌고래도 이와 똑같은 문제로 괴로워하고 있다는 생각이 뇌리를 스쳤다. 돌고래도 감각이 완전히 압도된 채 교란되어 있을 게 틀림없었다.

일단 양쯔강돌고래는 반쯤 장님이다. 그건 양쯔강에서는 볼 게 아무것도 없기 때문이다. 양쯔강은 너무 혼탁해서 시계視界가 몇 센티미터에 불과해, 사용하지 않다보니 양쯔강돌고래의 눈은 점점 퇴화했다.

흥미롭게도 태아의 발달과정을 보면 동물의 진화과정에서 일어난 변화를 짐작할 수 있을 때가 많다. 이를테면 지나간 상황의 재연 장면인 셈이다.

잘 보이지 않는 눈이지만 그나마 감지되는 빛, 그러니까 수면 위에서 수직으로 내려오는 빛을 최대한 활용할 수 있도록 양쯔강돌고래의 눈은 머리 꼭대기에 붙어 있다. 다른 돌고래들은 대부분 주변과 아래를 두루 살필 수 있도록 눈의 위치가 그보다 훨씬 아래쪽에 있고, 양쯔강돌고래의 경우에도 태아의 눈은 아래에 위치한다. 그런데 태아가 성장할수록 눈이 점점 머리 위로 올라가고 눈동자를 아래로 당겨주는 근육은 발달할 기미가 보이지 않는다. 그래서 아래쪽은 아예 볼 수가 없다.

그렇다면 양쯔강돌고래 태아의 눈이 이동하는 것으로 양쯔강 토양 침식의 변천사를 설명할 수 있을지도 모른다. (다른 곳에 살던 양쯔강돌고래가 양쯔강의 흙탕물로 이주해서 새로운 환경에 적응했을 가능성도 있다. 확인할 길은 없다. 어느 쪽이든 양쯔강은 양쯔강돌고래종이 살기 시작한 이후로 훨씬 더 혼탁해졌는데, 가장 큰 원인은 인간이다.)

그 결과 양쯔강돌고래는 강 속에서 운신하기 위해 다른 감각을 사용해야 했다. 양쯔강돌고래는 소리에 의존해서 살아간다. 청각이 놀랄 만큼 예민하고, 작게 딸깍거리는 소리를 반복해서 소리 반응을 감지하는 음파 탐지 능력으로 주변을 '본다'. 다른 양쯔강돌고래와도 휘파람 같은 소리로 의사소통을 한다.

인간이 엔진을 발명한 이후 양쯔강돌고래가 사는 강은 끔찍한 악몽으로 변했다. 중국의 도로체계는 대단히 열악하다. 철도가 있지만 전국을 망라하지 못하기 때문에 양쯔강(중국에서는 '긴 강'이라는 뜻의 창지앙長江이라고 부른다)이 주요 고속도로인 셈이다. 이곳엔 늘 배가 넘실댄다. 그게 어제오늘 일은 아니지만 예전엔 돛단배였는데 지금은 낡고 녹슨 증기화물선, 컨테이너 선박, 거대한 페리호, 여객선과 바지선까지 엔진을 부릉거리며 강물을 휘젓는다.

내가 마크에게 말했다. "물속은 끝없는 아수라장일 거예요."

"뭐라고요?"

"여기서 저 밴드의 연주를 들으며 이야기를 나누는 우리도 힘들지만, 물속은 끝없는 아수라장일 거라고요."

"지금까지 앉아서 계속 그 생각을 하고 있었던 거예요?"

"네."

"웬일로 조용하다 했어요."

"장님이 디스코텍에 산다면 어떤 느낌일까 상상해 봤어요.

또는 여러 디스코텍을 전전하며 살거나.”

“글쎄요, 그보다 더 심하지 않을까요? 돌고래는 소리에 의존해서 세상을 보니까.”

“그런가요. 그렇다면 디스코텍에서 사는 귀머거리 같겠네요.”

“왜죠?”

“사이키 조명에 섬광에 거울, 레이저 같은 것들. 계속되는 정보의 혼선. 그렇게 하루 이틀만 지나면 완전히 얼이 빠지고 방향감각을 잃으면서 여기저기 걸려 넘어지기 시작하겠죠.”

“사실 지금 상황이 바로 그래요. 돌고래들은 계속해서 보트에 치이고 프로펠러에 몸이 잘리고 그물에 걸려요. 돌고래의 음파 탐지 능력은 밑바닥에 떨어진 작은 반지를 찾을 수 있을 정도로 뛰어나거든요. 그런데도 배에 머리통이 부서지기 직전이라는 걸 알 수 없다면 상황이 굉장히 심각한 거죠. 물론 물을 오염시키고 물고기를 기형으로 만드는 오물과 화학성분, 산업 폐기물과 인공비료를 양쯔강에 버리는 것도 문제예요.”

“그럼 만약 당신이 반 장님이거나 반 귀머거리인데 사이키 조명이 현란하고, 오물이 넘쳐나고, 천장에 달린 선풍기에 계속 머리를 찧고, 먹을 것까지 열악한 디스코텍에서 살고 있다면 어떻게 하겠어요?”

“관리자에게 항의해야죠.”

“돌고래들은 그럴 수 없잖아요.”

"그렇죠. 관리자가 상황의 심각성을 파악해주길 기다려야죠."

잠시 후에 나는 이를테면 관리자의 대표 자격으로 양쯔강 수면 밑에서 어떤 소리가 나는지 들어봐야 하지 않겠냐고 제안했다. 녹음을 해 보자는 얘기였다. 하지만 나도 그제야 녹음에 생각이 미쳤기 때문에 수중 마이크를 미리 준비하지 못했다.

"한 가지 방법이 있긴 해요." 크리스가 말했다. "BBC에는 응급상황에서 마이크에 방수처리를 하는 방법이 있거든요. 마이크를 콘돔에 넣는 거예요. 혹시 콘돔 가진 분 계세요?"

"음, 아니요."

"세면도구 가방에 숨겨 둔 거 없어요?"

"없어요."

"그러면 나가서 사와야겠군요."

나는 이제 소리로 세상을 파악하기 시작했다. 중국에는 대단히 독특한 소리가 두 가지 있는데, 리처드 클레이더만까지 치면 세 가지가 된다.

첫 번째는 침 뱉는 소리다. 이 나라에서는 남녀노소 가리지 않고 전부 침을 뱉는다. 어딜 가더라도 그 소리가 끊이지 않는다. 저 밑에서부터 끌어올린 가래를 입에 모았다가 그 점액질을 허공에 내뱉는 쉿소리. 그리고 운이 좋으면 타구唾具＊에 떨어지는 소리까지 들을 수 있다. 타구는 어디서나 쉽게 찾아볼 수 있다. 방마다 최소한 하나는 있다. 어느 호텔 로비에서는 구석진 곳에 전략적으로 배치해 놓은 타구를 열두 개까지 세어 본 적이

◆ 가래나 침을 뱉는 그릇

있다. 상하이 거리에는 길모퉁이마다 플라스틱 타구를 설치해 놓았는데, 담배꽁초와 쓰레기 사이에 걸쭉하게 똬리를 틀고 거품을 뽀글뽀글 일으키는 가래가 가득하다. "침 뱉지 마시오"라는 경고 문구도 많이 봤지만 중국어가 아니라 영어로 써놓은 걸 보면 구색 맞추기 용도이지 싶다. 요즘은 거리에서 침을 뱉으면 경범죄로 벌금을 낸다는 얘기를 들었다. 만약 그걸 실제로 시행한다면 중국 경제 전체가 휘청일 것이다.

또 하나는 중국의 자전거 벨소리다. 벨의 종류는 단 하나뿐이며, 카메라도 생산하는 시걸이라는 회사의 제품이다. 카메라는 세계 최고가 아니지만 자전거 벨만큼은 그럴 듯한데, 어마어마한 사용량에도 끄떡없도록 만들기 때문이다. 벨은 크고 단단하며 크롬 몸체에서 나는 소리는 우렁차다. 그리고 거리에서는 그 소리가 끝없이 울려 퍼진다.

중국에서는 누구나 자전거를 탄다. 자가용 자동차라는 개념은 금시초문이다. 상하이 거리는 전차와 택시, 승합차와 트럭, 그리고 자전거로 물결친다. 넓은 교차로에서 이 광경을 처음 보면 머잖아 대형 참사가 일어날 것 같은 불안감이 엄습한다. 사방에서 자전거가 물밀듯 밀려들고, 트럭과 전차는 전속력으로 교차로를 가로지른다. 사방에서 벨과 경적이 울리지만 아무도 멈출 기세가 아니다. 이젠 도저히 피할 수 없을 것 같아서 눈을 질끈 감고 금방이라도 금속이 충돌하며 뒤엉키는 끔찍한 소리가 들려올까 봐 진저리를 치지만, 희한하게 아무 일도 벌어지지 않는다.

어떻게 그럴 수 있을까? 다시 눈을 뜬다. 수십 대의 자전거와 트럭이 마치 빛줄기인 양 다들 제 갈 길로 지나갔다.

이제 눈을 똑바로 뜨고 어찌된 영문인지 알아보려 한다. 하지만 아무리 눈을 부릅뜨고 지켜봐도 물질로 이루어지지 않은 것처럼 한꺼번에 벨을 울리며 스쳐가는 자전거 군무의 미스터리는 도저히 풀어낼 엄두가 나지 않는다.

서양에서는 벨이나 경적을 울리면 대부분 공격적인 행동으로 간주된다. 그건 경고거나 훈계다. "저리 비켜", "얼른 꺼지지 못해", 아니면 "너 바보냐?" 뉴욕 거리에서 경적이 빵빵대면 도로 분위기가 험악하다는 걸 짐작할 수 있다.

그런데 중국에서는 소리의 의미가 전혀 다르다는 걸 서서히 깨닫게 된다. "저리 비키지 못해, 이 멍청아"가 아니라 단순히 "나 지나가요"라는 명랑한 소리다. 물론 계속해서 울려대니까 "나 지나가요, 나 지나가요, 나 지나가요, 나 지나가요, 나 지나가요……"가 되겠지만.

콘돔을 사기 위해 붐비고 시끄러운 거리를 뚫고 지나가려니, 중국의 자전거 무리도 일종의 음파 탐지 기술을 이용하는 게 아닐까 싶었다.

"어떻게 생각해요?" 마크에게 물었다.

"당신이 중국에 온 후로 이상한 생각만 한다고 생각해요."

"그렇긴 해요. 하지만 자전거 무리가 모두 한꺼번에 종을 울린다면 다른 사람들이 어디 있는지 상당히 또렷한 공간지각을 할 수 있지 않을까요. 라이트가 부착된 자전거가 하나도 없다는 거 알아요?"

"네……."

"어디서 읽었는데, 언젠가 시인인 제임스 펜튼이 중국에서 밤에 라이트를 켜고 자전거를 탔더니 경찰이 불러 세워서는 그걸 떼라고 했대요. '다들 자전거에 라이트를 켜고 돌아다니면 어떨 것 같냐'면서. 그러니까 이 사람들은 소리로 위치를 파악하는 게 분명해요. 그리고 자전거를 타는 여기 사람들의 또 한 가지 비범한 점은 내면의 평정심이에요."

"뭐라고요?"

"그러니까 그게 아니면 뭐겠어요. 버스가 달려오는데도 아무렇지 않게 자전거를 타고 그 앞을 지나가잖아요. 솔직히 충돌을 하더라도 버스야 무슨 큰 탈이 나겠어요? 그런데 손가락 한 마디 차이로 아슬아슬하게 비껴가면서도 자전거에 탄 사람은 그걸 아는지 모르는지 무념무상한 표정이에요."

"안 그럴 이유가 뭐예요? 버스에 부딪히지 않았는데."

"하지만 아슬아슬했잖아요."

"아슬아슬했지만 비껴갔죠. 그게 핵심이에요. 우리는 누군가 가까이 다가오면 경계하는데, 그걸 공간에 대한 침입으로 간주하기 때문이죠. 중국 사람들은 사생활이나 개인의 공간을 침해받는 것에 크게 개의치 않아요. 그 사람들은 우리더러 신경과민이라고 할 걸요."

이름이 프랜드십스토어라서 왠지 콘돔을 살 수 있는 곳처럼 보였지만 뜻을 전달하기가 쉽지 않았다. 다양한 매장과 매대를 갖춘 드넓은 백화점을 아무리 전전해도 우리를 도와줄 만한 사람은 찾을 수 없었다.

의약품을 파는 것처럼 보이는 매장부터 찾아갔는데 소용이 없었다. 하다하다 책꽂이와 젓가락을 파는 데까지 갔을 땐 자포자기의 심정이었지만, 거기서 마침내 영어를 할 줄 아는 젊은 점원을 만났다.

우리는 원하는 걸 설명했지만, 그녀의 어휘는 금세 바닥이 났다. 내가 공책을 꺼내서 끝부분의 작은 꼭지까지 빠뜨리지 않고 아주 꼼꼼하게 콘돔을 그렸다. 그녀는 그림을 보고 인상을 찌푸리면서도 그게 뭔지는 몰랐다. 나무 숟가락과 초, 종이 자르는 칼, 심지어 도자기로 만든 작은 에펠탑 모형까지 가져와서 보여주더니 끝내는 도저히 모르겠다는 몸짓을 해보였다.

다른 여점원들이 도와주려고 모여들었지만 우리가 내민 그림으로는 감을 잡지 못했다. 하는 수 없었다. 나는 섬세한 마임 연기에 도전했고, 마침내 노력의 대가를 얻었다.

"아!" 첫 번째 점원이 이렇게 외치며 환하게 웃었다.

"아하!" 다른 사람들도 감을 잡았는지 다들 밝게 웃었다.

"알겠어요?" 내가 물었다.

"네, 네. 알겠어요."

"여기 있어요?"

"아니요. 여긴 없어요."

"이런."

"하지만, 하지만, 하지만……."

"왜요?"

"어디로 가면 되는지 말해줄게요, 괜찮아요?"

"정말 고맙습니다. 고맙습니다."

"난징가 616번지로 가세요. 알겠어요? 거기 있어요. 고무씌우개를 달라고 하세요. 알겠어요?"

"고무씌우개?"

"고무씌우개. 그렇게 말해요. 거기 있어요. 알겠죠? 안녕히 가세요." 그녀는 재미있는지 손으로 입을 가리고는 깔깔대며 웃었다.

우리는 다시 한번 아낌없이 고맙다는 인사를 했고, 한참 동안 손을 흔들며 미소를 주고받았다. 그 소식은 빠르게 퍼졌고, 다들 우리에게 손을 흔들었다. 우리가 도움을 요청했다는 사실이 무척이나 흡족한 눈치였다.

어쩌면 매춘업소일지도 모른다고 의심했지만 막상 도착해서 보니 난징가 616번지는 조금 작은 규모의 또 다른 백화점이었고, 우리의 '고무씌우개' 발음이 영 이상한지 다시 한번 소통불가의 난맥상이 펼쳐졌다.

여기서는 이미 재미를 본 마음에 바로 돌입했고, 그건 단박에 효과를 발휘했다. 이번에는 머리 모양이 단정한 중년 아주머니가 성큼성큼 진열장으로 가서 서랍을 열더니 작은 상자를 가져와 의기양양하게 계산대에 올려놓았다. 성공이라고 생각하며 상자를 열어보니 알약 시트가 들어 있었다.

"생각은 통했는데 방법이 다르군요." 마크가 한숨을 쉬며 말했다.

마음이 상한 것 같은 아주머니에게 우리가 찾는 물건은 이게 아니라고 설명하려니 그것도 쉬운 일이 아니었다. 주변을 에워싼 구경꾼은 열다섯 명쯤으로 늘어났고, 그중에는 프랜드십스토어에서부터 우리를 따라온 사람도 있는 것 같았다.

중국에 가자마자 깨닫게 되는 건 우리가 동물원에 있다는 사실이다. 걸음을 잠깐만 멈추면 사람들이 빙 둘러서서 쳐다본다. 더 당황스러운 건 나를 빤히 쳐다보거나 뭘 알아내겠다는 눈초리로 바라보는 게 아니라, 그냥 서 있다는 점이다. 정면에 버티고 서서 마치 내가 개 사료 광고판이라도 되는 것처럼 멍하니 쳐다볼 때도 많았다.

마침내 만두에 안경을 씌운 것 같은 젊은 남자가 인파를 헤치고 나와 도움이 필요하냐고 영어로 물었다. 우리는 고맙다고 인사를 한 뒤 콘돔, 그러니까 고무씌우개를 사려고 하는데 이걸 대신 설명해 주면 정말 고맙겠다고 말했다. 남자는 어리둥절한 표정으로 마음이 상한 점원 앞에 놓인 거부당한 상자를 집어 들었다.

"고무씌우개 필요 없어요. 이게 더 좋아요."

"아니요. 고무씌우개가 꼭 필요해서 그래요. 피임약 말고."
마크가 말했다.

"왜 고무씌우개가 필요해요? 피임약이 더 좋아요."

"당신이 말해 봐요." 마크가 내게 말했다.

"돌고래 소리를 녹음하려고요. 뭐, 꼭 돌고래 소리는 아니지만. 우리가 녹음하고 싶은 건 양쯔강의 소음인데, 그래서 강에 마이크를 넣어야 하거든요……."

"아이고, 그냥 누구랑 뒹굴려고 하는데 기다릴 수 없다고 해요." 크리스가 낮게 투덜거렸다. 역시 스코틀랜드 사람다웠다.

하지만 이번에는 젊은 남자가 슬금슬금 뒷걸음질을 쳤다. 문득 우리가 위험한 미치광이라는 걸 깨닫고는 기분 상하지 않게 도망쳐야겠다고 생각한 모양이었다. 그는 점원에게 뭐라고 급히 말하더니 사람들 사이로 사라졌다.

점원은 어깨를 들썩이며 피임약 상자를 치우고는 또 다른 서랍에서 콘돔 상자를 꺼냈다. 만약을 대비해 아홉 상자를 샀다.

"여기 애프터셰이브도 있네요." 마크가 말했다. "이제 다 떨어질 때쯤 되지 않았어요?"

나는 베이징 호텔에서 이미 애프터셰이브 한 병을 해치우는 데 성공했고, 난징으로 가는 기차 좌석 밑에 또 하나를 숨겼다. 그러다가 자는 줄 알았던 마크에게 들키고 말았다.

"지금 무슨 짓을 하는 건지 알고 있어요?"

"네. 이 빌어먹을 것들을 없애려고 애쓰는 중이죠. 사지 말 걸 그랬어요."

"그런 차원이 아닌 것 같은데요. 동물들은 익숙하지 않은 새로운 곳에 가면 자기 영역을 표시하기 위해 길가에 냄새로 흔적을 남겨요. 마다가스카르에서 봤던 알락꼬리여우원숭이 기억나요? 녀석들은 손목에 냄새 분비선이 있거든요. 꼬리를 양쪽 손목 사이에 넣고 비빈 다음, 꼬리를 흔들어서 냄새를 풍기는 방법으로 영역을 표시하죠. 개가 전봇대에 오줌을 누는 것도 같은 이유예요. 당신도 중국 전역에 냄새로 표시를 남기고 있네요. 습관은 버리기 힘들다더니."

"난징을 중국어로 써 놓으면 어떻게 보이는지 혹시 알아요?" 한 시간 넘게 창문에 기대 졸던 크리스가 물었다. "그래야 도착했는지 알 거 아니에요."

난징에서 이 강을 처음 봤다. 상하이는 양쯔강의 관문으로 알려져 있지만 실제로는 양쯔강과 연결되는 후앙푸濆浦 강가에 있었다. 반면에 난징은 양쯔강을 끼고 있었다. 우중충한 도시였다. 하여간 우리한테는 그렇게 보였다. 낯선 곳에 잘못 떨어진 듯한 느낌이 더 강하게 우리를 압박해 왔다. 사람들은 도무지 속을 알 수 없었고, 멀뚱히 쳐다보지 않으면 아예 무시했다. 베이징으로 가던 비행기에서 만난 프랑스 사람의 말이 떠올랐다.

"중국 사람들과 이야기하는 건 힘들어요. 중국말을 못한다면 언어 탓도 있죠. 하지만 무엇보다 그들이 수많은 일을 겪은 사람들이기 때문이에요. 그러니까 낯선 사람은 무시하는 게 안전하다고 생각하는 거죠. 그들로서는 당신하고 말을 하건 하지 않건, 득이 될 게 하나도 없거든요. 그러니 알 게 뭐냐, 흥. 당신을 알고 나면 말을 조금 더 할지 몰라요. 어쩌면. 그래도, 흥."

잘못 떨어져 나온 느낌은 중심가에 있는 징링이라는 유일한 서구식 대형 호텔로 인해 더 또렷해졌다. 국제회의를 개최하고 회전식 술집이 있으며 안마당을 꾸며놓은 현대식 호텔로, 평소 같았으면 넌더리를 냈을 그곳이 갑자기 오아시스처럼 느껴졌다. 우리는 자루에서 빠져나온 생쥐처럼 쪼르르 꼭대기 층의 회전식 술집으로 직행해서 진토닉을 앞에 놓고 둘러앉아 안도의 한숨을 내쉬었다. 뜻밖의 익숙한 환경에서 20분쯤 보낸 후, 창밖으로 서서히 정체를 드러내는 거대하고 낯설고 음침한 도시의 풍경을 바라보려니, 커다란 생명유지 장치 안에서 다른 행성의 거친 불모지를 내다보는 우주비행사가 된 기분이었다.

아무도 밖으로 나가고 싶어 하지 않았다. 빤히 쳐다보고 무시하고 시도 때도 없이 침을 뱉는 사람들에게 둘러싸이거나 자전거에 사적 공간을 침범당하고 싶지 않았다. 하지만 안타깝게도 징링에는 빈 방이 없었고, 밤거리로 내쫓긴 우리는 외곽의 허름하고 음침한 호텔을 찾아가야 했다. 그리고 그 호텔에서 우리는 다시 한번 더러운 강에 사는 돌고래와 녹음에 대해 생각했다.

비가 부슬부슬 내려서 어두침침하던 날, 우리는 양쯔강변에서서 중국의 한복판을 시무룩하게 가로지르는 진흙의 바다를 바라봤다. 회색빛이 도는 짙은 갈색의 묵직한 풍경과 연기를 뿜으며 강을 오르내리는 디젤 정크선의 길고 검은 실루엣 사이에서 유일하게 도드라지는 색깔은 크리스의 녹음기 케이블 끝에 매달린 조그만 분홍색 콘돔뿐이었다. 보이지는 않아도 어렴풋이 들려오는 자전거 군단의 바람소리는 저 멀리서 울리는 말발굽 소리 같았다. 여기 와 보니 당혹스러웠던 상하이에서의 느낌은 차라리 가슴이 따뜻해지는 어렴풋한 고향의 기억이었다.

강둑은 소리를 잡을 수 있을 만큼 깊지 않았기 때문에 점점 거세지는 빗줄기를 뚫고 좀 더 깊은 곳을 찾아 선창 쪽으로 터벅터벅 걸어갔다. 이따금 자전거 인력거가 지나가면서 타라고 졸랐지만 여기서 벗어날 가능성마저 인정할 수 없는 침통한 심정으로 고개를 저었다.

사람들이 잠시 빠져나간 여객용 페리가 삐걱거리는 선창에 서 있는 걸 본 우리는 배로 올라갔다. 이곳의 페리는 크고 볼품없고 끝이 뾰족한 5층짜리였는데, 진흙으로 만든 엄청나게 커다란 레몬케이크 조각 같았다. 이런 배가 매일 천 명의 승객을 태우고 리처드 클레이더만을 틀어대며 양쯔강을 오르내린다. 방화문을 몇 개나 지나서야 강을 굽어보는 갑판이 나왔는데, 거기서 크리스는 소형 마이크를 넣은 그 분홍색 물건을 뿌연 물속에 집어넣으려고 안간힘을 썼다. 그건 물에 닿을 생각은 않고 바람에 흔들리기만 했고, 마침내 물에 닿았을 때도 그 위에 둥둥 떠서 우리의 애간장을 태웠다.

아래에도 갑판이 있었지만 도무지 거기로 내려가는 길을 찾을 수 없었다. 문마다 빗장이 걸려 있어서 배의 내부를 뱅뱅 돌았다. 한참만에야 미로에서 길을 찾았고, 다시 한번 갑판으로 나와 몇 미터쯤 낮은 곳에서 강을 내려다볼 수 있었다.

마이크는 여전히 혼탁한 갈색 물에 잠기지 않았고, 베이징에서 가져온 호텔 열쇠로 무게를 더한 후에야 마침내 가라앉았다(그건 본의가 아니었고 소지품 속에서 우연히 발견했다). 콘돔으로 싼 마이크는 물 속 깊이 들어갔고 크리스는 녹음을 시작했다.

옆에서는 쉬지 않고 천둥소리를 울리며 배가 지나갔다. 대부분은 6~9미터의 숯검댕이 정크선이었고, 뭐하는 거냐는 호기심 어린 눈으로 쳐다보는 선원들도 있었지만 아예 눈길조차 주지 않을 때도 있었다. 정크선 후미에서는 낡은 디젤 엔진이 부르릉거리며 검은 구름을 토해냈고 물 밑에서는 스크루가 돌아갔다.

갑판에 나온 지 몇 분쯤 지났을 때, 어디선가 승무원 한 명이 나타나더니 우리를 보고 깜짝 놀란 표정을 지었다. 우리는 물론 북경어를 할 줄 몰랐지만 "여기서 뭐하는 거냐?"는 표현은 세상 어느 말이나 비슷하게 들린다.

자초지종을 설명해야 한다는 생각만으로도 진이 빠졌다. 그래서 정교한 마임과 손동작으로 우리가 대책 없이 미친놈들이라고 설명했다. 그건 효과가 있었다. 승무원은 우리의 설명에 수긍하는 눈치였지만, 그러고 나서도 뒤에서 어슬렁거리며 우리를 지켜봤다. 결국 크리스가 물에서 녹음 장치를 꺼내 올려 물기를 제거한 다음 그에게 보여줬다. 우리가 물에 드리우고 있던 게 콘돔이라는 걸 알아차린 순간, 승무원의 머릿속에서 전구 하나가 반짝 켜진 모양이었다.

"아!" 그는 환하게 웃으면서 한손을 말아 쥐고 다른 손 검지를 그 속에 넣었다 뺐다 하며 말했다. "피키피키!"

"그래요. 피키피키." 우리는 맞장구를 쳤다.

모든 문제가 해결되어 흡족해진 그는 우리를 놔둔 채 자리를 떴고, 우리는 번갈아가며 헤드폰을 쓰고 녹음된 소리를 들었다. 내가 기대했던 소리가 아니었다. 물속에서는 소리가 굉장히 잘 전달되니까 갑판에 서 있는 동안 우리 옆을 스쳐간 배들의 묵직한 소리의 반향反響을 선명하게 들을 수 있을 줄 알았다. 하지만 물은 소리를 그보다 훨씬 더 잘 전달했고, 우리가 들은 건 양쯔강 수 킬로미터 반경에서 벌어지는 온갖 소리의 불협화음이었다. 포효하는 프로펠러 소리가 따로따로 들리는 게 아니라 날카롭고 지속적인 백색소음뿐이었고, 거기서는 어떤 소리도 구분해 낼 수 없었다.

다행히 저우 박사는 실존인물이었다. 실제로 존재할 뿐만 아니라 마크가 난징대학으로 그를 만나러 갔을 때(나는 그날 몸이 아팠다) 연구실에 있었고, 징링 호텔에서 저녁을 함께 하자는 제안도 수락했다(나도 그때는 몸이 나았는데, 그곳이 상당히 좋은 식당이었기 때문이다).

예순 언저리인 그는 예의바르고 친절한 사람이었다. 익숙하지 않은 메뉴를 설명하며 그곳의 별미를 골라 주었는데, 바로 난징오리였다. 알고 보니 그건 북경오리와 매우 흡사했다.(우리가 오랫동안 북경오리로 알고 먹어온 건 엄밀히 말하면 사천오리다. 우리는 베이징에서 아주 맛있는 사천오리를 먹었고, 거기서 파는 게 그것이기 때문이다. 북경오리는 사천오리와 조금 다르고 두 가지 코스로 나오지만, 두 번째는 별로 권하고 싶지 않다.)

아무튼 난징오리는 1센티미터 두께로 소금을 발라서 맛을 버려놓았다는 점만 제외하면 사천오리와 대단히 흡사했다. 저우 교수도 그 점이 맛을 조금 떨어뜨린다는 데 동의했지만, 그게 바로 난징오리였다.

저우 교수는 중국에 온 걸 환영한다면서, 돌고래를 보겠다고 그 먼 길을 왔다는 사실에 놀라고 기뻐했다. 도울 수 있는 일이라면 뭐든지 하겠지만 큰 도움은 안 될 거라고 했다. 중국에서는 일 처리가 힘들다고 털어놓았다. 퉁링에 있는 돌고래 보호단체에 연락해서 우리가 갈 거라는 사실을 알리겠지만 그렇잖아도 개인적으로 몇 주째 연락을 시도했는데 잘 안 된다면서 큰 기대는 하지 말라고 했다.

그는 우리의 생각이 맞다고 확인해주었다. 양쯔강의 소음은 돌고래에게 가장 큰 문제이며 음파 탐지 능력을 심각하게 교란했다. 배가 지나가는 소리가 들리면 깊이 잠수해서 방향을 바꾸고 배 밑에서 헤엄치다가, 배가 지나간 후에 수면으로 떠오르는 게 돌고래의 오랜 습성이었다. 그런데 지금은 배 밑에서 감각이 혼선을 일으켜 너무 일찍 수면으로 떠오르고, 그 바람에 프로펠러에 몸이 걸렸다. 이런 상황이 너무 갑작스레 벌어졌다고 그는 말했다. 수백만 년 동안 변함없었던 양쯔강이 불과 몇 년 사이에 급격하게 변했고, 돌고래에겐 적응하는 습관이 없었다.

돌고래의 존재 자체도 비교적 최근에야 알려졌다. 어부들이야 예전부터 알고 있었지만, 어부들은 원래 동물학자들과 대화를 많이 나누지 않는다. 게다가 고통스러운 근대사를 겪으면서 한동안 어느 누구도 학자들과 이야기하려 들지 않았고, 단지 안경을 쓰고 있다는 이유만으로 그들을 당에 고발하기도 했다.

1914년에 이 돌고래가 처음 발견된 곳은 양쯔강이 아닌 둥팅호洞庭湖였다. 그곳에 갔던 미국인이 돌고래를 잡아서 스미소니언박물관으로 가져갔다. 강돌고래의 새로운 종인 건 분명했지만 그 이상의 관심은 일지 않았다. 그러다 1950년대 후반에 조류 연구 여행을 다녀왔더니 아무런 표시도 없는 뼈가 저우 교수를 기다리고 있었다. 같은 종의 돌고래였는데, 이번에는 더 이상 돌고래가 존재하지 않는 둥팅호가 아니라 난징 근처의 강에서 발견된 것이었다.

저우 교수가 현지 어부들과 이야기해 봤더니 가끔 본다면서 그물에 걸린 돌고래는 식용으로 판다고 했다. 돌고래들은 대단히 고통스러웠을 텐데, 예부터 양쯔강에서 사용해 온 그물에는 수백 개의 커다란 낚싯바늘이 달려 있기 때문이다.

난징 일대에서 몇 건의 연구가 진행되다가 문화혁명으로 한동안 모든 게 중단됐다. 1970년대에 들어 연구가 다시 재개됐지만, 중국은 소통이 원활하지 않은 나라여서 돌고래 연구는 이 지역에만 한정되었고 이 동물이 얼마나 희귀하고 또 어떤 곤경에 처해 있는지 제대로 아는 사람은 아무도 없었다.

그런 상황이 완전히 뒤바뀐 건 1984년이었다. 소작농 몇 명이 퉁링의 강 상류에서 여울에 갇혀 오도가도 못 하는 양쯔강돌고래 한 마리를 발견했다. 그들은 퉁링시 농업위원회에 이 사실을 알렸고, 시 당국은 관심을 보이며 사람을 보내 상황을 파악했다.

그때부터 비슷한 상황이 봇물 터지듯 터져 나왔다. 갑자기 도처에서 자기도 배에 치이거나 그물에 걸리거나 피투성이가 되어 강가에 떠밀려온 돌고래를 봤다고 떠들어댔다. 지금까지 개별적이었던 사안들을 한데 모아놓고 보니 깜짝 놀랄 만한 그림이 그려졌다. 이 돌고래가 희귀할 뿐만 아니라 멸종될 위기에 처해 있다는 끔찍한 사실이 돌연 명백해진 것이다.

당국은 난징에 있는 저우 교수를 불러 대책을 강구해줄 것을 요청했다. 여기서 이 이야기는 이례적이고 극적인 반전을 맞게 되는데, 교수가 방법을 조언하자 퉁링 사람들이 그대로 따른 것이다.

몇 달이 채 지나지 않아 양쯔강에 돌고래 보호지역을 조성하기 위한 대규모 프로젝트가 세워졌고, 5년이 흐른 지금 거의 완성 단계에 이르렀다.

"꼭 가서 보세요. 아주 좋아요. 여러분의 도착을 알릴 수 있도록 최선을 다할 테니 안심하시고…… 그러니까 그걸 뭐라고 하더라?"

나는 안심이라는 말만으로도 충분하다고 말했다. 안심이라니, 나는 대찬성이었다.

"편하게? 확실히? 아무튼 염려 붙들어 매세요. 그 사람들은 여러분의 도착 사실을 알 수 없을 겁니다. 그러니 편지도 한 통 써드리지요."

기분전환 삼아 악어 농장에 갔다가 악어 허가서가 없어서 경찰에게 쫓겨난 데서 비롯한 여러가지 이유로, 우리는 택시를 타고 퉁링으로 갔다. 190킬로미터가 넘는 거리를. 출발하기 전에 택시기사와 합의를 봤다. 그 합의에는 그가 그다지 뛰어난 운전사가 아니며, 택시 역시 그다지 튼튼한 택시가 아니라는 조건이 포함되었다. 퉁링에 도착했을 땐 신경줄이 끊어져 나갈 지경이었다.

중국에서 외국인은 운전을 할 수 없는데, 그 이유는 충분히 납득이 간다. 중국 사람들은 자동차를 몰 때건 자전거를 탈 때건, 직접 해 보지 않은 사람은 도저히 이해할 수 없는 법칙을 따른다. 여기서 얘기하는 법칙이란 단순히 도로에서의 운전법규 차원이 아닌 물리학의 법칙을 뜻한다. 중국을 떠날 때쯤 되니 다른 자동차나 트럭의 뒤를 따라 2차선 도로를 달리는데 뒤에서 차 두 대가 빠른 속도로 따라오고 있고, 그 두 대 중에 뒤차가 앞차를 추월하려 한다면, 우리 차 운전사도 즉각적으로 가속 페달을 밟아 추월을 시도한다는 걸 당연시하게 됐다. 물론 사고는 한 번도 일어나지 않았다. 희한한 일이었다.

하지만 끝끝내 익숙해질 수 없는 상황도 있었다. 우리 앞차가 그 앞차를 추월하는데, 우리 차 운전사가 가속 페달을 밟아서 추월 중인 차를 추월하려 하고, 반대 방향에서 세 대의 차가 똑같은 역학관계로 돌진해오는 상황이었다. 아무래도 이 나라에서 아이작 뉴턴은 이미 오래 전에 부르주아 자본주의의 앞잡이로 폐기된 모양이었다.

툰링에 오자 이번에는 밝고 익숙한 난징이 그리워졌다. 황량한 호텔방에는 관광객을 환영한다는 안내책자에 이런 글이 적혀 있었다.

"새로이 부상하는 산업탄광도시 툰링은 이미 비철금속과 화학, 직물, 건축 자재, 전기 기계, 철강과 석탄산업에서 두루 입지를 다졌습니다. 특히 발전 가능성이 높은 비철금속 건축 자재와 화학산업은 이미 툰링을 생산업의 요충지로 만들었으며, 앞으로 더욱 도약하게 해 줄 것입니다."

툰링은 아름답지 않았다. 황량한 잿빛이 달갑지 않았다. 영역 표시용 애프터셰이브를 여기에 놓고 가자고 도착하자마자 마음을 정했다. 안내책자를 들고 호텔 레스토랑에서 마크와 크리스를 만났다. 그곳도 황량하긴 마찬가지였다. 중국에서 우리는 음식에 관한 한 열린 마음으로 주변의 제안을 받아들였고 앞에 놓인 것은 뭐든 먹을 준비가, 때로는 각오가 되어 있었다. 대부분이 맛있었지만 별로 그렇지 않을 때도 많았고, 서구인의 입맛에는 다소 당황스러운 것도 없지 않았다.

툰링 호텔의 음식은 두말할 것도 없이 당황스러운 쪽에 속했는데, 천년 묵힌 알이라는 건 특히 심했다. 물론 진짜로 천년을 묵힌 건 아니지만, 그 음식이 얼마나 당황스러웠는지를 미루어 짐작하게 해 주는 이름이었다.

녹차 물에 살짝 삶은 알을 흙과 짚 속에 석 달간 묻어둔다. 그러면 흰자는 연두색을 띠며 단단해지고, 노른자는 대단히 짙은 암녹색으로 변하고 질척거린다. 당황스러운 건, 만약 우리 집 찬장에서 발견했다면 보건소에 신고했을 만한 걸 별미라고 내놓는다는 사실이었다. 그래도 어떻게든 먹어보려고 애쓰다 결국 포기하고 안내책자를 다시 들춰 보는데, 거기서 이런 문구를 발견했다.

"우리는 리포테스 벡실리퍼Lipotes Vexillifer의 수중 보호구역을 조성하기로 결정했습니다. 양쯔강에 서식하는 이 귀한 포유류는 현재 '물속의 판다곰'으로 통하고 있습니다."

"지금 마시고 있는 맥주가 무슨 맥주인지 봤어요?" 마크가 물었다.

병을 봤더니 바이지 맥주라고 적혀 있었다. 라벨에 돌고래가 그려져 있고 뚜껑에는 양쯔강돌고래의 라틴어 학명인 리포테스 벡실리퍼가 적혀 있었다.

"오늘 오후에 시내로 돌아올 때 어떤 호텔을 봤어요. 이름이 바이지 호텔이어서 재미있는 우연이라고 생각했죠. 여기 이 쓰레기통보다 훨씬 나아 보이기도 했고." 크리스가 말했다.

호텔 선택은 잘못되었는지 모르지만, 제대로 찾아오긴 한 모양이었다.

저우 교수가 적어 준 편지 덕분에 영어를 할 줄 아는 가이드를 만나고 작은 배를 수배해서 해야 할 일을 하러 나선 건 하루가 지나서였다. 우리는 양쯔강으로 나가 양쯔강돌고래를 직접 찾아보기로 했다.

이미 원래 일정에서 2~3일 뒤쳐진 상태였고, 다음 날 아침에는 페리호로 우한武漢에 가야 했다. 손을 코앞에 가져다 대도 잘 보이지 않는 강에서 가장 희귀한 수중 포유동물을 찾아볼 시간이 몇 시간밖에 없었다.

우리가 탄 작은 배는 통통거리며 좁고 붐비는 부두를 떠나 더러운 갈색의 강으로 나아갔다. 가이드인 호 씨에게 성공 확률이 얼마나 되겠냐고 물었다. 그는 어깨부터 으쓱했다.

"2천 킬로미터 거리에 양쯔강돌고래는 단 200마리가 살고 있으니까요. 게다가 양쯔강은 폭도 대단히 넓죠. 확률이 그다지 높지 않을 거예요."

한참을 그렇게 통통거리며 2킬로미터쯤 떨어진 반대편 강가로 서서히 나아갔다. 그곳은 물이 얕았고 그만큼 배도 덜 다녔다. 돌고래들도 같은 이유로 강가 근처에 모이는 경향이 있는데, 그건 또 그만큼 그물에 걸릴 확률이 높다는 뜻이었다. 강둑에 꽂은 대나무틀에 드리운 그물은 우리가 본 것만 해도 여러 개였다. 양쯔강의 물고기는 감소했고, 이렇게 소음이 심하니 돌고래들이 그나마 남아 있는 물고기들을 '보기'란 더 힘들었다. 그런 상황에서 저렇게 그물 가득 물고기를 담아 놓고 유혹하면 돌고래가 위험에 빠지기 쉽겠다는 생각이 들었다.

강가에서도 비교적 조용한 곳에 배를 대고 시동을 껐다. 호 씨는 여기가 기다리기에 적당해 보인다고 설명했다. 돌고래가 최근 목격된 장소였다. 그는 그래서 좋을 수도 있고 그렇지 않을 수도 있다고 말했다. 최근에 나타났기 때문에 또 다시 나타날 수 도 있고, 최근에 나타났기 때문에 더는 나타나지 않을 수도 있었 다. 더 따져볼 여지가 없는 문제 같았다. 우리는 조용히 앉아서 기다렸다.

양쯔강을 자세히 관찰하기 시작하면 거대한 규모가 더 실감 난다. 어디? 어느 지점을 말하는 거야? 강은 위로도 아래로도 그리고 저 앞으로도 끝없이 펼쳐져 있었다. 산들바람에 물결이 일었고, 몇 분 동안 강을 들여다보고 있자니 눈이 짓물렀다. 얼 핏 거무스름한 그림자가 파도치면 순간적으로 자신이 원하는 형상처럼 보이지만, 사실 내가 뭘 보고 싶어 하는 건지 머릿속에 구체적인 그림이 그려지지 않았다.

"수면에 얼마나 오래 올라와 있는지 알아요?" 마크에게 물었 다.

"네."

"얼마나요?"

"별로 힘이 날 만한 이야기는 아니에요. 돌고래는 멜론, 그러 니까 이마부터 수면 위로 내밀어 물을 뿜고는 작은 등지느러미 를 내보였다가 다시 물속으로 사라져요."

"그렇게 하는 데 얼마나 걸리는데요?"

"1초도 안 걸리죠."

"아니……" 납득하기가 힘들었다. "그래서야 어디 볼 수 있겠어요?"

마크는 우울해 보였다. 한숨을 쉬면서 바이지 맥주병을 따고는 수면에서 눈을 떼지 않기 위해 상당히 어색해 보이는 자세로 맥주를 들이켰다.

"지느러미 없는 상괭이*는 볼 수 있을 거예요."

"그건 돌고래만큼 희귀하지는 않죠?"

"그래도 양쯔강에서는 확실히 위험에 처해 있어요. 400마리쯤으로 추산하고 있습니다. 상괭이도 같은 문제를 겪고 있지만 중국 근해와 서쪽으로 멀리 파키스탄에서도 발견되어서 종 자체가 심각한 위험에 처한 건 아니에요. 양쯔강돌고래보다 시력이 훨씬 좋으니까 아무래도 비교적 최근에 이곳에 오지 않았나 싶습니다. 저기 한 마리 있네요! 상괭이예요!"

다행히 검은색 형체가 물속으로 들어가는 찰나를 놓치지 않고 볼 수 있었다. 그 형체는 물속으로 들어가더니 완전히 사라져 버렸다.

"상괭이네요! 봤어요?" 호 씨가 우리에게 소리쳤다.

"네, 봤어요. 고마워요." 마크가 말했다.

◆ 쇠돌고랫과에 속하며 쇠물돼지 혹은 무라치라고도 부른다

"상괭이인 줄 어떻게 알았어요?" 내가 신기해하며 물었다.

"이유는 두 가지예요. 첫번째는 실제로 볼 수 있었다는 점. 물 밖으로 완전히 나왔잖아요. 상괭이는 그렇게 하는데 양쯔강돌고래는 안 그렇거든요."

"그러니까 실제로 볼 수 있다면 그건 상괭이라는 뜻인가요?"

"그렇다고 할 수 있죠."

"또 다른 이유는요?"

"그야 등지느러미가 없었으니까."

한 시간이 흘렀다. 200미터쯤 떨어진 곳에서 커다란 화물선과 바지선이 우릉거리며 상류로 올라갔다. 그 뒤로 기름띠가 반질거렸다. 뒤에서는 바람에 그물이 펄럭였다. '멸종위기종'이라는 말은 이제 선명한 의미를 상실한 표현이 됐다고 속으로 생각했다. 너무 많이 들은 나머지 진부해져 버린 것이다.

바람이 찌뿌둥한 황갈색의 양쯔강이 일으키는 물결을 보다가 저 아래에서, 그리고 우리 주변에서 지능을 갖춘 생명체들이 우리로서는 상상도 할 수 없는 세계에서 살다간다는 생각을 하자 가슴이 철렁 내려앉았다. 그들은 요동치고 숨 막히고 귀가 먹먹해지는 환경에서, 끊임없는 혼란과 굶주림과 고통과 두려움 속에 하루하루를 견디고 있을 것이다.

우리는 결국 자연 상태의 양쯔강돌고래는 보지 못했다. 우한의 수중생물연구소에서 한 마리를 보호하고 있으니 어쨌거나 볼 수는 있을 테지만, 그래도 초저녁 무렵에 호텔로 돌아갈 때의 심정은 실망스럽고 울적했다.

한편 저우 교수가 우리의 방문 사실을 이곳 사람들에게 알리는 데 성공했다는 걸 알게 됐다. 호텔에 도착했더니 퉁링시의 퉁링 바이지보호위원회 소속 관리 열두어 명이 우리를 만나러 와 있어서 깜짝 놀랐다.

맥주나 마시며 울적한 기분을 달랠 작정이었는데, 예상치 못한 공식 환영에 얼떨떨해져서 사람들이 이끄는 대로 호텔의 커다란 연회장에 들어갔더니 긴 테이블이 마련되어 있었다. 조금은 불안한 심정으로 저쪽에서 대동하고 온 통역관과 한쪽에 나란히 앉았고, 위원회 사람들은 반대편에 조심스레 자리를 잡았다.

그들은 잠시 아무 말도 없이 깍지 낀 손을 테이블 위에 가지런히 올려놓은 채, 차가운 표정으로 우리를 바라봤다. 혹시 사상재판에 불려나온 게 아닌가 싶어 잠시 머릿속이 어지럽게 요동쳤지만, 그들의 차가운 태도는 그들도 우리처럼 이 자리가 어색하기 때문일 거라는 데 생각이 미쳤다.

한두 명인가는 회색 유니폼을 입었고, 한 사람은 낯익은 마오쩌둥의 파란색 인민복을 입었으며, 나머지는 평상복 차림이었다. 연령대는 20대 후반부터 60대 중반까지 다양했다.

"위원회에서는 여러분의 퉁링 방문을 환영하며 또한 영광스럽게 생각합니다."

통역관이 입을 열었다. 그는 위원들을 한 명씩 소개했고, 소개받은 사람은 살짝 긴장한 기색으로 웃으며 고개를 숙였다. 이 사람은 보호위원회 부위원장이고 그다음 사람은 협회의 서기장이고 또 그다음 사람은 부서기장이고, 이런 식으로 쭉 이어졌다.

뭔가 거대한 오해의 늪에 빠진 것 같은 느낌이 들었다. 내가 고작 놀러온 코믹 SF 작가라는 사실을 들키지 않기 위해 지적인 분위기를 풍기려고 안간힘을 썼다. 하지만 마크는 대단히 느긋했다. 코믹 SF 부분을 건너뛰고 간단명료하게 우리의 소개를 마치고는 프로젝트의 성격과 양쯔강돌고래에 관심을 갖는 이유를 설명하고, 이어서 그들이 조성하고 있다는 보호시설에 대한 지적인 질문으로 포문을 열었다.

내 마음도 편해졌다. 하긴 언어가 통하지 않는 대규모 인원의 위원회 앞에서 보존 프로젝트에 대해 조리 있게 이야기하는 건 마크가 먹고사는 일의 일부였다.

그들은 돌고래 보호시설을 '준자연보호구역'이라고 부른다고 설명했다. 돌고래에게 자연 그대로의 환경을 제공하면서 보호를 받을 수 있게 하는 것이 목적이었다.

퉁링에서 상류로 조금 올라가면 다퉁이라는 소도시가 나오는데, 그 맞은편에서 강이 팔꿈치처럼 구부러지며 흘렀다. 그리고 모서리 진 그 부분에 삼각형 모양의 섬 두 개가 있고 그 사이로 물길이 지났다. 그 수로의 길이는 약 1.5킬로미터이며 깊이는 5미터, 폭은 40~200미터 사이였다. 바로 여기가 돌고래를 위한 준자연보호구역이 될 예정이었다.

수로 양 끝에 쇠와 대나무로 울타리를 쳐서 강물을 계속 흐르게 하고, 보호구역 조성을 위한 대대적인 개조와 건축 공사가 진행 중이었다. 섬 한쪽에는 부상을 당했거나 갓 포획한 돌고래를 위한 치료와 격리용 웅덩이도 커다랗게 만들고, 다른 섬에는 돌고래 먹이를 위한 양어장을 짓는 중이었다.

어마어마한 규모의 프로젝트였다. 위원 한 사람이 엄숙한 표정으로 굉장히 많은 비용이 들지만 과연 소기의 효과가 있을지는 장담할 수 없는 노릇이라고 말했다. 그래도 시도는 해 봐야 했다. 양쯔강돌고래는 그들에게 매우 소중하고 그것을 보호하는 건 자신들의 의무라고 말했다.

마크는 이 프로젝트가 이례적일 만큼 단기간에 실행됐는데 필요한 기금을 어떻게 조성했느냐고 물었다.

"아주 신속하게 처리해야 했죠." 그들이 말했다.

돈은 다양한 곳에서 조달했다. 중앙정부에서 상당액을 지원했고 지방정부에서도 보탰다. 현지 주민과 기업들도 기부를 많이 했다. 그러고는 조금 주저하며 말을 이었다. 돌고래를 이용해서 홍보를 하고 있는데, 중국인은 이런 문제를 잘 모르지만 서구인은 전문가가 아니냐며 우리의 조언을 구했다.

그들은 가장 먼저 양쯔강돌고래를 트레이드마크로 사용하라고 현지 맥주회사를 설득했다.

"바이지 맥주 드셔 보셨나요? 맛이 좋기 때문에 중국 전역에

서 인기가 많답니다. 다른 사례들이 뒤를 이었죠. 위원회에서
는⋯⋯."

여기서 어휘 선택에 약간의 문제가 발생했고, 그들은 통역관
과 잠시 토의한 끝에 적절한 표현을 찾아냈다. 그들은 '라이선스
계약'을 체결했다. 현지 회사에서 프로젝트에 기금을 내면 양쯔
강돌고래를 상표를 쓸 수 있게 한 것이다. 그건 다시 양쯔강돌고
래를 홍보하는 데 도움을 주었다.

그래서 지금은 바이지 맥주뿐 아니라 바이지 호텔, 바이지 운
동화, 바이지 콜라, 바이지 전자저울, 바이지 화장지, 바이지 인
산비료와 바이지 벤토나이트까지 나오고 있다.

나는 벤토나이트라는 말을 처음 들었고, 그래서 그게 뭐냐고
물었다. 벤토나이트는 치약과 철강 주물을 만드는 데 쓰는 광물
질인데 돼지 사료에도 첨가한다고 했다. 전문가의 입장에서 이
런 홍보 전략이 괜찮은 것 같으냐고 그들이 물었다.

우리는 그저 경탄스러울 뿐이라면서 그들에게 찬사를 보냈
다. 그들은 이 분야에 전문가인 서구인들로부터 그런 얘기를 듣
자 몹시 기뻐했다. 하지만 오히려 우리가 그들의 칭찬에 낯이 뜨
거웠다. 서구에서는 이런 문제에 이토록 빠르게 대처하며 놀라
운 상상력을 발휘해서 지역 공동체의 결단을 이끌어내는 걸 상
상하기 힘들다. 그들은 퉁링이 최근에 첫 번째 관광자유도시로
지정됐다면서 돌고래와 준자연보호구역이 관광객을 유치하는
데 힘을 발휘해서 관광산업이 활성화되길 바란다고 말했지만,

그게 일차 목표가 아니었던 건 분명했다.

그들은 자리를 마무리하며 이렇게 말했다. "인근 주민들이 이익을 누리는 건 자연스러운 일이지만 우리에게는 보다 원대한 목표가 있는데, 이 돌고래를 잘 보호해서 우리 세대에 멸종되지 않도록 하는 것입니다. 이 돌고래를 보호하는 건 우리의 의무입니다. 현재 200마리밖에 생존해 있지 않은데, 우리가 보호 대책을 세우지 않는다면 멸종할지도 모르고 그런 일이 발생한다면 후손과 후대에게 죄책감을 느끼게 될 겁니다."

우리는 중국에 온 후 처음으로 사기가 진작되어 그 방을 떠났다. 과장되고 어색한 자리였지만, 처음으로 중국 사람들의 마음을 온전하게 들여다본 느낌이었다. 그들은 자신들을 위해, 그리고 앞으로 후손들이 살아갈 세상을 위해 돌고래를 보호하는 걸 당연한 의무로 받아들였다. 우리는 처음으로 고정관념을 뛰어넘어 그들의 마음을 살펴볼 수 있었다.

이번엔 기필코 맛있게 먹어 보리라 결심하고, 그날 밤 다시 한번 천년 묵은 알을 주문했다.

6장

아주 희귀한?
아니면 조금 덜 희귀한?

로드리게스큰박쥐

야생 상태에 에코앵무가 몇 마리나 있는지 알아요?

열다섯 마리에요! 희귀하다는 건 그런 걸 말하는 거예요. 수백 마리면 흔한 거죠. 모리셔스에서 궁지에 몰린 동물들을 보고 나면 그 외의 것들은 하나도 중요하지 않아요. 사람들이 마음만 먹으면 구해낼 수 있지만, 만약 멸종한다면 그걸 구해내지 못한 게 우리의 잘못이 될 종들이 눈앞에 놓여있기 때문에 다른 동물들은 중요하지 않은 거예요.

모리셔스·로드리게스

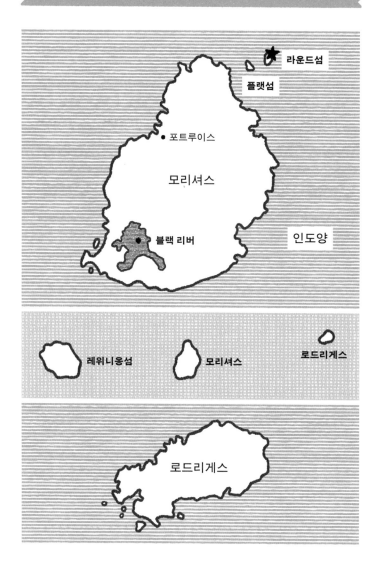

라운드섬

플랫섬

● 포트루이스

모리셔스

블랙 리버 ●

인도양

레위니옹섬   모리셔스   로드리게스

로드리게스

리처드 루이스는 자신이 묻는 말에 즉각적으로 답을 이끌어 낼 확실한 방법을 알고 있는 사람이다. 그는 그다지 열과 성을 다해 깔아 놓은 것처럼 보이지 않는 모리셔스의 도로에서 열과 성을 다한다고밖에 말할 수 없는 태도로 랜드로버를 몰았다. (본인의 차는 아니었고 그에게 그걸 빌려줄 만큼 무모하고 멍청한 사람의 차였다.) 길은 좁고 구불구불했으며, 아스팔트가 깔린 부분은 아스팔트 포장이 끝나는 지점에서 15센티미터 정도 푹 꺼지고는 했다. 리처드는 그 길을 열과 성을 다해 달렸고, 질문을 할 때마다 고개를 돌려서 뒤에 앉은 우리를 바라봤으며, 답을 듣기 전까지는 길을 쳐다보지 않았다. 목숨이 오락가락하는 공포심은 지적인 대답을 하기에 적절한 심리상태가 아니지만, 그래도 최선을 다해야 했다.

"비행은 어땠어요?" (좋았어요!)

"음식은 어땠어요?" (좋았어요!)

"시차 문제는 없어요?" (좋아요!)

여기까지는 그럭저럭 넘어갔지만, 그가 매우 중요하게 생각하는 티가 역력한 질문이 이어졌다.

"그 시시껄렁한 큰박쥐를 보겠다고 뭐 하러 모리셔스까지 먼 길을 왔어요?"

랜드로버가 무섭게 방향을 틀었다. 리처드 루이스에 대해 먼저 알아야 할 점은, 아니 그에 대해 반드시 알아야 할 점은, 그가 조류학자라는 사실이다. 그걸 알고 나면 나머지 조각들은 그럭저럭 맞아떨어진다.

"도무지 이해가 안 되네." 그는 우리를 향해 몸을 반쯤 틀고 열변을 토했다. "로드리게스로 갈 거라고요? 큰박쥐를 보려고? 별로 희귀하지도 않은데."

"그야 상대적이죠." 마크가 토를 달았다. "모리셔스 기준에서는 별로 희귀하지 않지만, 그건 세상에서 가장 희귀한 큰박……."

"그러면 그냥 여기 모리셔스에 있지 그래요?"

"그게……."

"모리셔스에 대해 뭐 아는 거 있어요? 어떤 거든?"

"그러니까 다른 건 몰라도…… 저기, 앞에서 화물차가 오고 있는……."

"그런 건 신경 쓰지 말아요. 화물차는 내가 알아서 할 테니. 모리셔스에 대해 알고 있는 게 뭐예요?"

"처음에는 네덜란드 식민지였다가 그 다음에 프랑스가 점령했고 나폴레옹 전쟁 이후에 영국으로 넘어갔죠. 그러니까 영국 식민지였고, 현재 영연방의 일원이에요. 주민들은 프랑스어나 크리올어를 사용하고 법률체계는 기본적으로 영국의 틀을 유지하고 있는데, 그러니까 그 말은 당신도 왼쪽 길로 가야 하는……."

"제법이네요. 여행 안내책자를 읽었나 보군요. 하지만 여기 새에 대해서는 좀 알아요? 분홍비둘기 알아요? 에코앵무는요? 모리셔스황조롱이에 대해 알아요?"

"네, 하지만……."

"그렇다면 그 우스꽝스러운 큰박쥐를 보러 왜 그 멍청한 로드리게스섬으로 간다는 거죠? 보고 싶으면 여기 사육장에서도 얼마든지 볼 수 있는데. 똥덩어리만큼이나 흔해빠진 멍청한 것들. 여기서 진짜배기들을 보는 게 훨씬 낫죠. 아이쿠야!"

그는 무심코 앞을 봤다가 다가오는 트럭을 피하기 위해 황급히 핸들을 꺾었다.

"어디 얘기 좀 해봅시다." 그가 다시 몸을 뒤로 틀었다. "일정이 어떻게 된다고 했죠? 2주?"

"네." 마크가 얼른 대답했다.

"그런데 여기서 이틀을 보낸 다음, 로드리게스로 건너가서 열흘 동안이나 세계에서 가장 희귀한 큰박쥐를 찾아다닌다는 거죠?"

"네."

"좋아요. 그럼 이렇게 합시다. 여기서 열흘을 머물고, 로드리 게스에 가서 이틀을 지내는 거예요. 좋죠?"

"이틀 만에 큰 박쥐를 찾을 수 있을까요?"

"네."

"어떻게 그렇게 장담해요?"

"그야 어디가면 찾을 수 있는지 내가 콕콕 짚어줄 거니까. 10분이면 충분해요. 사진 두어 장 찍고 돌아가면 되죠."

"음."

"그럼 여기 머무는 거죠?"

"그게……."

우리는 도로 한가운데에서 중앙선을 넘나들며 달리고 있었다. 반대편에서는 트럭 한 대가 미친 듯이 전조등을 깜빡이며 달려왔다. 리처드는 아직도 우리를 보고 있었다.

"동의한 거예요? 여기 있기로?" 그가 계속해서 고집을 피웠다.

"네! 네! 여기 있을게요!"

"좋았어요. 내 그럴 줄 알았지. 그러면 칼도 만나게 될 거예요. 아주 똑똑하고, 완전 미치광이죠. 아이쿠야!"

똑똑한 미치광이라는 칼 존스는 30대 후반의 키가 큰 웨일스 사람이고, 그의 괴팍하고 까다로운 기질이 모리셔스 생태계가 완전히 망가지는 걸 막아 주는 가장 큰 힘이라고 말하는 사람들도 있다. 마크는 우리의 일정을 조율하기 위해 칼과 통화를 했고, 그와 실랑이를 벌여야 한다는 건 모리셔스에 발을 들여놓는 순간 명백해졌다. 공항에서 입국수속을 밟을 때 "칼 존스라는 사람과 블랙 리버라는 곳에 머물 예정"이라고 했더니 다들 느닷없이 배를 잡고 웃어서 우리를 당황하게 만들었다. 그러더니 우리의 등을 다정하게 두드려줬다.

리처드의 집에서 만난 칼은 문가에 몸을 기댄 채 오만상을 쓰고 퉁명스럽게 말했다. "언론 쪽 사람들은 질색인데." 그러더니 우리의 녹음기를 보고는 갑자기 개구쟁이처럼 씩 웃었다.

"어, 그거 지금 돌아가는 중인가요?" 그가 물었다.

"지금은 아니에요."

"그럼 켜요. 얼른. 켜라고요."

칼이 시키는 대로 했다.

"나는 언론 쪽 사람들은 정말 질색이야!" 그가 냅다 소리를 질렀다.

"녹음된 거예요? 제대로 됐어요?" 그러고는 테이프가 정말 돌아가고 있는지 자세히 들여다봤다.

"언젠가 「여성의 시간」이라는 라디오 프로그램하고 인터뷰를 한 적이 있어요." 그는 고약하고 멍청한 언론계의 어리석음에 치가 떨린다는 듯이 고개를 절레절레 저으며 말했다.

"나는 언론계 사람들이 싫은데, 내 시간은 온통 잡아먹고 대가도 많이 지불하지 않아요. 하지만 어쨌거나…… 그때 인터뷰를 하러 온 사람들은 지루한 과학자들한테 신물이 난다면서 일이야기를 하되 여자랑 아기들을 언급해줄 수 있냐고 묻더군요. 그래서 나는 남자보다 여자 조수가 좋고, 아기 새를 많이 사육하고, 여자들이 아기 새를 더 잘 돌보는데 그건 더 섬세하기 때문이라는 식으로 이야기했죠. 그런데 그게 그대로 나간 거예요!"

그는 여기서 웃음이 터져 말을 더 잇지 못했고, 비척비척 밖으로 나가더니 몇 시간 동안 보이지 않았다.

"저게 칼이에요. 멋진 친구죠. 아주 똑똑해요. 진짜로. 천하에 멍청이일까 봐 걱정하지 않아도 돼요." 리처드가 말했다.

자기 일에 열정적으로 몰입하는 사람들이라는 걸 금세 알 수 있었다. 칼과 리처드가 가장 애착하는 대상은 역시 새였다. 그들은 남다른 정성으로 새를 사랑했고, 성인이 된 이후의 모든 시간을 열악한 환경과 터무니없는 예산을 가지고 희귀 조류와 그들의 서식지가 파괴되지 않도록 노력하는 현장에서 보냈다. 리처드는 필리핀에서 필리핀독수리를 보호하며 일을 배웠다. 원숭이를 잡아먹는 이 독수리는 나무 위의 둥지보다는 항공모함에 내려앉아야 더 어울릴 것 같은 형언할 수 없이 놀라운 비행체다. 그곳을 떠나 모리셔스에 온 건 1985년이었다. 풍요로운 아름다움을 자랑하던 섬의 생태계가 절박한 상황에 처했을 때였다.

그들은 미친 사람처럼 일에 혼신을 다하는데, 그들이 직면한 문제의 심각성과 그것이 악화되는 속도를 온전히 이해하기 전까지는 그런 모습이 조금 심란해 보일 수도 있다. 생태적인 차원에서 모리셔스는 전쟁지역이며, 칼과 리처드를 비롯한 활동가들(역시 일에 미쳐서 사는 식물학자 웬디 스트람을 포함해서)은 최전방의 전투를 지원하는 야전병원 의사들인 셈이다. 그들은 대단히 친절하며, 쏟아지는 요청을 거절하지 못해서 지칠 때도 많다. 그럴 때면 그들의 초조한 심정이 정제되지 않은 비아냥거림으로 터져 나오기도 하는데, 너무나 중요한 수많은 문제에 직면해 있는데도 정작 다급한 것에 할애할 시간을 내지 못하는 처지이기 때문이다.

섬에서 진행되는 업무의 중심에는 칼이 관리하는 블랙리버 포획동물 사육장이 있고, 리처드는 다음 날 우리를 그곳에 데려갔다. 차는 1.8미터 높이의 돌담 사이에 난 출입구 앞에서 끼익 소리를 내며 급정거를 했고, 우리는 안으로 들어갔다. 안에는 커다란 모래밭이 펼쳐져 있고, 나지막한 나무건물과 커다란 새 사육장, 그리고 새장들이 주변을 빙 둘렀다. 따뜻한 대기 중에 날갯짓 소리와 구구거리는 소리, 그리고 코끝을 찌르는 상쾌한 냄새가 가득했다. 굉장히 커다란 거북이 몇 마리가 아무 거리낌 없이 마당을 어슬렁거렸는데, 녀석들이 갑자기 탈출을 감행

하더라도 누구든 녀석들보다 문에 더 빨리 도착할 수 있기 때문인 것 같았다.

"저기 있네요." 리처드가 한쪽의 커다란 새장을 가리켰다. 마치 부서진 작은 우산을 잔뜩 걸어놓은 것처럼 보였다.

"로드리게스큰박쥐들. 이제 봤으니까 마음 푹 놓고 나중에 자세히 살펴보세요. 별로 재미없어요. 여기 있는 다른 것들에 비하면 아무 것도 아니지. 분홍비둘기만 해도 그래요. 여기에는 세상에서 가장 희귀하고 가장 섹시한 새들이 있답니다. 진짜 스타를 보고 싶어요? 칼이 있는지 알아봅시다. 그건 칼이 보여줘야 하니까."

리처드는 우리를 데리고 서둘러 그를 찾아갔지만, 칼은 보이지 않았다. 그 대신 칼과 미친 듯이 사랑에 빠진 또 다른 존재가 있었다. 리처드가 우리에게 안으로 들어오라고 손짓을 했다.

"이쪽은 핑크예요." 리처드가 소개했다.

우리가 일제히 고개를 돌렸다. 핑크는 크고 깊은 갈색 눈으로 우리를 빤히 쳐다봤다. 횃대를 움켜쥔 발을 꼼지락거리는 모습이 무슨 일이 일어날까 초조한 기색이었고, 우리의 등장에 조금 성질이 난 것 같기도 했다.

"핑크는 모리셔스황조롱이에요. 하지만 아주 이상한 놈이죠." 리처드가 말했다.

"그래요? 그렇게 안 보이는데." 마크가 말했다.

"그럼 어떻게 보이는데요."

"글쎄요. 일단 꽤 작네요. 날개 끝부분에 매끄러운 갈색 깃털이 있고, 가슴털은 갈색 반점이 찍힌 흰색이고, 발톱이 굉장히 인상적인……."

"다시 말해서 새처럼 보인다는 거로군요."

"그야, 네……."

"당신이 그렇게 생각하는 줄 알면 녀석이 충격을 받을 텐데."

"그게 무슨 말씀이시죠?"

"그러니까 여기서 키우는 새들의 문제점은 인간의 손에서 자라야 해서, 새들의 입장에서 온갖 종류의 오해가 발생한다는 거예요. 새가 알에서 부화하는 순간에는 세상이 어떤 곳인지에 대한 명확한 그림이 없어서 먹이를 처음 주는 존재와 사랑에 빠지는데, 핑크의 경우엔 그게 칼이었어요. 그걸 각인이라고 하거든요. 이건 지워지지 않기 때문에 아주 중요한 문제죠. 일단 자신이 인간이라고 생각을 해 버리면……."

"정말로 자기가 인간이라고 생각하나요?" 내가 물었다.

"그럼요. 이 녀석이 칼을 엄마라고 생각한다면 대충 그런 거 아니겠어요? 똑똑한 녀석은 아닐지 모르지만 논리적이죠. 자기가 인간이라고 확신해요. 다른 황조롱이들을 완전히 무시하고 같이 어울리는 법이 없어요. 이 녀석한테 그것들은 그저 한 무리의 새일 뿐이니까. 그런데 칼만 들어오면 난리법석이 벌어져요. 물론 그렇게 각인된 새는 야생에 돌려보낼 수 없으니 문제죠. 거기서 뭘 어떻게 하겠어요. 둥지도 안 만들고 사냥도 안 하고 외식하러 가기만을 기다리는데. 그러니까 누가 먹이를 주길 기대한다는 거예요. 혼자서 살아가질 못하죠.

그래도 사육장에서는 굉장히 중요한 역할을 해요. 우리가 여기서 부화시킨 어린 새들은 성적 성숙 단계에 동시에 이르지 않아요. 그래서 암컷이 발정이 나도 수컷이 그걸 감당할 준비가 되어 있지 않아요. 암컷이 더 크고 더 호전적이고 수컷을 때려눕힐 때도 많죠. 그런 상황이 발생하면 우리가 핑크의 정액을 채취해서…….”

“어떻게요?” 마크가 물었다.

“모자에다.”

“난 또 모자라고 하는 줄 알았어요.”

“맞아요. 칼에게 특별한 모자가 있는데, 챙이 비닐로 되어 있는 조금 이상한 중절모 비슷한 거예요. 핑크가 칼한테 발정이 나면 모자로 날아가서 교미를 하는 거죠.”

“뭐라고요?”

“챙에다 사정을 해요. 그럼 그 정액을 모아서 암컷을 수정시키는 데 사용하죠.”

“엄마라면서 별짓을 다하는군요.”

“이상한 새라고 했잖아요. 심리적으로 꼬여 있기는 해도 아주 유용하답니다.”

모리셔스에 사육장을 만든 건 칼의 인생에서 가장 큰 실패다.

사실상 이건 그의 인생에서 가장 찬란하고 빛나는 실패의 결과물일 것이다. 칼은 나중에 무슨 일인가에 몹시 늦었다며 나타나서는 이렇게 말했다.

"어렸을 때부터 어른들은 나를 안 될 놈이라고 생각했어요. 가망 없는 구제불능의 낙오자였죠. 공부도 안 하고 아무데도 흥미가 없었거든요. 그러니까 동물을 제외한 그 어떤 것에도. 웨일스에서 다녔던 학교에서는 동물에만 관심을 쏟는 걸 쓸모 있다고 여기는 사람이 아무도 없었는데, 그런데도 뒷마당에 우리를 잔뜩 만들어서 동물을 쉰 마리쯤 길렀으니 아버지 심정이 오죽했겠어요. 오소리와 여우, 야생 웨일스족제비, 올빼미, 매, 마코앵무, 갈가마귀, 없는 게 없었죠. 심지어 황조롱이를 길들여서 키우기도 했어요.

교장 선생님은 흥미를 갖는 건 좋지만 성적이 형편없으니 진학을 할 수 없을 거라고 하셨어요. 하루는 교장실로 부르시더군요. "존스, 더 이상은 용납할 수가 없다. 온종일 산울타리만 들추고 다니잖니. 학교 공부는 뒷전이고. 넌 낙제야. 뭐가 되려고 그러니?" 그때 내가 이렇게 대답했어요. 거기가 웨일스였다는 걸 기억하고 들어야 해요. "선생님, 저는 열대지방의 섬에 가서 새를 연구하고 싶어요." 그러니까 교장 선생님이 이러셨어요. "그러려면 부자거나 똑똑해야 하는데, 너는 둘 다 아니잖아."

그건 일종의 자극이 됐고, 시험에 통과해서 결국 대학에 진학했어요. 그리고 학부 때 옥스퍼드로 톰 케이드 교수의 강의를 들으러 갔는데, 세계적인 매 권위자시죠. 그분을 통해 미국에서는 송골매를 인공 번식시킨 후에 새끼를 야생에 풀어 준다는 걸 알았어요.

믿을 수가 없었죠. 이루 말할 수 없이 흥분됐어요. 어딘가에서 실제로 무슨 일인가를 하는 사람들이 있구나. 그리고 인도양의 모리셔스라는 섬에 대단히 희귀한 새가 있는데, 아마 매 중에서 가장 희귀하다고 할 수 있는 모리셔스황조롱이라면서 멸종 위기에 처해 있지만, 이런 방식으로 포획해서 번식을 시킨다면 멸종을 막을 수 있을지도 모른다고 말씀하셨어요. 그 순간 퍼뜩, 내가 어려서부터 뒷마당에서 새를 데리고 놀며 해 온 모든 일들이 이 매의 멸종을 막는 데 유용하게 쓰일 수 있겠다는 생각이 든 거예요.

그때 느낀 흥분이란, 세상에. 이 일에 대해 내가 할 수 있는 일을 알아봐야겠다고 생각했어요. 그리고 여름에 미국에 가서 다양한 프로젝트에 참가하며 업무를 배웠고, 가능하면 모리셔스에 가서 모리셔스황조롱이를 구하는 일을 하자고 다짐했어요.

그런데 사람들이 이러는 거예요. "있잖아, 칼. 모리셔스에 가려고 하는 건 좋지만, 거기에는 문제가 굉장히 많고 그 새의 멸종은 막을 수 없어. 일단 개체수가 충분하지 않아. 번식을 하는 건 한 쌍뿐이고 그밖에는 두어 마리가 더 있을 뿐이지. 현지의 온갖 문제에 시설도 갖춰져 있지 않아서 이건 안 될 일이야. 작은 프로젝트가 진행 중이지만 그것도 곧 중단될 거야. 되지도 않을 일에 자원을 낭비하는 꼴이거든."

하지만 나는 그 일자리를 구했어요. 프로젝트를 중단시키는 그 일을. 그게 10년 전에 내가 이곳으로 하러 온 일이었어요. 모든 업무를 중단시키는 일. 그때는 이런 것들이 하나도 없었죠."

칼은 40여 마리의 모리셔스황조롱이를 키워서 단계적으로 야생에 돌려보냈다. 우리는 200마리의 분홍비둘기와 심지어 로드리게스큰박쥐까지 100마리나 키우고 있는 사육장을 둘러봤다. "그러니 내가 완벽한 실패였다고 인정하지 않을 도리가 없는 거죠." 그가 장난스럽게 웃으며 말했다.

칼은 이야기를 마치고 손을 무릎에 내려놓다가 우연히 손목시계를 보았다. 그 순간 낭패라는 표정이 얼굴을 스치더니 벌떡 일어나 손으로 이마를 철썩 때렸다. 기금마련 회의에 늦은 것이었다.

우리가 모리셔스에 머무는 동안, 행정이나 정치에는 전혀 소질이 없는데도 이 두 가지에 엄청난 시간을 할애해야 한다고 투덜대는 그의 불평은 그칠 줄 몰랐다. 기금을 받아내고, 돈을 내는 사람들에게 돈을 어디에 쓰는지 설명해서 이해시키고, 항상 등 뒤에서 감시하는 것만 같은 다양한 국제보호기구들과 협의를 해야 했다. 이런 일 때문에 정작 자신이 가장 잘하는 일은 할 수가 없었다. 그냥 알아서 하라고 내버려뒀으면 하는 게 그의 바람이었다. 그러니까 돈을 쥐어 주고 알아서 하라고 내버려뒀으면. 허약해진 모리셔스의 생태계를 지키려는 프로젝트는 안쓰러울 만큼 빈약한 예산으로 운영되고 있으며, 그 돈(또는 돈의 부족)이 칼의 인생을 뒤죽박죽으로 만들었다. 칼은 곤혹스러워하며 허둥지둥 자리를 떴다.

"자연보전 일을 하는 사람들은 전부 같은 편이라고 생각하겠지만, 어디나 마찬가지로 여기에도 수많은 갈등이 있고 관료주의가 판을 쳐요." 칼이 떠났을 때 마크가 말했다.

"더 말해 뭐하겠어요. 그리고 그것 때문에 죽을 지경인 건 늘 현장에서 일하는 사람들이죠. 이 토끼들 좀 봐요." 리처드가 말했다. 그는 못마땅한 기색이 역력한 손짓으로 지극히 평범해 보이는 토끼들이 코를 찡긋거리는 토끼우리를 가리켰다.

"근처에 라운드섬이라고 있거든요. 야생생물에 관한 한 정말 중요한 섬이죠. 라운드섬은 이 세상에서 동일 면적당 가장 많은 고유종 동식물이 서식하고 있어요. 한 100년인가 150년 전쯤, 누군가 그 섬에 토끼와 염소를 방목하자는 기발한 아이디어를 냈죠. 그러면 난파당한 사람들이 잡아먹을 게 있을 테니까. 개체 수는 순식간에 감당하지 못할 정도로 늘어났고 70년대 중반에야 염소를 쓸어낼 수 있었어요. 그러다가 몇 년 전에 토끼 박멸을 지원하러 뉴질랜드에서 사람들이 왔는데, 그 중에 누군가 유럽에는 더 이상 존재하지 않는 희귀한 프랑스 품종을 박멸하고 있다는 걸 깨달았고, 그 바람에 그걸 모리셔스로 옮겨와서 보호하게 된 거예요. 그 일을 누가 맡았겠어요. 바로 우리들이죠."

리처드는 말을 계속 이었다.

"내 마음대로 하라면 당장 솥에 던져 버려도 그만이에요. 그냥 평범한 토끼에 불과하니까. 그런데 그다음에 또 누군가는 이러는 거예요. '이 쓸모없는 것들을 왜 모아놨어요? 특별한 종도 아닌데.' 그래서 토끼 전문가들이 가치를 판단해 줄 때까지 이렇게 퍼질러 앉아 토끼들을 먹여 살려야 하는 신세가 된 거예요. 우리의 시간과 자원을 낭비하는 짓이죠. 이 동물들을 전부 먹이는 것만 해도 문제예요. 저마다 다른 걸 먹어야 하고, 그게 뭔지 파악해야 하니까. 당신들이 보러 왔다는 로드리게스큰박쥐한테는 과일이랑 개 사료 가루를 우유에 개어 먹여요. 예전엔 바나나 위주로 식단을 구성했는데 그건 몸에 좋기는커녕 신경 경련이나 일으켰죠." 리처드가 어깨를 들썩였다.

"왜 그 녀석들을 그렇게 못마땅해 하는지 모르겠네요. 내가 생각하기엔 근사한 것 같은데." 마크가 말했다.

"못마땅해 하는 건 아니에요. 근사하죠. 그냥 흔하다는 것뿐이에요."

마크가 이의를 제기했다. "그건 세상에서 가장 희귀한……."

"네, 그래도 수백 마리가 있죠." 리처드도 물러서지 않았다.

"야생 상태에 에코앵무가 몇 마리나 있는지 알아요?" 리처드의 목소리가 높아졌다. "열다섯 마리에요! 희귀하다는 건 그런 걸 말하는 거예요. 수백 마리면 흔한 거죠. 모리셔스에서 궁지에 몰린 동물들을 보고 나면 그 외의 것들은 하나도 중요하지 않아요. 사람들이 마음만 먹으면 구해 낼 수 있지만, 만약 멸종한다면 그걸 구해 내지 못한 게 우리의 잘못이 될 종들이 눈앞에 놓여 있기 때문에 다른 동물들은 중요하지 않은 거예요. 황조롱이와 비둘기의 개체수를 늘릴 수 있었던 건, 순전히 우리가 쏟아 부은 노력과 돈, 인력 덕분이었어요. 앵무새? 우리는 지금 그걸 구해 내려고 정말 열심히 노력하고 있고, 만약 성공하지 못하면 그것들은 완전히 사라져 버릴 지경인데, 지금 엉뚱한 토끼나 신경써야 하는 신세라고요."

리처드는 고개를 절레절레 저으며 흥분을 조금 가라앉혔다.

"그래요." 리처드가 마크에게 말했다.

"당신 말이 맞아요. 로드리게스큰박쥐는 대단히 중요한 동물이고, 우리도 그 동물을 보호하기 위해 노력하고 있어요. 로드리게스의 주민들은 영세 농업으로 먹고 사는데, 그러려면 숲을 밀어 버려야 해서 서식지가 많이 사라졌어요. 박쥐의 개체수가 급감해서 대형 사이클론이라도 닥치면 여기는 사이클론 지역이니까 다 휩쓸어 버릴 수도 있는 상황이에요. 하지만 로드리게스 사람들은 어느 순간 숲을 베어 내는 게 사실상 자신들에게 이익이 안 된다는 걸 깨달았어요. 그러면 물이 부족해지거든요. 수원을 지키려면 숲을 지켜야 하고, 그러면 박쥐들한테 살 곳이 생긴다는 뜻이죠. 그러니까 녀석들은 아직 기회가 있어요. 바깥세상의 기준으로 보면 심각한 멸종 위기에 처했지만, 고유종들이 전부 위기에 처한 여기 인근 섬들의 기준에서는 양호한 거라고요."

리처드는 이렇게 말하더니 씩 웃으며 말했다. "위기에 처한 쥐 구경 좀 하실래요?"

"쥐가 멸종위기에 처했다는 생각은 해 본 적이 없는데요." 내가 말했다.

"종이 위기에 처했다는 말은 아니에요. 특정한 쥐들 얘기지." 리처드가 말했다.

"자연을 보존하는 일은 비위가 약한 사람들한테는 맞지 않아요. 우리는 많은 동물을 죽여야 해요. 위기에 처한 종을 보호하고 그 동물들에게 먹이를 주려면 그래야 하죠. 쥐를 먹고 사는 새들이 많기 때문에 우리도 여기서 쥐를 길러요."

리처드는 작고 따뜻하고 찍찍거리는 방으로 들어가더니 몇 분 후에 방금 죽인 쥐를 한 움큼 들고 나왔다. "새들에게 먹이를 줄 시간이에요." 그는 그렇게 말하고는 지옥의 랜드로버로 걸어갔다.

황조롱이가 사는 블랙리버 협곡으로 가는 가장 좋고 가장 빠른 방법은, 사유지인 메딘 사탕수수 농장을 통과하는 것이다. 모리셔스 생태계의 관점에서 사탕수수는 큰 골칫거리다. 기껏해야 충치나 유발하는 돈이 되는 작물을 기르자고 모리셔스의 숲이 뭉텅뭉텅 베어져 나간다. 이건 어디서나 심각하지만 섬에서는 특히 더 문제인데, 섬의 생태계는 육지와 근본적으로 다르기 때문이다. 섬사람들은 심지어 쓰는 말도 다르다. 섬에서 자연보호주의자와 한동안 지내다 보면 특히 두 단어를 엄청나게 많이 듣게 된다. '고유종'과 '외래종'. 세 개까지 늘리면 '재앙'.

동물이나 식물의 '고유종'이란 다른 곳에서는 전혀 발견되지 않는 섬이나 해당 지역의 토착종을 뜻한다. '외래종'은 말 그대로 외부에서 유입된 것이고 '재앙'은 보통 외래종이 유입되어 벌어진 결과를 뜻한다.

이유는 다른 게 아니다. 대륙은 땅덩이가 넓다. 수십, 아니 수백만 가지의 종들이 서로 생존경쟁을 벌이며 살아갈 수 있다. 경쟁은 치열하고, 살아남아 번성하는 종은 작은 투사나 다름없다. 그런 종들은 더 빨리 자라고 더 많이 번식한다.

반면에 섬은 작다. 종의 수도 훨씬 적고, 생존경쟁도 육지처럼 치열했던 적이 없다. 생물종들은 필요한 만큼만 악착같기 때문에 섬의 생태계는 한결 조용하고 안정적이며, 진화의 속도도 훨씬 느릿하다. 예를 들어 육지에서는 오래 전에 패퇴한 여우원숭이 같은 종이 마다가스카르에서 발견되는 이유는 그 때문이다. 섬의 생태계는 깨어지기 쉬운 타임캡슐과 같다. 따라서 육지의 종을 섬에 들이면 어떤 일이 벌어질지는 짐작하기 어렵지 않다. 그건 알카포네와 칭기즈칸과 루퍼트 머독을 와이트섬◆에 이주시키는 것과 같다. 현지인들은 버틸 재간이 없다.

그래서 모리셔스에서는, 아니 어떤 섬에서든 고유종이 사라지면 외래종이 그 빈자리를 냉큼 차지해 버린다. 영국 사람이 쥐똥나무 같은 걸 외래에서 유입된 고약한 품종으로 생각하기는 힘들지만(우리 할머니는 앞마당 가장자리에 두른 쥐똥나무 덤불을 가지런히 다듬곤 하셨다), 모리셔스에서는 괴수식물 군단이나 다를 바 없다. 외래에서 유입된 구아바와 수많은 외부 침입자들도

◆ 영국 남단의 작은 섬

마찬가지다. 훨씬 빨리 자라고 훨씬 많은 씨앗을 맺는다.

모리셔스 저지대 활엽수림에서 자라는 흑단은 애초에 네덜란드가 이 섬을 식민지로 삼은 이유지만 지금은 거의 찾아볼 수 없다. 숲을 베어 내는 이유 중에는 목재와 환금작물◆의 재배지 확보처럼 명백한 것도 있지만, 또 다른 이유가 있다. 사슴사냥. 심심풀이.

사냥터를 만들기 위해 엄청난 면적의 숲을 밀어냈다. 사냥꾼들은 나지막한 목조 탑 위에 올라서서 달리는 사슴 떼에게 총을 겨눈다. 그렇게 숲을 망가뜨린 것만이 전부가 아니다. 사슴은 그렇잖아도 허약한 고유종 식물을 뜯어먹어서 성장을 방해하고 그 자리에는 외래종이 무성하게 자라난다. 모리셔스의 어린 나무들이 사슴에게 뜯어 먹히다가 죽어간다.

우리는 사탕수수가 바람에 나부끼는 드넓은 밭을 지나갔다. 그러기 위해서는 농장관리인을 거쳐야 했는데, 괴팍한 초로의 모리셔스 사람인 제임스는 출입증 없이는 아무도 통과시키지 않는다. 10년 동안 그 길을 매일 지나다닌 사람이 그날만 깜빡 잊고 출입증을 가져오지 않았더라도 예외가 없다. 칼도 얼마 전에 그런 상황에 처해서 강력접착제를 가져와서 문에 발라 버리겠다고 으름장을 놨는데, 칼은 그러고도 남을 사람이었다. 칼은 어처구니없는 협박을 해서 비웃음을 사고, 그걸 실제로 시도해

◆ 시장에 내다 팔기 위해 재배하는 농작물

서 더 많은 웃음을 유발하는 그런 사람이었다.

얼마 전 칼과 웬디가 재정 지원을 받기 위해 협의 중이던 세계은행 관계자들을 데리고 이곳에 도착했을 때는 더 심각한 충돌이 벌어졌다. 칼의 일행은 자동차 두 대를 나눠 타고 왔는데, 제임스가 한 대만 지나갈 수 있는 출입증이라며 통과를 불허한 것이다. 반면 제임스는 칼과 리처드에게 황조롱이의 동태를 정기적으로 보고하는데, 그들이 부탁해서가 아니라 그저 돕고 싶다는 이유에서다. 물론 그건 표면적인 이유일 뿐이다. 실제로는 황조롱이를 한 마리도 보지 못했으면서, 여전히 격려하는 듯한 다정한 목소리로 그걸 봤다고 이야기한다. 그래서 칼은 황조롱이의 다리에 채우는 띠를 교체할 때마다 다른 색으로 바꾸는데, 그러면 제임스가 엉뚱한 색깔의 띠를 찬 황조롱이를 봤다고 주장할 경우 그게 거짓말인지 알 수 있기 때문이다.

우리가 보러 가는 황조롱이는 1985년에 쥐를 잡는 훈련을 받았다. 황조롱이를 야생에 풀어 놓고도 먹이를 가져다 먹이는 이유는 더 잘 먹고 알을 많이 낳게 하려는 취지였다. 새들을 잘 먹이면 둥지에 처음 낳은 알을 사육장에 가져갈 수 있고, 황조롱이가 알을 더 많이 낳을 거라고 칼은 확신했다. 이런 식으로 부화시킬 알의 수가 늘어났지만, 그걸 품어서 부화시킬 새의 수에 한계가 있기 때문에 인공적으로 부화시켜야 했다. 그건 알의 상태를 끊임없이 관찰해야 하는 고도로 숙련되고 섬세한 작업이다. 알껍데기를 통해 액체가 증발해서 알의 무게가 지나치게 감소하면, 껍데기의 일부를 덮어 준다. 무게의 감소가 충분하지 않을 땐 껍데기의 일부를 모래로 조심스럽게 긁어내서 투과성을 높인다. 새가 일주일 정도 품은 걸 부화기에 3주 동안 넣어두는 게 가장 좋다. 그렇게 번갈아서 품은 알은 부화 성공률이 훨씬 높았다.

리처드는 골짜기 아래의 숲 언저리에서 랜드로버를 급정거했고 우리는 우르르 차에서 내렸다. 공기가 맑고 상쾌했다. 리처드는 독특한 소리를 내며 자그마한 공터 주변을 걸어 다녔다.

1~2분쯤 지나자 황조롱이가 숲에서 날쌔게 날아오더니 커다란 반원형 바위를 굽어보는 높은 나무에 내려앉았다. 이 새는 공터보다 숲에서 사는 것에 익숙하기 때문에 다른 매들처럼 하늘에서 맴을 돌지 않고, 그 대신 나무로 빽빽한 숲에서도 정확하고 빠르게 날아다니며 도마뱀과 작은 새, 벌레 등을 잡아먹는다. 대단히 예리하고 빠른 눈 덕분이다. 우리는 잠시 그 녀석을 바라봤고, 녀석도 우리를 빤히 쳐다봤다. 사실 녀석은 이쪽저쪽을 잽싸게 살피며 움직이는 모든 것을 쳐다보며 주의를 게을리 하지 않았다.

"눈에 들어오는 모든 걸 예의주시하는 게 보이죠? 눈에 생존이 걸렸거든요. 가둬서 기를 때도 그걸 명심해야 해요. 복잡한 환경을 만들어 줘야 하죠. 맹금류는 상대적으로 멍청한 편이에요. 하지만 시력이 워낙 중요해서 눈을 계속 사용할 수 있는 환경을 만들어 줘야 해요.

처음에 맹금류를 가둬서 기르기 시작했을 때, 몇몇 새들은 아주 산만했고 누가 지나가기만 하면 미친 듯이 날뛰었어요. 불안해서 그러는 모양이라고 생각하던 중에 누군가 자연채광 격리 새장이라는 멋진 아이디어를 냈어요. 사방의 벽을 불투명하게 처리하고 하늘만 열어둬서 새들이 방해받지 않게 한 거였죠. 하지만 도가 지나쳤어요. 그 환경에서 태어난 새끼들은 말 그대로 바보천치가 되고 말았는데, 필요한 감각을 자극받지 못했기 때문이었죠. 이번엔 정반대의 실패였던 거예요.

그러니까 내 말은, 동물의 지능이 뛰어나지 않을지도 모르지만 무수한 인간들처럼 멍청하지도 않다는 거예요. 동물원에 가면 영장류 우리에 나무 모양으로 잘라서 녹색 페인트를 칠한 쇠말뚝을 세워 놓잖아요. 그런데 미니멀리즘처럼 단순한 형태로 만들기 때문에 원숭이들이 흥미를 가질 만한 특징, 이를테면 잎사귀, 나무껍질, 뭐 그런 것들을 전혀 갖고 있지 않아요. 디자이너한테는 그게 나무처럼 보일지도 모르지만 원숭이보다 훨씬 더 멍청한 사람들인 거죠. 우리도 미국에서 보낸 유리섬유 나무 홍보책자를 받았어요. 얼마나 자신만만했으면 모리셔스에 있는 우리한테 그걸 팔아먹겠다는 건지. 나무에 이끼를 그려 넣는 페인트도 있더군요. 내참, 어처구니가 없어서. 대체 뭐하는 사람들일까요? 어쨌거나 새한테 먹이를 줍시다. 잘 보세요.”

새도 잘 보고 있었다. 그 모습을 보면 매의 눈이라는 표현을 쓰지 않기가 힘들다. 녀석은 황조롱이답게 지켜보고 있었다.

리처드가 팔을 뒤로 흔들었다. 황조롱이의 머리는 그의 움직임을 그대로 쫓았다. 리처드가 커다란 언더암 스윙으로 작은 쥐를 하늘 높이 던져 올렸다. 매는 1초쯤 그걸 지켜보면서 미분 문제라도 푸는 것처럼 나뭇가지를 움켜쥔 발을 아주 조금 움직였다. 포물선의 정점에 도달한 죽은 몸뚱이의 자그마한 무게가 허공에서 천천히 방향을 바꾸고 있었다.

마침내 황조롱이가 가지를 박차고 기다란 진자에 매달린 추마냥 허공을 활강했다. 황조롱이는 날아가는 거리, 방향을 바꾸는 지점과 속도에 대한 정확한 계산을 끝낸 상태였다. 황조롱이의 원호와 떨어지는 쥐의 포물선이 매끄럽게 교차하면서 발톱으로 깔끔하게 쥐를 움켜쥐고는 근처의 나무에 내려앉아 머리를 잡아 뜯었다.

"머리는 자기가 먹고 나머지는 둥지에서 기다리는 암컷에게 줄 겁니다." 리처드가 말했다.

우리는 황조롱이에게 쥐를 몇 마리 더 주었다. 어떤 건 공중으로 던지고, 어떤 건 나중에 천천히 내려와서 가져가라고 반원형 바위에 올려놓았다. 먹이를 다 준 우리는 그곳을 떠났다.

배불리 먹인다는 뜻의 '페드업'은 매를 훈련시키는 사람들이 실제로 사용하는 용어다. 매 훈련 용어는 대부분 중세에서 유래됐으며, 동물학자들은 그 용어를 많이 가져다 썼다.

예를 들어 '피킹'은 고기를 먹고 나서 부리를 가지에 문질러 청소하는 걸 뜻하고 '뮤트'는 절벽 끝에 새가 앉아서 생긴 흰 자국을 뜻한다. 물론 보통 사람들은 '새똥'이라고 표현하지만 매 훈련에서는 '뮤트'가 된다. '라우징'은 날개와 몸을 흔드는 동작이며, 일반적으로 새가 아주 편안하고 느긋하다는 신호다.

매는 굶겨가며 훈련을 시킨다. 굶주림을 새의 심리를 조종하는 도구로 삼는 것이다. 먹을 게 너무 많으면 새가 협조하지 않고 명령을 해도 짜증을 낸다. 부루퉁해서 나무 꼭대기에 앉아 있는 것이다. 그때가 '페드업' 상태다.

그날 저녁에는 리처드가 완전히 '페드업'◆ 상태였는데, 거기에는 그럴 만한 이유가 있었다. 그의 경우엔 과식이랑 아무 상관이 없었지만, 다른 사람들이 먹고 싶어 하는 것과는 관계가 아주 없지도 않았다.

모리셔스인 친구가 그를 만나러 오면서 상사를 데려왔는데, 근처에 있는 레위니옹섬에 산다는 그 프랑스 남자는 며칠 동안이 섬에서 그녀와 함께 지낼 예정이었다. 남자의 이름은 자크였다. 우리도 보자마자 그가 마음에 들지는 않았지만 리처드처럼 심하지는 않았다. 그는 면전에서 싫은 내색을 했다. 자크는 말쑥하고 오만한 프랑스인이었다. 나중에 리처드가 묘사한 표현을 빌리자면 나른하고 거드름 피우는 눈빛에, 나른하고 거드름 피우는 미소를 짓고, 나른하게 거드름이나 피우는 구제불능의 멍

◆ '페드업'은 넌덜머리가 난다는 뜻도 가지고 있다

청이였다.

집에 온 자크는 나른하게 거드름 피우는 태도로 어슬렁거렸다. 대체 그 집에서 자기가 뭘 하고 있는 건지 모르겠다는 눈치였다. 대단히 우아한 집이라고는 할 수 없었다. 낡은 중고 가구가 그득하고 벽에는 압정으로 눌러놓은 새 그림이 빼곡했다. 뚱한 표정을 보니 벽에 기대고 싶은 것 같았지만 어깨를 기댈 공간을 찾을 수 없는지 그냥 구부정하게 서 있었다.

우리는 그에게 맥주를 권했고, 그는 최대한 우아하게 그걸 받아들였다. 그가 이 섬에는 무슨 일로 왔느냐고 묻기에 우리는 BBC에서 방송할 프로그램을 준비하고 모리셔스 야생동물에 대한 책도 쓰고 있다고 대답했다.

"아니 왜요?" 도저히 이해하지 못하겠다는 목소리였다. "여기에 뭐가 있다고."

처음에는 리처드도 놀라운 자제력을 발휘했다. 그는 대단히 침착하게 세계에서 가장 희귀한 새가 모리셔스에 살고 있다고 설명했다. 칼과 자신을 비롯한 많은 사람들이 이곳에 있는 목적은 그 생물을 보호하고 연구하고 번식시키기 위해서라는 말도 했다. 자크는 어깨를 으쓱하고는 그 동물들이 그렇게 흥미롭거나 특별한 건 아니지 않냐고 말했다.

"그래요?" 리처드가 조용히 물었다.

"깃털이 흥미로운 것도 아니고."

"그런가요?" 리처드가 말했다.

"나는 아라비아앵무 같은 걸 좋아하거든요." 자크가 나른한 미소를 지으며 말했다.

"그러시군요."

"나는 레위니옹에 살아요." 자크가 말했다.

"그렇군요."

"그곳엔 흥미로운 새가 하나도 없어요." 자크가 말했다.

"그야 프랑스 사람들이 다 쏴 버렸으니까." 리처드가 말했다.

그러고는 날렵하게 몸을 틀어서 부엌으로 가 설거지를 했다. 아주 시끄럽고 요란하게. 그러고는 자크가 돌아간 후에야 부엌에서 나왔다. 그는 마개를 따지 않은 럼을 한 병 꺼내들고 쿵쾅거리며 나와서는 한구석에 있는 낡은 소파에 털썩 주저앉았다.

"5년쯤 전에 여기서 키우던 분홍비둘기 스무 마리를 야생에 풀어줬어요. 우리가 쏟은 시간과 노력과 자원을 전부 따진다면 한 마리당 1천 파운드의 가치가 있는 새였어요. 물론 그게 중요한 건 아니죠. 중요한 건 이 섬만의 고유한 생명을 보존하는 거니까. 그런데 얼마 지나지 않아 우리가 키운 이 새들이 전부 냄비 속에 들어가고 말았어요. 믿을 수가 없었죠. 도저히 믿을 수가 없었어요.

이 섬이 어떤 상태인지 알아요? 엉망진창이에요. 완전히 망가진 상태예요. 1950년대에 DDT를 살포했는데 그게 먹이사슬 속으로 침투했고 많은 동물이 죽었어요. 그러다가 섬에 사이클론이 불어 닥쳤죠. 그거야 우리가 어떻게 할 수 있는 일이 아니지만, 그렇잖아도 DDT와 벌목으로 허약해진 섬은 사이클론으로 인해 돌이킬 수 없는 피해를 입었죠. 지금도 지속적인 벌목과 화전으로 숲은 10퍼센트밖에 남지 않았고, 그마저도 사슴사냥을 위해 베어지고 있어요. 간신히 살아남은 모리셔스의 고유종들은 세계 어디에나 흔히 있는 것들에 밀려나고 있고요. 쥐똥나무, 구아바, 그런 허접한 것들. 자 이걸 좀 봐요."

그가 우리에게 술병을 건넸다. 현지에서 만든 그린아일랜드라는 상표의 럼이었다.

"병에 뭐라고 적혀 있는지 읽어 봐요."

구식 범선이 목가적인 열대의 섬을 향해 다가가는 낭만적인 그림 밑엔 마크 트웨인의 이런 말이 적혀 있었다.

"신은 모리셔스섬을 먼저 만들고 그 다음에 천국을 만들었다. 천국이란 모리셔스를 본떠서 만들어진 것이다."

"그게 100년도 안 된 일이에요. 그 후로 섬에 일어나선 안 되는 모든 일이 모리셔스에서 펼쳐졌죠. 핵실험만 빼면 전부 다." 리처드가 말했다.

모리셔스 인근에 있는 인도양의 섬 한 곳은 기적적으로 파괴되지 않았는데, 그게 라운드섬이다. 사실 그건 전혀 기적이 아닌 아주 단순한 이유 때문이었고, 그곳에 갈 거라는 이야기를 칼과 리처드에게 했을 때 그 이유를 알게 됐다.

　"못 가요. 뭐, 시도는 해 볼 수 있겠지만 아마 안 될 겁니다."

　"왜요?" 내가 물었다.

　"파도 때문에. 왜 있잖아요, 바다." 칼이 말했다.

　"이렇거든요." 그는 팔로 크게 요동치는 동작을 해 보였다.

　"가기가 굉장히 힘들어요." 리처드가 말을 받았다.

　"그곳엔 해변도 없고 부두도 없어요. 파도가 아주 잔잔한 날에만 갈 수 있는데, 그때도 배에서 섬으로 뛰어내려야 해요. 대단히 위험하죠. 계산을 정확하게 하지 않으면 바위에 내동댕이

쳐질 수도 있어요. 아직 죽은 사람은 없지만⋯⋯."

그런데 내가 그럴 뻔했다. 우리는 라운드섬에 가는 활동가들의 배를 얻어 탔다. 배는 바위투성이 해변에서 100미터 거리에 닻을 내렸고, 구명보트로 옮겨 탄 후 라운드섬에서 가장 배를 대기 좋은 곳으로 건너갔다. 비둘기집 바위라고 부르는 미끄러운 바위였다.

잠수복을 입은 남자 두 명이 구명보트에서 파도치는 바다로 뛰어들더니 바위로 헤엄쳐갔고, 옆쪽에서 어렵사리 바위에 기어올라 가까스로 올라섰다. 남은 사람들도 차례로 서너 명씩 구명보트를 타고 바다를 건너갔다. 섬에 오르려면 바위로 훌쩍 뛰어야 하는데, 파도가 바위에 부딪히는 순간을 기다렸다가 물마루가 가장 높이 일어섰을 때 뛰어야 배가 일어나면서 몸을 밀어올려준다. 이미 바위에 올라선 사람들이 구명보트의 밧줄을 잡아당기며 철썩이는 파도 너머에서 이렇게 해라, 힘을 내라, 소리치면서 뛰어내리는 사람을 붙잡아줬다.

내가 맨 마지막이었다. 하필이면 그때 바다가 더 높이 일어나면서 물살이 거칠어졌기 때문에, 훨씬 가파르지만 해조류로 인해 미끄러운 반대쪽으로 뛰어야 했다. 아무튼 뛰었다. 파도가 들어올린 보트 가장자리에서 바위로 돌진했지만, 그곳도 반대편 못지않게 미끄러운데다 기울기는 훨씬 더 가팔라서, 팔다리로 울퉁불퉁한 표면을 긁어대며 볼썽사납게 바다로 주르륵 미끄러졌다. 머리까지 물속에 풍덩 잠겼다. 머리를 수면 위로 내

밀려고 물 밑에서 몸부림을 쳤지만, 머리 바로 위에 구명보트가 있어서 올라가려 할 때마다 나를 바위 표면으로 밀어댔다.

그렇군. 나는 생각했다. 이제야 알겠어. 이래서 이 섬이 비교적 망가지지 않은 거였어. 나는 다시 한번 위로 솟구쳐 올랐고, 때마침 해변에 있던 사람들이 보트를 옆으로 당겼다. 덕분에 나는 물 밖으로 머리를 내밀고 바위 틈새에 매달릴 수 있었다. 그러고도 한참 동안 미끄러지고 자빠지며 파도에 떠밀린 후에야, 간신히 마크와 다른 사람들의 손을 붙잡을 수 있었다. 사람들이 나를 얼른 바위 위로 끌어올렸다. 입으로 물을 뿜고 피를 줄줄 흘리면서도 괜찮다고, 나는 그냥 어디 조용한 구석에 가서 죽을 테니 아무 걱정하지 말라고 말했다.

섬에 가는 두세 시간 동안 바다는 심하게 요동쳤고, 위장도 같이 요동치는 바람에 내 몸무게에 해당할 만큼을 바다에 쏟아낸 것 같았다. 그랬더니 몸이 후들후들 떨려서 라운드섬의 하루가 어땠는지 잘 기억나지 않는다. 마크가 식물학자인 웬디 스트람과 이 섬에만 있다는 동식물을 찾아다닐 때 나는 비벌리라는 야자수 옆에 멍하니 앉아 햇볕을 쬤는데, 그러고 있는 내가 한심스러웠다.

그 야자수를 왜 비벌리라고 부르는지는 알고 있었다. 웬디가 자신이 그렇게 이름을 붙였다고 말해 줬다. 그건 병야자였는데 키안티 포도주병처럼 생겼다고 해서 그런 이름이 붙었고, 라운드섬에 남은 여덟 그루 가운데 하나였다. 그 나무는 야생 상태에

단 여덟 그루만 남아 있었다. 나는 비벌리 옆에 그만큼 울적한 기분으로 앉아 대체 섬에 이름을 붙이는 사람이 누구일지 따져 봤다.

라운드섬은 세계에서 가장 진귀한 섬 가운데 하나다. 생김새도 특이해서 마치 바다에서 달이 떠오르는 형상이다. 달은 춥고 고요하지만, 이곳은 덥고 생명체가 우글거린다는 게 다를 뿐이다. 첫인상은 건조하고 황량한 느낌이어도 곰보 자국처럼 얽은 분화구마다 황홀한 흰꼬리열대새와 근사한 텔페어도마뱀, 그리고 귄터도마뱀붙이 등이 가득했다.

이런 섬에 이름을 붙이려면 일단 친구들을 초대해서 와인을 마시며 하룻밤을 지내봐야 할 것 같다. 그저 둥그스름하니까 둥글다는 뜻으로 '라운드섬'이라고 이름을 붙이는 건 곤란하다. 다른 건 몰라도 이 섬의 모양이 둥글다고 할 수는 없다. 둥글기로 치면 수평선 끝에 보이는 다른 섬이 더 둥글지만 그곳의 이름은 뱀이라는 뜻의 '서펀트섬'이다. 라운드섬과는 달리 뱀이 한 마리도 없다는 사실을 기념하는 이름인 것 같았다. 그리고 한쪽 끝에 우뚝 솟은 산봉우리에서 반대쪽 바다로 완만한 경사를 이루는 또 다른 섬은 희한하게도 평평하다는 뜻의 '플랫섬'이었다. 이름을 누가 붙였는지는 몰라도 지나치게 거나한 하룻밤을 보낸 모양이라는 생각이 들었다.

라운드섬이 도마뱀과 도마뱀붙이, 보아뱀, 야자수, 심지어 모리셔스에서는 오래 전에 씨가 마른 식물을 비롯한 여러 고유종의 안식처로 남아 있는 이유는, 단지 인간의 접근이 어려워서가 아니라 쥐가 상륙하는 게 거의 불가능하기 때문이다. 라운드섬은 쥐가 서식하지 않는 세계에서 가장 큰 열대 섬 가운데 하나다.(이곳의 면적은 300에이커가 조금 넘는다.)

라운드섬이 훼손되지 않은 건 아니다. 천만의 말씀이다. 150년 전에 뱃사람들이 염소와 토끼를 이 섬에 풀어놓기 전에는 활엽수림으로 뒤덮여 있었는데, 외부에서 들어온 동물들이 그걸 전부 파괴해 버렸다. 멀리서 이 섬을 처음 보는 나 같은 문외한의 눈에 다소 황량해 보이는 이유도 그 때문이다. 자연보호 활동가만이 얼마 남지 않은 이상한 생김새의 야자수와 뜨겁고 건조하고 메마른 땅에 드문드문 돋아난 풀이 이루 말할 수 없이 귀한 품종이라는 걸 알아볼 수 있다.

귀하다면 누구에게 그렇다는 뜻이고, 그 이유는 무엇일까?

라운드섬에서 자라는 여덟 그루의 병야자가 전세계를 통틀어 야생에 남아 있는 전부라는 사실이, 자연보호에 열을 올리는 소수의 활동가들을 제외한 나머지 사람들에게도 그만큼 중요할까? 모리셔스의 큐어파이프 식물원에 있는 히오포르베 아마리카울리스Hyophorbe Amaricaulis(이 야자수는 너무 희귀해서 학명 외에 다른 이름은 없다)가 그 종의 유일무이한 나무라는 사실은?(이 나무는 식물원을 짓기 위해 터를 닦다가 우연히 발견되었다. 하마터면 그냥 베어버릴 뻔했다.)

열대의 낙원이라는 표현, 심지어 여행 홍보 문구가 일으키는 환상에 조금이라도 부합하는 곳은 이제 지상에 남아 있지 않다. 물론 광고와 현실 사이에는 괴리가 있기 마련이고, 그런 것에는 이제 이골이 났다고 생각할 수도 있다. 사람들은 이제 그런 것에 별로 놀라지 않는다.

따라서 수 세기 전(또는 심지어 수십 년 전)의 탐험가나 오늘날의 생물학자가 묘사하는 세계가 실제로 존재했다는 걸 알게 되면, 그게 오히려 충격일 것이다. 그런데 그곳에는 이제 우리가 벌인 행동의 결과만이 남아 있다. 어딘가에 가서 초라한 느낌을 받으면서도 우리가 별로 실망하지 않는 건, 우리의 기대치가 얼마나 낮아졌는지를 알려 주고 우리가 뭘 잃어버렸는지도 모른다는 사실을 입증해 줄 뿐이다. 우리가 뭘 잃어버렸는지 아는 사람들은 그나마 남은 것을 지키기 위해 미친 듯이 뛰어다니고 있다.

지구의 생태계는 형언할 수 없이 복잡해서 그런 체계가 존재하며 그게 아무 의미 없이 존재하는 게 아니라는 사실을 우리 인간이 깨닫기까지 오랜 세월이 걸렸다. 인간이 대단히 복잡한 것의 작용을 이해하려면, 뭔가 대단히 복잡한 것이 작용하고 있다는 사실만이라도 깨달으려면, 조금 작은 축소판을 볼 필요가 있다. 우리가 생명을 이해하는 데 작은 섬들의 역할이 그토록 중요한 이유도 그 때문이다. 예를 들어 갈라파고스 제도에는 같은 조상에서 유래된 동식물이 바다를 사이에 두고 고작 몇 킬로미터 떨어졌을 뿐인데도 서로 다른 방식으로 변화하며 적응하기 시작했다. 찰스 다윈은 그 과정을 간결하게 요약해서 보여 주는 갈라파고스 제도를 관찰한 후에 진화라는 개념을 정립할 수 있었다.

모리셔스섬은 그만큼 중요하지만 훨씬 우울한 개념을 우리에게 선사했는데, 그건 바로 멸종이었다. 모리셔스에서 가장 유명한 동물은 크고 순한 비둘기다. 실제로 어찌나 큰지, 그 무게가 살을 통통하게 찌운 칠면조에 육박한다. 오래전에 땅을 박차고 오를 생각을 포기한 날개는 끝내 작은 장식품으로 전락했다. 나는 걸 포기한 녀석들은 모리셔스의 계절 변화에 완벽하게 적응해서 열매가 익어 땅에 뒹구는 늦여름부터 가을까지 뒤룩뒤룩 살이 찌도록 먹고, 그렇게 축적한 지방으로 메마르고 헐벗은 계절을 났다.

그게 아니더라도 굳이 날 필요가 없었는데, 이들을 해치려는 포식자가 없었고 이들 역시 아무런 해도 끼치지 않았기 때문이다. 실제로 해를 가한다는 개념 자체를 모르기 때문에 바닷가에서 이 녀석들과 마주친다면 아마 곧장 다가와 얼굴을 빤히 쳐다볼 것이다. 코끼리거북들이 뒹구는 해변을 이 새들이 그 코끼리거북들 사이로 걸어올 수만 있다면 말이다. 고기가 질기고 맛이 없어서 인간들도 이 새들을 잡을 이유가 없었다.

노란색과 녹색이 어우러진 깃털을 가진 이 새는 구부러지고 크고 널찍한 부리 때문에 어딘가 퉁명스럽고 우울한 인상을 풍기고 작고 둥근 눈은 다이아몬드 같으며, 꼬리에는 우스꽝스럽도록 작은 깃털 세 개가 삐죽 돋아 있었다. 이 커다란 비둘기를 처음 본 어느 영국인은 "생김새와 희귀성에서 아라비아 불새와 정반대"라고 말하기도 했다.

그러나 우리는 이제 이 새를 볼 수 없는데, 안타깝게도 1680년경에 네덜란드 이주민이 마지막 새를 때려죽였기 때문이다. 그런가 하면 코끼리거북은 이걸 일종의 통조림으로 여긴 뱃사람들한테 다 잡아먹혔다. 뱃사람들은 해변에서 거북이를 잡아서 바닥짐처럼 배에 싣고 다니다가 배가 고파지면 내려가서 한 마리씩 꺼내 먹었다. 한편 커다랗고 온순한 비둘기, 도도라고 알려진 그 새는 단지 인간의 재미를 위해 곤봉에 맞아 죽었다. 그래서 모리셔스는 이제 영원한 명성을 떨치게 되었다. 도도새가 멸종된 곳으로.

이전에도 멸종된 동물들은 있었지만, 도도는 아주 특별한 동물로, 모리셔스섬이라는 제한된 환경에서만 살았다. 이제 도도가 더 이상 세상에 존재하지 않는다는 건 너무나 명백한 사실이다. 새로운 도도를 만들어 낼 수 있는 건 도도뿐이므로, 도도는 두 번 다시 존재할 수 없다. 우리는 섬 주변을 돌아보며 그 사실을 분명하게, 그리고 절실하게 느낄 수 있었다.

그때까지 인간은 어떤 동물이 완전히 사라질 수 있다는 개념을 제대로 이해하지 못했다. 뭔가를 죽이면 그게 더 이상 존재하지 않는다는 사실을 몰랐다는 이야기다. 영영. 도도새의 멸종으로 인간은 더 슬프지만 조금은 더 현명해졌다.

우리는 마침내 로드리게스, 모리셔스에 부속된 그 작은 섬으로 이 세상에서 가장 희귀한 큰박쥐를 보러 갔지만, 그 전에 웬디 스트람이 꼭 봐야 한다고 신신당부한 것부터 찾아갔다. 그녀는 신신당부하는 것만으로는 마음이 놓이지 않았는지, 아예 로드리게스섬 방문 일정을 조정해서 우리를 직접 데려갔다.

뜨거운 흙길 옆에 작은 관목 한 그루가 마치 포로수용소에 갇힌 것처럼 서 있었다. 그 나무는 완전히 멸종된 줄 알았던 라무스마니아Ramus mania라는 야생 커피나무의 일종이었다. 1981년에 레이몬드 아퀴스라는 모리셔스 출신 교사가 로드리게스섬의 학교에서 아이들을 가르치며 모리셔스에서 멸종됐다고 알려진 열 가지 식물의 사진을 보여주었다.

그때 한 아이가 손을 들고 이렇게 말했다. "저기요, 선생님. 그 나무 우리 집 뒷마당에 있는데요."

처음에는 믿기 힘들었지만, 가지를 잘라서 큐 왕립식물원에 보냈더니 답이 왔다. 그건 라무스마니아였다.

그 나무는 왕래가 많은 길가에 있었고, 로드리게스에서는 모든 나무를 땔감으로 여겼기 때문에 대단히 위험했다. 그래서 사람들이 베어 가지 못하도록 주변에 울타리를 쳤다. 그러자 사람들이 '이게 특별한 나무인 모양'이라고 생각하기 시작했고, 울타리를 넘어가 가지를 잘라내고 잎을 따고 나무껍질을 벗겨 갔다. 이런 대우를 받는 걸 보면 특별한 나무인 게 틀림없었고, 그러니 특별한 효험이 있을 거라고 믿으면서 조금씩 떼어 갔다. 숙취가 사라진대, 임질에 특효약이래. 로드리게스에서는 집에서 뒹구는 것 외에 별다른 오락거리가 없어서 다들 그 나무를 보러 갔고, 그렇게 조금씩 잘라 가고 꺾어대다 보니 금세 시름시름 죽어 갔다.

첫 번째 울타리가 소용 없다고 판명되자 이번엔 주변에 가시 철망을 둘렀다. 그리고 첫 번째 철망 주변에 두 번째 철망을 두르고, 두 번째 주변에 세 번째 철망을 두르면서 울타리가 반 에이커를 차지하기에 이르렀다. 급기야 나무를 지킬 관리인도 임명했다.

큐 왕립식물원에서는 하나 남은 나무를 잘라낸 부분으로 뿌리를 내려 두 그루를 새로 육성한 후 야생에 옮겨 심을 수 있게 되기를 바라고 있다. 그 노력이 성공을 거두기 전까지는 철망 바리케이드를 두른 이 한 그루만이 지구상에서 자기 종을 대표하는 유일한 나무로 남을 것이며, 한 조각을 떼어 갖기 위해 나무를 죽이려 드는 사람들로부터 계속 보호해야 할 것이다. 도도가 멸종한 탓에 우리는 더 슬프고 더 현명해졌다고 생각하기 쉽지만, 단지 더 슬프고 정보만 많아졌을 뿐이라는 증거도 산적해 있다.

그날 해 질 무렵에 우리는 전망이 좋다는 길가에 서서 세상에서 가장 희귀한 큰박쥐가 먹이를 찾아 숲속 보금자리를 떠나 어두워지는 하늘을 가로질러 과일나무로 날아가는 모습을 바라보았다.

박쥐들은 잘 지낸다. 아직 수백 마리가 남아 있으니까. 이거 참 야단났다는 생각에 등골이 오싹해진다.

에필로그

마지막 기회

타다 남은 재를 뒤적이며

더글러스 애덤스

　어렸을 때 읽다가 도저히 이해할 수 없어서 머릿속이 복잡해졌던 이야기가 있다. 그게 고대 로마 신탁집神託集에 나오는 내용이라는 건 한참 후에야 알았다. 그걸 알게 됐을 즈음엔 시시콜콜한 내용은 머릿속에서 각색되어 달라졌지만 본질은 여전했다. 한 해 동안 멸종 위기에 처한 동물들을 찾아 온 세상을 돌아다닌 끝에야, 나는 마침내 그 이야기가 무슨 뜻인지 이해할 수 있었다.

　그건 고대의 어느 도시에서 일어난 이야기지만, 그곳이 어디이며 도시의 이름이 무엇인지는 중요하지 않다. 그곳은 드넓은 평원 한가운데 자리 잡은 풍요로운 도시였다. 어느 해 여름, 성공과 번영을 구가하던 그 도시에 웬 거지 노파가 커다란 책 열두 권을 들고 나타났다. 노파는 세상의 모든 지식과 지혜가 전부 담겨 있다며 금 한 자루만 내면 열두 권을 몽땅 그 도시에 팔겠다고 말했다. 도시 사람들은 살다 살다 이렇게 희한한 소리는 처음 듣는다고 생각했다. 그들은 금값이 얼마인지도 모르냐며, 얼른 사라지는 게 신상에 좋을 거라고 으름장을 놓았다.

노파는 알겠다며 순순히 물러났지만, 떠나기 전에 우선 사람들이 보는 앞에서 책의 절반을 없애겠노라고 했다. 불을 피운 노파는 세상의 모든 지식과 지혜가 담긴 책 여섯 권을 도시 사람들 앞에서 태운 후 제 갈 길을 갔다.

겨울이 지나갔다. 혹독한 겨울이었지만 도시는 여전히 번성했고, 이듬해 여름에 노파가 다시 돌아왔다.

"아니, 또 왔군." 도시 사람들이 말했다. "지식과 지혜는 어쩌셨소?"

"여섯 권의 책. 단 여섯 권만 남았지. 세상의 모든 지식과 지혜의 절반. 다시 한번 그걸 팔러 왔소이다."

"아하, 그러시군요." 도시 사람들은 킬킬거렸다.

"그런데 값이 좀 달라졌다오."

"놀랄 일도 아니지."

"이제 금 두 자루라오."

"뭐라고?"

"지식과 지혜를 담은 나머지 책 여섯 권에 금 두 자루. 살 테요, 말 테요."

"우리가 보기에 당신은 그다지 지혜롭지도 않고 아는 것도 없는 것 같군. 그렇지 않고서야 이미 터무니없었던 값을 네 배나 올려서는 살 사람을 찾을 수 없다는 걸 알 테니 말이요. 당신이 팔고 다니는 지식과 지혜가 고작 그 정도라면 당신이나 실컷 간직하시오."

"살 테요, 말 테요."

"어림도 없는 소리."

"좋아요. 그렇다면 장작이나 조금 얻읍시다."

그녀는 또다시 불을 피우고 남은 책 중에 세 권을 사람들 앞에서 태운 후 평원으로 사라졌다.

그날 밤, 호기심이 동한 몇 사람이 몰래 나와서 타다 남은 종이라도 건질 수 있을지 재를 뒤적였지만, 책은 남김없이 다 타버렸고 노파가 재까지 긁어 갔다. 아무것도 남아 있지 않았다.

또 한번 추운 겨울이 찾아왔고, 이번엔 굶주림과 질병으로 조금 힘들었지만 그래도 교역은 활발했다. 여름이 돌아왔을 때 도시는 생기를 회복한 후였다. 그리고 노파가 또 나타났다.

"올해는 일찍 오셨구려." 사람들이 말했다.

"들고 다닐 게 적어서." 노파는 그렇게 설명하며 남은 세 권을 보여주었다. "세상의 모든 지혜와 지식의 사분의 일. 사겠소?"

"값이 얼마요?"

"금 네 자루."

"이 노파가 완전히 돌았구먼. 다른 건 몰라도 요즘은 경기가 썩 좋지 못해. 금 네 자루라니 안 될 말이지."

"장작 좀 주시오."

"잠깐 기다려요." 도시 사람들이 말했다.

"이건 어느 쪽에도 좋을 게 없소. 우리가 생각을 좀 해 봤는데, 몇 명이 위원회를 꾸려서 당신이 팔겠다는 그 책을 살펴보기로 했소. 그 책이 우리에게 가치가 있는지 살펴볼 시간을 몇 달만 준다면, 내년에 다시 찾아왔을 때 합당한 값을 제시하리다. 물론 금 네 자루는 어림도 없고."

노파는 고개를 저었다. "됐소. 땔감이나 주시구려."

"그럼 돈을 내야지."

"관두쇼."

노파가 어깨를 들썩이며 말했다. "책만으로도 잘 타니까."

그렇게 말하고는 책 두 권을 잘게 찢어 불을 붙였다. 책은 활활 잘 탔다. 노파는 서둘러 평원을 가로질렀고, 도시 사람들은 다시 1년을 기다려야 했다.

봄이 저물어 갈 무렵 노파가 돌아왔다.

"이제 한 권 남았소." 노파는 책을 앞에 내려놓으며 말했다.

"그래서 아예 땔감까지 챙겨 올 수 있었지."

"얼마요?" 도시 사람들이 말했다.

"금 열여섯 자루."

"여덟 자루밖에 없소."

"살 테요, 말 테요."

"여기서 기다려요."

사람들이 의논을 하러 갔다가 30분 후에 돌아왔다.

"열여섯 자루는 우리가 가진 전 재산이오. 형편이 좋지 않아요. 조금만 덜어주시오." 사람들이 애원했다.

노파는 콧노래를 부르며 땔감을 쌓기 시작했다.

"좋소!"

사람들은 결국 이렇게 소리쳤고, 성문을 열고는 소달구지 두 대에 각각 금 여덟 자루를 실었다.

"이만한 값어치가 있어야 할 것이오."

"고맙구려." 노파가 말했다. "값어치야 있고말고. 나머지도 봤어야 했는데."

노파는 소달구지 두 대를 끌고 평원을 걸어갔고, 도시 사람들은 세상에 남은 지혜와 지식의 12분의 1만을 가지고 최선을 다해 살아가야 했다.

마크 카워다인

이건 정말로 우리가 이 동물들을 볼 마지막 기회였을까? 안타깝지만 한마디로 간단히 대답하기엔 불확실한 변수가 너무 많다. 현장에서 활동하는 사람들이 열심히 노력한 덕분에 몇몇 종의 개체 수는 실제로 증가하기 시작했다. 그러나 이런 노력이 잠시라도 중단되면 카카포와 양쯔강돌고래, 북부흰코뿔소를 포함한 많은 동물들이 순식간에 사라질 게 틀림없다.

과거의 무수한 경험에 비추어 보면 개체수가 많다고 해서 그 동물의 안전한 미래가 보장되는 건 아니다. 가장 널리 알려진 사례는 북미의 나그네비둘기인데, 한때 지구상에서 가장 흔했던 이 새가 50년 남짓한 사이에 무분별한 남획으로 종적을 감췄다. 하지만 우리는 그 경험에서 아무 교훈도 얻지 못했다. 10년 전에는 아프리카에 코끼리가 130만 마리나 있었지만, 밀렵꾼들이

하도 잡아 죽이는 바람에 지금은 60만 마리도 남지 않았다.

그런가 하면 아무리 적은 수가 남았어도 얼마든지 멸종의 낭떠러지에서 구해 낼 수 있다. 후안페르난데스물개는 수백 만 마리였던 것이 1965년에는 100마리도 안 되게 줄어들었지만, 지금은 3천 마리가 됐다. 그리고 1978년에 뉴질랜드 까만울새는 새끼를 밴 암컷 한 마리 수준으로 전락했지만, 돈 머튼이 이끄는 팀의 헌신적인 노력으로 멸종 위기를 벗어나 지금은 50마리가 넘는다.

카카포도 완만하긴 하지만 회복의 길로 접어든 것처럼 보인다. 영국으로 돌아온 직후에 뉴질랜드에서 편지 한 통이 도착했다.

스튜어트섬 사서함 3

더글러스와 마크에게

이 소식을 얼른 전하고 싶어서 편지를 씁니다. 스튜어트섬 남쪽의 카카포 서식지에 좋은 소식이 있습니다. 1989년 8월 25일, 아침 8시 45분에 수색자인 앨런 문과 그의 잉글리시세터 '아리'가 레스노브 근처에서 암컷 카카포를 새로 발견했어요. 고도 380미터 지점이었습니다. '제인'의 무게는 1.25킬로그램이고 앨런이 안아 올렸을 때 엄청 스크라크거렸다고 하더군요. 제인은 이제 막 털갈이를 마쳤지만 상태는 양호해 보이며 며칠 후에 새 거처로 보낼 예정입니다. 물론 코드피시섬이죠.

다시 한번 두 분의 방문에 깊이 감사드립니다. 이 커다란 녹색 앵무새가 받아 마땅한 관심을 얻는 데 큰 도움이 됐습니다.

그럼, 이만.

라키우라 보존국의 지역관리위원 R. 틴덜을 대신해서
앤디 로버츠(카카포 프로젝트 감독) 보냄

카카포와 관련된 좋은 소식은 이후로도 더 이어졌다. 스튜어트섬에서 암컷 두 마리를 더 발견해서 코드피시로 보냈고, 그로 인해 카카포의 총 개체 수는 마흔세 마리가 되었다.

한편 리틀배리어섬에서는 아홉 살짜리 '스나크'를 포함한 몇몇 수컷이 처음으로 구애의 소리를 내서 모두를 기쁘게 했다. 1981년 스튜어트섬에서 태어난 스나크는 이번 세기 들어 사람들이 본 유일한 카카포 병아리였다.

하지만 최고의 소식은 이 책의 원고를 넘기기 직전에 도착했다. 잔뜩 흥분한 돈 머튼이 전화를 걸어서는 방금 리틀배리어섬에서 새로 만든 카카포 둥지가 발견됐다는 소식을 전했다. '헤더'라는 아홉 살짜리 암컷이 만든 그 둥지 안에는 카카포 알이 하나 있었다.

카카포를 리틀배리어와 코드피시섬으로 이주시키는 건 위험을 무릅쓴 작업이었다. 그래도 그것만이 카카포를 멸종위기에서 구할 유일한 희망이었다. 헤더의 둥지는 그 프로젝트가 실효를 거두고 있다는 고무적인 첫 신호였고, 이제 그 알이 부화할지, 그리고 헤더가 새로 옮겨 간 집에서 새끼를 키울 수 있을지, 모두가 가슴을 졸이며 지켜보고 있었다.

자이르의 케스 힐먼스미스도 우리가 떠난 후에 가람바에서 북부흰코뿔소의 새끼가 세 마리 태어나 개체수가 총 스물다섯 마리로 늘어났다는 편지를 보내왔다. 신이 난 공원 관계자들은 새끼들에게 용기를 가지라는 뜻으로 '음피코', 역경을 견뎌내라는 뜻으로 '몰렌데', 그리고 별이라는 의미의 '민조토'라는 이름을 붙여주었다고 한다.

보전 전략이라고 해서 전부 실효를 거두는 건 아니라는 사실을 알아야 한다. 보전을 위한 활동은 암중모색 수준일 때가 많다. 가람바 프로젝트 초창기에도 북부흰코뿔소를 전부 포획해서 사육해야 한다는 압력이 거셌다. 자이르 정부는 동의하지 않았다. 코뿔소는 자이르의 것이며, 그걸 외국의 동물원에 보낼 생각이 없다는 뜻을 분명히 밝혔다. 다행히 그건 옳은 결정이었던 것처럼 보인다. 북부흰코뿔소는 갇힌 상태에서 번식을 잘 못한다는 사실이 밝혀졌다. 동물원에서는 마지막으로 새끼가 태어난 게 1982년이었다. 반면에 야생 상태에서는 같은 기간에 10마리가 넘게 태어났다.

모리셔스에서 온 소식에 희비가 엇갈렸다. 황조롱이들은 잘 지냈고, 칼은 현재 번식 중인 열두 쌍을 포함해서 야생에 100마리쯤이 있는 것 같다고 믿었다. 하지만 진짜 야생 분홍비둘기의 수는 10마리 이하로 감소했다. 그래서 사육하던 비둘기 가운데 일부를 다시 야생에 풀어주는 중이었고, 지금까지는 사냥꾼들을 피해 잘 지내고 있는 것처럼 보인다고 했다.

에코앵무의 경우 우리가 다녀간 후로 최소 한 마리가 죽었지만 나머지가 번식을 시도하는 중이라고 했다. 1989년 11월에 칼은 알 세 개가 들어 있는 앵무새 둥지를 발견했다. 무슨 이유에선지 그중 하나가 얼마 후에 사라졌고, 그래서 칼은 나머지를 사육장에 가져와서 관리하기로 했다. 알은 모두 성공적으로 부화했고 병아리들은 건강하게 잘 자란다.

어쩌면 가장 중요한 건(비조류학자의 입장에서) 로드리게스큰박쥐의 수가 1천 마리라는 기준점을 넘어섰다는 사실일 것이다.

반면에 라디오 시리즈가 방송된 후에 중국에서 일한다는 어느 부부가 보내온 편지는 우리를 심란하게 만들었다.

더글러스와 마크에게

양쯔강돌고래에 대한 프로그램 잘 들었습니다. 그런데 조금 죄책감이 들더군요! 우리는 얼마 전에 석 달 동안 난징의 여러 공장에서 일을 하게 됐습니다. 그곳 사람들과 잘 지내며 음식도 잘 먹었어요. 우리가 떠날 때 그들은 대접한다면서 양쯔강돌고래를 한 마리 잡아 주었습니다. 안 그랬으면 201마리가 있었을 텐데. 미안해요.

이만.

추신: 미안합니다. 돌고래가 두 마리였다네요. 남편이 자기가 그 자리의 주빈이었고, 돌고래 태아를 먹었다는 이야기를 이제야 해주는군요.

양쯔강에서 양쯔강돌고래를 지키는 일은 그 동물을 보호하기 위해 들인 시간과 노력에도 불구하고 희망적이지 않아 보인다. 어쩌면 퉁링의 보존지역과 스서우石首에 새로 조성한 또 다른 준보호시설에서는 기회가 있을지도 모른다. 하지만 야생 상태에서 자유롭게 지내는 것과 같을 수는 없을 것이다. 물론 그러는 중에도 소음과 오염은 나날이 심화되고 있다.

이 밖에도 얼마나 많은 종들이 절멸 직전에 처해 있는지는 아무도 모른다. 우리는 심지어 전 세계에 동물과 식물이 총 몇 종이나 있는지도 모른다. 지금까지 무려 140만 종이 확인됐지만, 일부 전문가들에 따르면 아직도 발견되지 않은 것이 3천만 종에 이른다고 한다. 우리가 사는 지역을 달 표면만큼도 알지 못한다는 사실을 생각하면 놀랄 일도 아니다. 아마 아직 발굴되지 않은 심해나 열대우림의 조용한 구석에서 우리가 그 존재를 인식하기도 전에 수많은 동물과 식물이 사라지고 있을지도 모른다.

그리고 우리의 관심을 끌지 못하는 건, 눈에 띄지 않는 작은 생명체만이 아니다. 일례로 마다가스카르 우림에서도 더글러스와 내가 손가락원숭이를 보러 다녀온 1985년 이후에 놀랍고 새로운 발견이 몇 건 있었다. 현장에서 일하는 학자들이 여우원숭이 두 종을 새로 찾아냈다. 금색 눈썹에 오렌지색 뺨, 불그스름한 짙은 털을 가진 종류는 황색대나무여우원숭이라고 이름을 붙였고, 다른 또 하나는 머리에 황금빛이 도는 오렌지색 털이 돋았다고 해서 황금왕관시파카라는 이름을 붙였다.

이 두 여우원숭이는 아주 희귀하고 습성에 대해서도 거의 알려진 바가 없다. 이 동물들이 마다가스카르 우림에서 하는 역할은 뭘까? 그건 우리의 삶과 직접적인 연관이 있을까? 이 동물들의 생존을 위협하는 가장 큰 요소는 뭘까? 우리는 모른다. 전문가들이 그들을 구해 낼 수 있는 충분한 지식을 축적하기도 전에 멸종할지도 모른다. 야생 생물의 보존은 늘 촌각을 다투는 일이다. 동물학자들과 식물학자들이 새로운 지역을 탐험하며 멸종 위기에 처한 얼마 남지 않은 종의 존재를 기록하고 있지만, 그건 불타는 도서관에 허겁지겁 뛰어 들어가 다시는 읽지 못할 책의 제목을 적으려고 안간힘을 쓰는 것과 같다.

물론 멸종은 수백만 년 동안 일어났다. 동식물은 인류가 등장하기 전에도 사라졌었다. 하지만 멸종의 속도가 달라졌다. 수백만 년 동안은 한 세기에 평균 한 종이 멸종했다. 그러나 선사시대 이후에 일어난 대부분의 멸종은 지난 300년 사이에 집중되었다.

그리고 최근 300년 동안 일어난 대부분의 멸종은 지난 50년 사이에 일어났다. 그리고 지난 50년 사이에 일어난 대부분의 멸종은 지난 10년 사이에 일어났다. 등골이 오싹해지는 가속이 아닐 수 없다. 우리는 현재 해마다 1천여 종의 동식물을 지구에서 멸종시키고 있다.

현재 지구상의 인구는 50억 명이며 인간의 숫자는 계속해서 증가한다. 사냥과 공해와 살충제, 그리고 무엇보다 서식지의 감소로 고군분투하는 세상의 야생 동물들과 공간을 놓고 싸움을 벌이는 실정이다. 우림에는 지구상 전체 동식물의 절반이 살고 있는데, 해마다 세네갈 크기만 한 면적이 파괴되고 있다.

세계 전역에 생존을 위협받는 동물이 너무 많아서 더글러스와 내가 그것들을 다 찾아다니려고 한다면 3주에 하나꼴로 찾아가더라도 300년이 넘게 걸릴 것이다. 그리고 만약 위기에 처한 식물까지 보겠다고 작정한다면 거기에 1천 년을 더해야 한다.

세계 구석구석의 오지에서는 칼 존스와 돈 머튼 같은 사람들이 멸종위기 동물들을 지키기 위해 인생을 바치고 있다. 그들의 결의만이 위험에 처한 종이 멸종된 종으로 분류되지 않도록 막고 있는 유일한 버팀목일 때도 많다.

하지만 그들은 왜 그런 수고를 하는 걸까? 양쯔강돌고래나 카카포, 북부흰코뿔소나 다른 종들이 과학자들의 기록에만 남아있다고 한들 그게 대수일까?

그런데, 그렇다. 세상의 모든 동물과 식물은 각각의 서식 환경에 없어서는 안 되는 한 부분이다. 심지어 코모도왕도마뱀마저도 섬의 섬세한 생태계를 안정적으로 유지하는 데 중요한 역할을 한다. 그 동물들이 사라지면 다른 많은 종도 그럴 수 있다. 그리고 그 동물들의 보존은 우리의 생존과도 큰 관련이 있다. 동물과 식물은 우리의 생명을 구해 줄 약과 음식을 제공하고 곡식의 가루받이를 도와주며, 많은 산업에 중요한 원재료가 된다. 아이러니하게도 우리에게 가장 중요한 건, 크고 아름다운 생명체보다 못생기고 보잘것없는 것일 때가 많다.

그렇다고 하더라도 지구온난화나 오존층의 파괴 같은 대규모 환경 문제와 비교할 때 몇몇 종이 사라지는 것 정도는 하찮아 보일지도 모른다. 하지만 자연의 자가 치유 능력이 제아무리 뛰어나다 한들, 그 능력을 발휘하는 데에도 한계는 있다. 우리가 그 한계에 얼마나 근접했는지는 아무도 모른다. 시야가 어두워질수록 우리는 더 빨리 내달린다.

마지막으로 이들에게 관심을 기울여야 하는 이유가 한 가지 더 있는데, 나는 이것 말고 더 필요한 이유는 없다고 믿는다. 그렇게 많은 사람들이 코뿔소와 앵무새와 카카포와 돌고래를 지키는 데 인생을 거는 이유도 이 때문일 것이다. 이유는 아주 단순하다. 그들이 없으면 이 세상은 더 가난하고 더 암울하고 더 쓸쓸한 곳이 될 것이기 때문이다.

이 프로젝트가 가능하도록 도움을 준 고마운 분들

Gary 'Arab' Aburn

Conrad and Ros Aveling

Jane Belson

Bill Black

Boss

Juan Carlos Cardenas

John Clements

Sue Colman

Peter and Linda Daniel

Mike and Dobbie Dobbins

Phred Dobbins

Margaret Edridge

Steven Faux

Sue Freestone

Alain le Garsmeur

Lisa Glass

Michael Green

Reinaldo Green

Terry Greene

Linda Guess

Bob Harris

Rod Hay

Kes and Fraser Hillman-Smith

Craig Hodsell

Liz Jarvis

Carl Jones

Zhou Kaiya

Aartee Khosla

Annette E. Lanjouw

Jurgen Langer

Richard Lewis

Roberto Lira

David McDowell

Charles and Jane Mackie

Marina Mahon

Rob Malpas

Don Merton

Doreen Montgomery

Phil Morley

Chris Muir

Chen Peixun

Jean-Jacques Petter

David Pratt

Liu Renjun

Marcia Ricci

Bernadette Salhi

Putra Sastrawan

Gaynor Shutte

Ivan Leiva Silva

Neville Stevenson

Wendy Strahm

Godofredo Stutzin

Miguel Stutzin

Condo Subagyo

Struan Sutherland

Kirsty Swynnerton

Debra Taylor

Ron Tindal

Daniel Torres

Ed Victor

Sue Warner

Carlos Weber

Air France

Air Zaire

Fuji Films

Jersey Zoo

Kodak UK Ltd

London Zoo

Nikon UK Ltd

Red Cross

Tongling Baiji Conservation Association

이 책에 등장하는 여러 동물 보호 단체(우리에게 굉장한 도움을 주었다.)

세계자연보전연맹(IUCN) www.iucn.org

야생조류 및 습지 보전협회(The Wildfowl & Wetlands Trust) www.wwt.org.uk

PTES(People's Trust for Endangered Species) www.ptes.org

모리셔스 야생 생물 재단 www.mauritian-wildlife.org

옮긴이 강수정

출판사와 잡지사에서 일했으며 현재 글을 쓰고 옮기는 일을 하고 있다. 옮긴 책으로는 『여기, 우리가 만나는 곳』, 『신도 버린 사람들』, 『마음을 치료하는 법』, 『웨인 티보 달콤한 풍경』 등이 있고, 에세이 『한 줄도 좋다, 가족영화: 품에 안으면 따뜻하고 눈물겨운』 등을 썼다.

이게 마지막 기회일지도 몰라

히치하이커와 동물학자의 멸종위기 동물 추적 프로젝트

지은이 더글러스 애덤스·마크 카워다인
옮긴이 강수정
펴낸이 김영정

초판 1쇄 펴낸날 2024년 3월 4일
초판 2쇄 펴낸날 2024년 3월 15일

펴낸곳 (주) 현대문학
등록번호 제1-452호
주소 06532 서울시 서초구 신반포로 321(잠원동, 미래엔)
전화 02-2017-0280
팩스 02-516-5433
홈페이지 www.hdmh.co.kr

© 2024, 현대문학

ISBN 979-11-6790-247-4 (03840)

△ 덤불 속에서 사진을 찍는 더글러스
▽ 새끼 제비갈매기를 보여주는 마크

△ 싱싱한 상태로 배에 올라, 어떻게 달래 줄 길
없는 깊고 두려운 의심의 눈으로 우리를 바라
보던 닭 네 마리
▽ 몸길이가 **3m**에 달하는 코모도왕도마뱀. 현
재는 몸길이가 **2m** 남짓한 개체가 가장 크다
고 알려져 있다

실버백마운틴고릴라. 무리의 리더만이 무리를
책임져야 한다는 부담감 때문에 등이 은색으로
변한다는 속설이 있지만, 실제로는 대부분의
수컷이 성체가 되면 은색을 띤다

정글 가이드 복장을 차려 입은 무라라와 세룬도리. 그리고 평소 차림 그대로 포즈를 취한 실버백마운틴고릴라

흰 구석이라고는 찾아볼 수 없는 북부흰코뿔소가 초원을 질주하는 모습. 신형 탱크처럼 민첩하다

◁ 카카포 수색자인 아랍과 그의 카카포 수색견 보스
▷ 세상에서 가장 크고, 가장 뚱뚱하며, 가장 날지 못하는 앵무새 카카포.
 스튜어트섬에서 발견된 랠프는 카카포 인식번호 **8-44263**를 받고 코드
 피시섬으로 이송됐다

마음의 안정을 찾기 위해 카카포 수색자인 아랍의 손가락을 물고 있는 랠프

유일한 사육 상태인 양쯔강돌고래 치치. 치치는 1980년에 둥팅호에서 낚싯바늘에 걸려 깊은 상처를 입은 모습으로 발견되었다. 이후 우한의 수중생물연구소로 이송되었고, 중국 전통의학의 도움으로 건강을 되찾았다 (편집자 주: 사육 중이던 마지막 양쯔강돌고래 치치가 2002년에 숨지면서 사실상 양쯔강돌고래는 멸종된 것으로 보고 있으며, 중국 정부는 2006년에 양쯔강돌고래의 멸종을 선언했다)

△ 매일 수천 명의 중국인이 리처드 클레
  이더만의 음악이 울려 퍼지는 페리호
  를 타고 양쯔강을 오르내린다
▽ 양쯔강에서 안전한 수중 녹음을 시도
  하는 크리스 뮈어

△ 모리셔스의 사육장에서 만난 로드리게스큰박쥐
▽ 모리셔스에서는 황조롱이 때문에 쥐가 멸종위기
에 처하게 될지도 모른다

△ 리틀배리어섬의 해변에서 잠에 빠진 더글러스. 아직도 자신이 자이르에 있는 줄 알고 있다

▽ 아프리카코끼리는 훈련시키기가 매우 어려워 한니발도 코끼리 부대로 로마를 점령하려 했지만 실패했다. 다행히 자이르에서는 관광 용도로만 훈련을 시도한다

충치 다음으로 세상에서 가장 흔한 질병에 걸리는 가장 효과적인 방법을
몸소 보여주고 있는 마크